LES PIERRES SAUVAGES

Fernand Pouillon

LES PIERRES SAUVAGES

ROMAN

Préface inédite de Laurence Cossé

Éditions du Seuil

TEXTE INTÉGRAL

ISBN 978-2-7578-7616-9
(ISBN 2-02-001023-2, 1re publication)

© Éditions du Seuil, 1964
© Points, 2019, pour la préface inédite

Le Code de la propriété intellectuelle interdit les copies ou reproductions destinées à une utilisation collective. Toute représentation ou reproduction intégrale ou partielle faite par quelque procédé que ce soit, sans le consentement de l'auteur ou de ses ayants cause, est illicite et constitue une contrefaçon sanctionnée par les articles L. 335-2 et suivants du Code de la propriété intellectuelle.

*À Joséphine, Violette, Fernand,
à mes enfants,
à tous ceux qui se sont battus
pour moi, avec moi.*

Préface
de Laurence Cossé

Entre 1961 et 1964, Fernand Pouillon a été longuement incarcéré. C'est à ce moment-là qu'il a écrit *Les Pierres sauvages*.

C'était un architecte célèbre, un flamboyant, tendance irrégulier, un fonceur, un innovateur, un méridional porté sur les provocations. Il méprisait la mode du béton et les préconisations de Le Corbusier. La profession l'avait à l'œil, et plus encore l'Ordre des architectes. Il s'était passionné pour la reconstruction de l'après-guerre, autrement dit pour le logement collectif. Il allait de succès en succès – quitte à souffler une commande à un confrère –, de grand ensemble en très grand ensemble.

Aussi, lorsqu'en 1961 il se prit les pieds dans sa notoriété, peu s'en affligèrent dans son milieu professionnel. Pouillon allait avoir cinquante ans, le Midi de la France et l'Algérie lui ayant ouvert grand les portes, il était monté à Paris doubler ses chances. À la tête de son Comptoir national du logement fraîchement créé, il avait décroché, parmi d'autres, l'immense chantier du Point-du-Jour à Boulogne. Le 15 février 1961, il fut arrêté et écroué avec plusieurs de ses collaborateurs : le CNL était en faillite et la faillite frauduleuse. Les manquements aux règles de la profession et les malversations se doublaient d'amitiés obscures avec des politiques, des gaullistes.

La suite a des airs d'aventure à la Dumas. Pouillon, incarcéré, fit valoir qu'il était malade. On le boucla dans une clinique d'où, le 8 septembre 1962, il s'évada par la fenêtre. Il resta huit mois en cavale, hors de France, et réapparut à l'ouverture de son procès en mai 1963, terriblement maigre, agressif. Il fut condamné à quatre ans de prison, fit appel, vit sa peine réduite à trois ans, fut libéré pour raison de santé, radié à vie de l'Ordre des architectes et fila se refaire une carrière en Algérie. Au total, il avait passé plus de deux ans à l'ombre.

Et, le 1er septembre 1964, *Les Pierres sauvages* paraissaient aux Éditions du Seuil. Il s'agissait d'un roman, mais sans évasion ni poursuite, sans cape ni épée, tout le contraire : c'était le récit, âpre, serré sur trois trimestres de l'an de grâce 1160, des débuts de la construction de l'abbaye du Thoronet, par son maître d'œuvre, le moine-architecte Guillaume Batz. En tendant l'oreille, pourtant, on peut y percevoir, sous-jacent, l'écho du scandale du Point-du-Jour et des écarts de Fernand Pouillon.

Il n'est que de lire les premières lignes. Le grand Guillaume Batz et deux de ses frères cisterciens font à pied la longue route qui va de Cîteaux au lieu-dit Le Thoronet, où ils sont envoyés par leur ordre, et l'on dirait trois fugitifs. « *La pluie a pénétré nos habits, le gel durci le lourd tissu de nos coules, figé nos barbes, raidi nos membres. La boue a maculé nos mains, nos pieds et nos visages. Le mouvement de la marche ne balance plus les plis glacés sur nos corps décharnés.* » Des bandits de grand chemin agressent les marcheurs et blessent Guillaume à la jambe.

Le chantier a commencé, lorsqu'ils y arrivent, mais il est pagailleux. Guillaume prend les choses en main. Fournitures, outils, discipline, horaires et cadences, nourriture, oraisons : il organise tout dans le détail, efficace, froid s'il le faut. Il insuffle « *la foi dans l'œuvre* » aux convers qui forment le gros de la main-d'œuvre et de la communauté monastique destinée à s'établir là. Des visions successives, inspirées des lieux, lui donnent à voir les bâtiments à venir. Il dessine, arpente en pensée les projections, scrute les volumes imaginaires : il a le don de *« vivre dans le plan »*.

Les difficultés sont quasiment quotidiennes, les joies fragiles, les accidents terribles. Pouillon fait de Thomas, de Benoît, de Gabriel, de Paul, le maître carrier, de Joseph le potier chargé de fabriquer les tuiles, des portraits sensibles et durs. Il brosse en romancier puissant des scènes magistrales, l'apparition à la lisière du chantier d'un géant muet qui semble attendre, la béatitude du plus fruste des convers surpris en prière sur le fumier, la cérémonie solennelle de la pose de la première pierre, dont Guillaume ne saisit rien car la fièvre le tient couché, et que le frère Bernard lui décrit, minute après minute, habits, feux, tentes, écus, bannières, hennissements, proclamations, chants, Te Deum.

Il dévoile surtout, page après page, l'intériorité tourmentée du narrateur, Guillaume, le maître d'œuvre. Car cet homme de valeur et d'autorité est habité par la conscience de sa médiocrité. Depuis trente ans, il a couru la France et l'Europe, animant la construction de dizaines d'abbayes. Ses supérieurs l'ont implicitement délié des obligations monastiques essentielles, la prière, l'humilité, la vertu. Il y a consenti, c'est peu dire. Il s'est laissé emporter par la passion de son métier et il est devenu *« plus maçon que moine »*. Sa vie spirituelle s'est atrophiée au fur et à mesure que s'imposait son talent. Il est rongé par l'agitation, l'anxiété, les soucis matériels – et la plaie à sa jambe, qui ne veut pas guérir, est le stigmate de ce mal intime.

« Mais l'œuvre contient le rachat de celui qui l'exécute. » « Vois, mon Dieu, ceci est mon âme, mes égarements sont devant toi. Négligences, abandon, distractions, impatience dans la prière sont ici formes, volumes pour des siècles. » Je suis un bâtisseur fervent, dit Pouillon. J'ai pris des libertés avec la règle. Je ne suis pas parfait, loin de là. Mais j'ai voué ma vie à bâtir, et j'y ai mis toute mon âme. J'ai beaucoup bâti et bien.

Dimanche de l'Oculi.

La pluie a pénétré nos habits, le gel a durci le lourd tissu de nos coules, figé nos barbes, raidi nos membres. La boue a maculé nos mains, nos pieds et nos visages, le vent nous a recouverts de sable. Le mouvement de la marche ne balance plus les plis glacés sur nos corps décharnés. Emportés dans le crépuscule blafard d'un hiver de mistral, précédés de nos ombres démesurées, nous apparaissons tels trois saints de pierre. Nous marchons depuis des semaines. Par la vallée du Rhône nous atteignons Avignon, puis Notre-Dame-de-Florielle dans le diocèse de Fréjus, sur les terres de mon cousin Raymond Bérenger, comte de Barcelone. En ce cinq mars 1161, trentième année de mon arrivée à Cîteaux, je suis chargé à nouveau de construire un monastère, j'en ai reçu l'ordre de notre abbé.

Saint Zacharie, treizième jour de mars.

C'est aujourd'hui après quatre heures de marche que nous sommes arrivés au Thoronet, forêt sereine et grave, verte vallée, étroite et peu profonde, traversée par un ruisseau dont le cours, au lieu-dit, va vers le levant. Nous avons tous les trois l'impression d'être en vacances, le temps est frais, ensoleillé ; dès les premières heures du jour nous avons marché en tous sens. Nous avons abordé l'emplacement de l'abbaye depuis l'orient ; un chemin en très mauvais état, raviné, monte, assez raide, en deux lacets à travers une épaisse forêt de chênes et de pins. En arrivant de ce côté, l'abbaye apparaîtra tout à coup. L'emplacement du monastère est en pente douce vers le ruisseau ; j'ai immédiatement pensé que cette forme se prêterait à d'intéressantes dispositions de niveaux. Le soir nous avons gravi le versant exposé au nord. À la première crête nous nous sommes assis. Aussi loin que nos yeux ont pu fouiller les collines nous n'avons pas aperçu la moindre ferme ou cabane. Le chantier, enfin ce que nous pouvons en deviner, apparaît comme un nid de mousse très doux, en réalité ce sont des argeras d'une demi-toise de haut.

À notre arrivée, les frères étaient rassemblés sur une esplanade à deux niveaux, située au midi de la future abbaye. L'accueil fut réservé. Nous apprîmes que ce terre-plein s'appelait le Champ. Le Champ est prolongé à l'occident par le commencement des cultures. Les terres ont été défoncées, et des traînées rouges et grises font penser que les récoltes seront pauvres.

Au loin sur le versant septentrional nous avons aperçu des traces de cultures envahies par la forêt. Des murs en gradins, bancaou en provençal, ruinés et perdus au milieu de jeunes pins, soutiennent d'immenses oliviers de plein vent qui semblent se tordre pour échapper à l'étouffement. Nous avons décidé de les faire dégager sans délai. Dans tous ces verts, gris et sombres, apparaissent noires les branches de très beaux chênes que nous conserverons près de l'abbaye. Le lit du ruisseau en S retourné est dessiné par de tendres couleurs maintenant jaunes, brunes et paille ; saules, noisetiers, chèvrefeuilles sans doute. Dans quelques jours tous les verts clairs vont chanter car, partout autour de nous, nous entendons le bruissement du printemps, feuilles qui se déplient, branches qui poussent, écorces qui s'ouvrent, bourgeons qui éclatent. La sève monte après cette tiède journée de grand soleil, et le chant des oiseaux qui se couchent n'a plus les sons plaintifs et apeurés des soirs d'hiver.

Notre voyage s'est mal poursuivi. Le jour de saint Jean de Damas, septième de mars, nous nous sommes arrêtés à Montmajour pour nous reposer. L'abbé nous entretint des nouvelles du pays. Désormais, après la défaite des Balz l'an dernier, nous dépendons du comte Raymond ; Hugues Balz mon frère continue à lui disputer la Provence avec raison. Il paraît normal que notre famille gouverne ce pays que nous n'avons jamais quitté. Depuis le comte Leibulfe et Louis l'Aveugle, voilà plus de trois siècles que l'étoile d'argent, celle que nous tenons du mage Balthazar, brille sur la Provence. Elle ne l'a quittée qu'une fois, avec mon aïeul Guillaume, lors de la première croisade. Cependant Frédéric Barberousse, l'indigne empereur, reste notre suzerain. Il paraît que mon frère pour lui plaire et garder sa protection appuie l'anti-pape Victor ; gagner le comté à ce prix serait une infamie. De bien mauvaises nouvelles pour moi ; malgré le cloître je reste attaché à ma famille, à ses traditions. Je supporte mal le gouvernement de mon cousin Raymond Bérenger, un Catalan, un étranger. Hélas, c'est bien lui pourtant qui soutient notre pape Alexandre, qui lutte ainsi pour que ce schisme épouvantable se termine. En attendant, une fois de plus, les chrétiens sont divisés, les petites gens sont déconcertés. L'abbé de Montmajour m'a appris aussi que ma mère vivait encore, elle a près de quatre-vingts ans. J'étais ému d'être si près d'elle sans l'embrasser. Mais soudain le vent qui depuis trois jours était déchaîné contre nous se calma. Afin de m'enlever toute tentation de revoir ma famille je décidai le départ vers Aix et Saint-Maximin, nos dernières étapes. Nous étions au bout de nos forces, seulement soutenus par l'excitation d'arriver à Notre-Dame-de-Florielle au plus tôt. Nous prîmes rapidement congé du brave abbé.

Vers minuit, nous abordâmes les Alpilles, le temps clair de pleine lune guidait nos pas comme en plein jour. Là commencèrent nos malheurs. Nous vîmes, tout d'abord, des chevaux attachés à un pin, d'après leurs harnachements nous reconnûmes qu'ils appartenaient à des hommes d'armes. Puis quelques pas plus loin, nous vîmes des gens qui parlaient à voix basse. En les croisant nous les saluâmes : « Le Seigneur soit avec vous », de l'air le plus naturel. Moins d'une heure après nous entendîmes les chevaux arriver dans notre dos et qui lentement nous rattrapaient. Nous marchions rapidement ; la peur nous fit encore allonger le pas. Arrivés à notre hauteur, ils nous encadrèrent, nous demandèrent de les suivre. Nous obéîmes. Ils prirent alors un chemin de montagne assez raide. Ils étaient aussi silencieux que nous, indécis et honteux de s'attaquer aux plus pauvres des moines.

Une heure après, ils s'arrêtèrent à quelques pas d'une ferme très protégée et faite pour la défense. Bernard et Benoît qui connaissaient leur fortune et la mienne n'avaient aucune inquiétude. Le plus âgé des deux hommes, un barbu assez terrible, grand et gros, louchant à ne pouvoir deviner où il regardait, me dit : « Donne-moi tout ton argent et les valeurs que vous devez transporter. » Sans me faire prier je soulevai ma coule et vidai dans ses mains quelque menue monnaie qui devait assurer, éventuellement, notre subsistance. Il regarda avec mépris et il nous poussa brutalement vers la ferme. Nous pénétrâmes dans une salle basse. Une odeur de charogne, de chair brûlée, de vomissure nous prit à la gorge. L'obscurité était totale. Un des hommes alluma une lampe, nous n'osions pas regarder autour de nous. Nous dûmes quitter nos coules, nos tuniques. Lorsque Bernard refusa nous fûmes cruellement battus. Benoît saignait abondamment d'une blessure à l'épaule. Un être difforme fouilla avec soin chacun de nos vêtements. Quand ils comprirent que nous n'avions rien sur nous à l'exception d'une lettre pour l'abbé de Notre-Dame-de-Florielle, ils nous jetèrent tout nus dans la cour de la ferme. La souffrance nous empêcha de sentir le froid très vif.

Plusieurs heures après, le plus vieux des bandits vint nous rechercher. À nouveau nous entrâmes dans la salle puante. Nous fûmes chargés d'enterrer des morts. J'acceptai à la condition que nos vêtements nous fussent rendus. La sale besogne consista à traîner cinq corps mutilés et pourris dans un champ proche, puis à creuser un grand trou pour les ensevelir. L'aube nous permit de voir : d'après ces restes nous reconnûmes trois hommes et deux femmes. Les supplices et la putréfaction avaient déformé bizarrement ces corps. On nous laissa seuls un moment pour dire les prières. Lâchement nous en profitâmes pour nous enfuir après une courte oraison.

Le soleil caché par de grands nuages gris était déjà haut lorsque nous nous arrêtâmes près d'une mare pour laver nos plaies et dormir un moment. Nous fûmes réveillés par le bruit d'une charrette. Nous nous dissimulâmes dans les taillis. Un mulet roux à longs poils traînait une carriole sur le chemin pierreux. Au milieu de meubles et d'ustensiles une femme était couchée. La pâleur de son visage et les étranges soubresauts de son corps me firent penser qu'elle était morte. Un paysan tantôt entraînait le mulet, tantôt s'attelait aux roues. Nous nous montrâmes alors. Dès qu'il nous vit son visage exprima l'effroi, il courut devant sans nous quitter des yeux, tira la bête, la battit sauvagement. Que faire ? longtemps nous regardâmes la voiture hoqueter sur les pierres, les pattes nerveuses du mulet arracher le terrain inégal, son cou tendu, les naseaux en avant supportés par le poing fermé du bonhomme. Sous le ciel bas, lumineux, un vol de corbeaux tournait autour de la charrette. Nous avons repris tristement la route.

Le jour de la fête des martyrs nous sommes arrivés à Saint-Maximin. C'était le dixième jour de mars. Le jeûne et les pierres dures des chemins, l'épuisement et le froid furent nos compagnons de route. Nous avons été accueillis par le soleil, la pureté du ciel, les amandiers en fleurs. Le lendemain, jour de Saint-Euloge, l'abbé Paulin nous reçut à Notre-Dame-de-Florielle, nous ordonna un repos de deux jours et nous fit part de son impatience. Il fut un compagnon de l'abbé Bernard de Clairvaux, vint très tard dans l'Ordre après une vie d'aventures. Notre-Dame-de-Florielle est pour lui la retraite définitive.

Saint Cyriaque, seizième jour de mars.

Le défrichement de la forêt est commencé, onze frères convers habitent déjà sur place. À notre arrivée, ils nous improvisèrent un dortoir-atelier construit en pierres sèches et couvert de feuillage.
L'abbé me délègue ses pouvoirs. À l'avenir je veillerai seul à la discipline dans les fonctions de maître d'œuvre et de cellérier. Dès l'achèvement des dortoirs, la communauté s'installera ici. En attendant nous dépendrons de Notre-Dame-de-Florielle où je prendrai les ordres et rendrai les comptes.

Saint Patrice, dix-septième jour de mars.

Mon inquiétude égale mon impatience. Je ressens un doute, la création est comme un miracle, et le doute est conséquence de l'incertitude du miracle.
Après une visite approfondie du Thoronet, j'ai ordonné des aménagements dans les horaires, la discipline et créé une organisation. Ici, la vie sera dure. À l'obéissance à la Règle s'ajoutera le travail harassant de construire. Je demanderai à l'abbé une nourriture plus abondante et moins de rigueur dans le jeûne. J'exigerai beaucoup des convers. Sans tarder, dix frères devront grossir notre

troupe, et des compagnons éprouvés leur apprendre les métiers.

J'ai rédigé un règlement pour les convers et nous. C'est une transformation complète des usages établis avant notre arrivée. Tout commence par une discipline de l'esprit puis se traduit, se termine par un horaire.

À la troisième heure nous sonnerons le réveil, les convers, après avoir mis tout en ordre, diront une prière devant l'oratoire, puis se rendront au chantier. À la onzième heure, réunion à la source, ablutions et premier repas : cela prendra une heure. Le soir, les chantiers seront abandonnés à la dix-neuvième heure, les convers rangeront et entretiendront les outils, se rendront à la source et prendront le dernier repas. Le coucher après la prière aura lieu à la demie de la vingtième heure.

La distribution de la main-d'œuvre, sera organisée le jeudi de chaque semaine. Le samedi, deux heures seront réservées à l'entretien des vêtements.

Tous les convers et les moines du Thoronet recevront la pitance et le mixte. En temps de carême le jeûne est obligatoire jusqu'à la douzième heure.

Les heures canoniales seront sonnées : matines et laudes à la troisième heure, prime à la cinquième, tierce à la huitième, sexte à la onzième, none à la quatorzième, vêpres à la dix-septième, enfin complies à la vingtième.

Le premier vendredi de chaque mois l'infirmier de Florielle visitera les convers, soignera les malades. L'abbé décidera du jour de la saignée.

Il est conseillé aux convers de consommer une pinte d'huile par table et par jour, et autant d'ail que possible : il protège le corps contre les épidémies, les infections et les refroidissements. L'entretien de nos forces est un devoir imposé à notre communauté. L'abus du jeûne, de la discipline et des veilles, ainsi que les cilices provoquant des plaies, seront considérés comme fautes graves et sévèrement punies. Les convers sont tenus de veiller sur leur santé et celle de leurs frères, ils dénonceront celui qui cachera son mal.

Désormais j'exigerai une stricte obéissance à ce règlement. J'ai autorisé les conversations durant les heures de travail pour faciliter les tâches.

Le dimanche, la messe sera célébrée par un moine de Florielle. Pour le reste de la journée je laisserai une grande liberté : les frères pourront se reposer, faire la méridienne jusqu'à l'office des vêpres, se promener avec Bernard ou Benoît, herboriser, cueillir des fruits ou des champignons sous la surveillance de frère Gabriel qui connaît les espèces vénéneuses.

À l'intention de mes deux frères, j'ai écrit quelques recommandations. Je ne leur impose que trois offices par jour : laudes, vêpres et complies. Les autres seront, suivant les possibilités, célébrés sur le lieu même de leur travail. Ils devront donc se munir de leur missel. J'ai demandé à mes frères d'être réunis pour les offices obligatoires à la chapelle.

Malgré le carême, je leur demande une extrême sévérité dans l'application du règlement. Sauf pendant le temps de la Passion où seront tolérés les jeûnes exemplaires, la discipline, la contemplation et la prière. Chaque semaine, le règlement sera lu par frère Bernard au repas de la onzième heure. J'ai ensuite recommandé à frère Benoît de définir les tâches pour les jours de pluie ; il parut embarrassé. Nous n'avons pas encore d'ateliers ; puis, que faire ? Devant sa perplexité, j'ai proposé de construire rapidement un abri pour travailler le bois avec des outils de fortune.

Je dois prendre d'autres décisions concernant les vêtements. Huit mois d'isolement, de pauvreté, sans discipline, ont rendu nos frères convers semblables à des serfs. Je veux les voir tous vêtus de la tunique et du scapulaire, hauts et bas de chausses, conformément à la Règle. Les oripeaux hétéroclites seront usés sur le chantier. Les vêtements confectionnés avec des peaux de moutons seront transformés en couvertures. L'abbé n'est certainement pas au courant de tous ces désordres. Il devra me procurer les draps et les toiles nécessaires. Il paraît que cette année la chape va devenir obligatoire en dehors des heures de travail. Le chapitre général en a décidé ainsi. Je trouve cela absurde ; tous ces habillages prennent trop de temps. L'an dernier, le même chapitre a supprimé les gants. Sur mon dernier chantier ce fut désastreux, les mains des convers, très abîmées et blessées, étaient inguérissables. J'ai élevé une protestation ; on a alors autorisé les mitaines. J'en ai fait faire qui ressemblaient tant à des gants que l'Ordre a dû en préciser la forme avec un grand luxe de détails. Il a défini également les métiers autorisés à en porter. Ainsi les forgerons qui travaillent au chaud y ont droit, et les charpentiers qui, le plus souvent, œuvrent sans abri ne doivent pas en être pourvus. Ceux qui se mêlent de ces règlements sont plus souvent les chantres que les maîtres d'œuvre.

Demain dimanche de la Passion.

Journée de travaux préparatoires : sur le terrain nous établissons les niveaux et définissons l'implantation de l'axe de l'église ; ainsi nous aurons une base pour commencer plus tard mes dessins. Nous organisons le programme des prochaines semaines.

Le chantier est, paraît-il, commencé depuis huit mois. Les installations existantes consistent en une carrière exploitée en fouille, à l'est du monastère. À mon avis trop près du ruisseau, un jour j'en suis certain nous l'abandonnerons. À l'occident, sur une plateforme basse, une longue baraque en planches a été construite. Le gaspillage inouï de bois, acheté à grands frais, la rend ridicule. Elle abrite à une extrémité le matériel et le réfectoire, au centre le dortoir encore inutilisable car la couverture est inachevée, et à l'autre extrémité un espace pleuré, sans clôture : l'oratoire. Le dimanche un moine célèbre la messe sous cet auvent indigne d'abriter des bêtes. Un laïc de Fréjus m'a précédé ici, son départ eut lieu quelques jours avant mon arrivée. Seul l'emplacement de la cabane que nous occupons avec Bernard et Benoît a été judicieusement choisi. En y apportant certains perfectionnements nous la rendrons assez confortable pour y travailler. Située en hauteur, près de l'origine de la source, sur une plate-forme, elle domine l'ensemble du chantier. La carrière est cachée par les arbres, mais nous surveillons les allées et venues des frères sans apercevoir la baraque. Je ferai couper quelques chênes pour dégager la vue sur la plate-forme basse où les convers sont installés. Au pied du talus, à moins de cinquante pas, se situe le Champ ; en bordure doit se dresser le mur méridional de l'Église.

Quoique le dortoir définitif des convers soit commencé, je n'ai trouvé que des plans fragmentaires et inutilisables. L'emplacement du monastère n'avait jamais été débroussaillé. Aucun sondage n'avait été fait. Depuis des mois un grand désordre régnait. Rien n'avait été entrepris avec méthode. Les convers couchaient un peu partout sous des abris de branches et de terre, préparaient leurs aliments comme des nomades. Ils perdaient leur temps en de vaines besognes et avaient pris de mauvaises habitudes : ainsi ils se groupaient par deux ou trois, suivant leurs affinités, et le soir parlaient à voix basse. Ils arrivaient sur le chantier quelquefois après tierce, tellement leur vie matérielle était difficile ; perdaient deux heures entre none et vêpres à faire leur cuisine. Ils mangeaient trop et mal. Le vin avait été autorisé pour lutter contre le froid l'hiver dernier ; maintenant que le temps était beau ils continuaient à boire. Durant un mois ils ont été très mal ravitaillés en céréales et légumes ; alors ils chassaient. Pendant dix jours j'ai observé et n'ai rien dit, la réunion d'aujourd'hui les a étonnés, j'ai constaté cependant quelques signes d'approbation parmi eux.

Nous n'avons rien, voilà la difficulté, seul le plan des cultures me paraît judicieux, seuls les outils aratoires ont été prévus. Le début d'un chantier, son organisation, doivent, pour être exaltants, exprimer un tour de force. Je souhaite voir avant l'hiver des murs en élévation, un ordre parfait, un outillage complet, une forge, des fours à chaux et à terre, des bâtiments décents aussi bien pour le matériel que pour les hommes et les bêtes. En premier lieu une chapelle. Tous avaient pris goût à cette vie d'ermites, ils semblaient oublier qu'ils étaient cisterciens. Chaque jour, réunis dans une église, ils reprendront conscience de la vie communautaire.

Au cours de la réunion j'ai parlé le plus simplement possible. J'ai fixé un programme de travaux, j'ai affirmé que l'an prochain, pour la fête de la Vierge, nous installerions l'autel dans l'abside couverte.

Ils m'observaient, le regard vide, découragés à l'avance. La discipline ne semble pas les satisfaire, quant à la foi dans l'œuvre, ils ne l'ont pas. Ils pensent qu'ils seront morts depuis longtemps quand le couvent prendra forme. Ils connaissent la lenteur habituelle de nos constructions, savent que l'argent n'existe pas, que Notre-Dame-de-Florielle survit pauvrement. Pourquoi a-t-on décidé de changer l'emplacement du monastère ? Je ne le sais encore pas, eux non plus. Pourquoi quitter un lieu déjà organisé, une abbaye construite pour ce vallon où chaque pied repris à la nature demande un travail considérable ? Les terres sont toutes en pentes et ravinées, chaque acre exige des dizaines de stères de soutènement. Le ruisseau est pauvre l'été, le bas-fond est trop humide, les pentes desséchées. L'irrigation serait une folie. Après de grands efforts et autant de dépenses, l'eau manquerait toujours au bon moment. Je leur ai dit que dans dix ans plus de cent moines et novices vivraient pour la gloire du Christ et de la Vierge dans ce vallon. Ils se sont retirés en hochant la tête, dans un murmure. Bernard et Benoît étaient émus par ces gens et n'ont rien dit. Les sourcils contractés, j'ai écrit devant eux en lisant chaque phrase à haute voix : « Après avoir défini les emplacements : débroussaillage des aires, implantation de la chapelle, du dortoir, des ateliers, de la forge. La place de chacun des bâtiments sera définie après le dégagement des espaces. Ainsi la planimétrie des aires déterminera nos décisions. Sur le pourtour des futures baraques, il sera exécuté des murs en pierre sèche, en utilisant les déchets de carrière qui seront triés. Les meilleures pierres seront réservées pour la construction des murs de culture, bancaou, les plus mauvaises pour élever les blocages en maçonnerie de terre au pied des bâtiments provisoires prévus en bois. Le parement en pierre sèche de ces murs sera construit avec un léger dévers. Les orages dans cette région sont d'une violence extrême, accompagnés toujours d'un fort vent d'est. Ainsi l'eau battante ne pénétrera pas dans les blocages de terre et cailloux. Une coupe de pins résineux sera entreprise, en un lieu proche du chantier, les sujets choisis seront transportés à bras. En conséquence on évitera les arbres de plus d'un pied de diamètre. Des sondages seront entrepris sur l'emplacement du monastère. D'autres seront effectués pour découvrir de nouvelles carrières et de la pierre à chaux. Benoît devra se renseigner, dans le pays, sur les carrières d'argile les plus proches du chantier. »

Pour l'abbé j'ai fait une longue lettre, je lui demande d'envoyer un courrier à Cîteaux. Je réclame, là-bas, des compagnons que je connais bien, une équipe de charpentiers beaucerons. Quant au forgeron, il n'est pas question de le demander à l'abbaye, ils en manquent.

Nous avons constaté que les convers, pour la plupart, sont adroits, peu cependant ont du métier. Ils ont appris à extraire la pierre et à la tailler, c'est pitoyable ! pour un stère de blocs propres, ils en font vingt de déchets.

En passant par Arles le messager trouvera un certain maître Paul, je ne le connais pas, on m'en a dit beaucoup de bien... et de mal.

Saint Benoît, vingt et unième jour de mars.

De l'ensemble au détail, du matériel à l'immatériel, du défini à l'indéfini, mes réflexions et mes sensations provoqueront l'action avec méthode, mon cerveau et mon cœur iront également des transes au prosaïsme sans que je puisse exactement les diriger.

Pour l'instant, mes premières préoccupations sont l'emplacement, la forme générale, l'orientation. Un grave obstacle : l'implantation a été définie, avant notre arrivée, par le commencement des fondements du dortoir des convers. Or je veux modifier la direction de l'axe de l'église pour l'orienter exactement au levant. Je fus tenté tout d'abord par l'abandon des travaux entrepris, aujourd'hui je m'y refuse pour la peine et le temps qui seraient perdus. Nous retrouverons dans la composition l'angle bâtard. Cette anomalie de base sera-t-elle gênante ? J'hésite encore pour me prononcer. Si j'étais arrivé au début il est certain que je n'aurais pas tracé volontairement un angle ouvert à l'emplacement du cloître futur.

Pendant que j'écrivais, le silence vient de succéder aux bruits de la carrière. Les convers ont terminé une journée d'apprentissage. Ce silence subit me fait penser à la pierre, à l'extraction, à la taille, à l'aspect. J'ai bien observé ces matériaux, aucune scie ne peut les attaquer, et, sous l'outil, ils éclatent comme du mauvais verre. Nous en ferons quelque chose. Fraîchement taillée la pierre est claire, chaude, ocre jaune, avec le temps elle deviendra grise et dorée. La lumière semble y déposer tour à tour les couleurs du prisme, gris composé, imprégné de soleil. Les blocs bruts arrachés au sol, calibrés et burinés, deviennent matériaux nobles ; chaque coup, chaque éclat apparent, sont témoins de l'énergie et de la persévérance. Nous, moines cisterciens, ne sommes-nous pas comme ces pierres ? Arrachés au siècle, burinés et ciselés par la Règle, nos faces éclairées par la foi, marquées par nos luttes contre le démon ?... Entrez dans la pierre, et soyez vous-mêmes comme des pierres vivantes pour composer un édifice de saints prêtres.

Dans la nuit j'ai lu *La Considération*, de l'abbé de Clairvaux.

« *La considération purifie sa propre source, c'est-à-dire, l'esprit même qui lui donne naissance. Elle modère en outre les passions, règle l'action, corrige les excès, forme les mœurs, met du bon ordre et de l'honnêteté dans la vie ; elle donne enfin la science, tant de l'humain que du divin. C'est elle qui démêle ce qui est embrouillé, resserre ce qui tend à s'écarter, rassemble ce qui est dispersé, pénètre ce qui est secret, s'attache aux pas de la vérité, passe au crible de l'examen ce qui n'est que vraisemblable, dépiste les intentions et les faux semblants. C'est elle qui arrête à l'avance ce que l'on doit faire ; revient sur ce qui a été fait, afin que rien ne subsiste dans l'esprit qui n'ait été corrigé ou ait encore besoin de l'être. C'est elle enfin qui, dans les temps heureux, pressent les revers, mais qui semble n'en point souffrir lorsqu'ils sont là ; ce qui dans le premier de ces deux cas, est effet de la prudence, dans le second, effet de la force. C'est le cas d'attirer ici ton attention sur cet accord parfait des vertus, sur cet enchaînement harmonieux qui les fait dépendre les unes des autres. Comme tu viens de le voir, la prudence est mère de la force ; mais toute action hardie que la prudence n'a point enfantée est fille de la témérité, non de la force. Or, c'est à cette même vertu de prudence, intermédiaire et en quelque sorte arbitre entre les plaisirs des sens et les besoins de la nature, qu'il appartient d'en délimiter exactement les zones respectives, d'assigner et de fournir aux uns le nécessaire, de retrancher des autres le superflu.* »

Saint Victorien, vingt-troisième jour de mars.

Le rêve commence, j'attendrai, je recevrai. Plus de vingt années de visions fugitives, bien rangées dans ma mémoire, sont là, je les sens comme une monture vibrante sous moi, impatientes et multiples.

Si, bien souvent, il est permis de s'étonner de la lenteur d'un projet, quelquefois aussi une tâche considérable sera rapidement conçue. Le plus long, en ce qui me concerne, est l'attente, ensuite tout mon temps de réflexion. Ces délais passés, le parti de l'œuvre arrêté, l'étape définitive peut être réglée en quelques jours. Pourquoi ? Cette question met en cause tout ce qui, dans la création, fait partie de l'accumulation des connaissances. Tout artiste agissant, a, dans sa mine de plomb, son pinceau, son burin, non seulement ce qui rattache son geste à son esprit, mais à sa mémoire. Le mouvement qui paraît spontané est vieux de dix ans ! de trente ans ! Dans l'art, tout est connaissance, labeur, patience, et ce qui peut surgir en un instant a mis des années à cheminer.

Saint Hugues, patron de mon frère,
premier jour d'avril.

Demain dimanche de Pâques, deux jours de repos et de fêtes après l'épuisante semaine.

Après sexte, j'ai voulu vérifier mes conjectures, les confronter avec le terrain. Comme toujours, la réalité transpose les idées sans les détruire complètement.

Maintenant, seul dans ma cabane, j'attends et je vis mes illuminations. Comme un éclair, la vision de l'abside sillonne mon esprit ; pouvoir la retenir pour mieux la fixer. Puis, celle déjà ressentie le jour de mon arrivée : du fond de la vallée je vis le clocher, il s'imposa avec force, cependant il me fut impossible de le dessiner.

J'ai sur ma jambe une plaie qui s'étend, j'avais une blessure reçue, sans doute, la nuit des Alpilles, je n'y ai pas prêté attention. Je vais consulter frère Gabriel ou l'infirmier.

Saint Clotaire, septième jour d'avril.

> *Le sensible est l'état ultime des choses.*
> Isaac de l'Étoile.

L'entreprise sera dédiée à des générations de frères ; l'atmosphère du lieu habité procédera de l'inspiration initiale. L'édifice terminé en contient indéfiniment la substance. Plus, à l'origine, l'intensité et la puissance de la pensée composeront avec générosité, pureté, piété, avec tendresse et espérance, avec courage et orgueil, plus se refléteront dans les âmes de mes frères les harmonies, les émotions perceptibles et propres à chacune de leurs sensibilités. Dans le cloître ou la salle capitulaire, au gré du soleil, de la brume ou du vent, des heures du jour ou de la nuit, la récolte des visions sombres et colorées exaltera le moine le plus indifférent. De même le novice a appris, sans effort, prosterné dans la prière, les harmonies des chants sacrés. Sous les voûtes de l'église, fraîche en toutes saisons, lieu où les sons s'élèvent, se brisent, se multiplient dans une grave résonance, l'âme s'illuminera autant par les effusions de la prière que par l'envoûtement d'un paradis de pierres.

Saint Fulbert, dixième jour d'avril.

Matines vont sonner, je me suis réveillé avant la première heure du jour, le corps étrangement reposé, l'esprit calme jusqu'à l'indifférence, au détachement. Un retour en arrière est salutaire. Tout d'abord visiter à nouveau le site, essayer d'assimiler la forme et de la ressentir dans son ensemble ; l'architecture d'un monastère ne se compose pas en assemblant des bâtiments, mais bien comme une sculpture, dans un bloc plein, massif.

Le plan, dessin à deux dimensions, ne doit pas se juger : image représentative d'une incomplète synthèse, il est l'itinéraire d'une promenade imaginaire. Créer, sans déterminer simultanément la hauteur et l'épaisseur, sans définir jusqu'au moindre détail élémentaire au tout, est impossible. Pas d'architecture sans l'évocation de la quatrième dimension, la trajectoire : perception de l'édifice dynamique. L'œuvre est rarement montagne ou horizon immobile, elle se transforme sans cesse par le déplacement du regard. Les volumes tournent autour du pivot dont nos yeux sont l'extrémité fixe. L'architecture est mouvante. Notre marche engendre ainsi le mouvement des formes, notre tête articulée fait basculer les lignes, et notre regard perçoit la mobilité infinie des reliefs. Il nous appartient, à nous maîtres d'œuvre, de créer ce qui est préalable, de précéder l'image, de vivre dans le plan, de nous y installer, d'y transporter notre lit, de renverser les murs, de remuer les blocs les plus pesants, de défier l'équilibre et la pesanteur, de prévoir les rotations, les retournements, la vitesse des images et l'immobilité relative.

« *Qu'est-ce que Dieu ? Il est tout à la fois longueur, largeur, hauteur et profondeur. Ces quatre attributs divins sont l'objet d'autant de contemplations.* » (Bernard de Clairvaux).

Saint Léon, onzième jour d'avril.

J'ai passé toute la journée à Notre-Dame-de-Florielle. J'ai repris avec l'abbé nos anciennes relations. Je lui fis part pour la première fois depuis mon arrivée de mes multiples soucis, de mes souffrances, de mes faiblesses. Il ne me crut pas, notre entretien n'eut donc pour moi aucun des résultats que j'en attendais. En revanche, j'ai pu résoudre de nombreux et essentiels problèmes pratiques. Pour le ravitaillement, il décida qu'à l'avenir un convers de Notre-Dame convoierait les vivres. Jusqu'à maintenant nous allions les chercher. C'était une journée perdue pour six de mes frères, qui revenaient épuisés, chargés comme des mulets. Pour la main-d'œuvre, nous convînmes de déplacer immédiatement six convers de l'abbaye pour le chantier. Je lui promis que l'an prochain nous pourrions nous suffire, en grande partie, grâce aux nouvelles cultures. Je lui soumis mon règlement. Il ne parut pas très satisfait par toutes ces dépenses de vêtements. Il hésita, marcha longtemps pensif, puis, à mon grand soulagement, parla d'autre chose. Pour le matériel et les bêtes il me compta de l'or, chaque pièce qui tombait sur la table se transformait pour moi en matériaux, chars et outils. Au coucher du soleil, le sac pendu à mon cou, j'ai voulu rentrer. Je souhaitais que, sans un jour de retard, Benoît partît acheter de quoi faire l'abbaye. Avec cet or, je savais que maintenant plus rien ne s'arrêterait, le chantier était bien là sur ma poitrine. J'ai pris les sentiers que le long crépuscule allait encore éclairer pendant trois heures. La fatigue, les douleurs me terrassèrent en chemin. Cette imprudente décision faillit me coûter cher. À la nuit noire j'avais parcouru trois lieues, il m'était impossible de faire davantage. Je n'étais pas loin du grand chemin de Lorgues, sur les hauteurs du bois de Sainte-Foy. Comme un enfant perdu j'ai eu peur, je croyais entendre des pas, je me suis caché dans un fourré. Là, le sommeil de l'épuisement me permit d'oublier ma misère et mes terreurs. Le froid matin me réveilla, je repris la route, anxieux à l'idée d'une mauvaise rencontre. À une lieue du Thoronet, alors que je venais de franchir l'Argens au gué, j'entendis les appels de Bernard.

Saint Paterne, quinzième jour d'avril.

Depuis deux jours notre communauté est en émoi ; au cours des repas les convers échangent des coups d'œil complices, ils rient pour un rien. À chaque bruit insolite ils écoutent, s'arrêtent de mâcher, observent un silence de tous leurs gestes, se concentrent pour mieux entendre, le regard perdu. Sur les chantiers, à la carrière, ils abandonnent leurs tâches, montent sur un rocher, observent le dernier tournant du chemin, puis reprennent rêveurs le travail interrompu.

Finalement ce fut l'arrivée ; c'était aujourd'hui au milieu du repas ; à force d'attendre, les convers avaient pris patience. Depuis ce matin ils espéraient avec sérénité. Ils mangeaient lentement sans nervosité, dans un silence poli. D'habitude des gestes maladroits créent au cours du repas un tintamarre d'écuelles, de cuillères ou de couteaux qui, sans être assourdissant, est désagréable.

Ce fut tout d'abord un cri lointain, un grincement qui nous figea, puis des bruits de sable écrasé, de cailloux broyés par des roues. Pendant un grand moment plus rien. Un vol d'oiseaux dérangés passa au-dessus de nous en piaillant, plus joyeux qu'effrayés. Maintenant il n'y avait plus de doute ils étaient là : cris, roulement sourd, ils devaient aborder la montée. Presque tous se levèrent, enjambèrent les bancs. Violemment je frappai sur la table par coups rapides, des regards suppliants se dirigèrent vers moi ; en levant la tête je ne pus m'empêcher de sourire. Comme une nuée de diables ils se sauvèrent, renversèrent les bancs, se bousculèrent ; je restai seul avec les frères Gabriel et Thomas qui, n'ayant pas osé désobéir, attendaient comme d'habitude que je me lève le premier. Tranquillement nous nous sommes rendus sur le Champ.

Dans la lumière blanche et crue du soleil au zénith, on déchargeait les chars, on caressait les grosses bêtes agacées par les taons, nerveuses, couvertes d'écume blanche. Luc leur donnait son pain. Thomas passait sa main avec précaution sur les encolures. Antoine le grand examinait les chars. Thibault accroupi près d'une mule voulait voir les fers et attendait que la bête piaffe. Hugues monté sur le dos de la plus grande se prenait pour un chevalier. Bruno soulevait le plomb, écartait le chanvre, comptait les outils, caressait l'enclume, triait le matériel. Tout le chargement était déposé avec précaution à terre dans un grand désordre. Gabriel marchait rapidement d'une bête à l'autre, considérait tout. Philippe tâtait, examinait les harnais, passait la main sous la dossière, l'avaloire, les traits et le collier, appréciait l'épaisseur des cuirs, la façon. Malgré la poussière tout était flambant neuf, bien graissé, peint de frais. Au milieu de la joie générale j'ai décroché les grelots avec humeur et me suis avancé vers Benoît, fatigué par le voyage et assis, à l'ombre, en bas du talus. « Pourquoi cette dépense inutile ? » ai-je demandé.

« C'est un cadeau, répondit-il, au marché on ne nous aurait pas laissé partir sans. » J'avais les trois rangs de clochettes à la main, un instant avant j'étais prêt à les jeter. Je suis allé les raccrocher sur les poitrails des trois mules. Ceux qui n'avaient pas compris imaginèrent une solennité, se rassemblèrent autour de moi, certains firent le signe de la croix.

La construction du monastère qui pour la plupart était un mythe devenait, dès l'arrivée des bêtes, des chars et du matériel, une réalité. Les tâches mineures faites depuis près d'une année dans l'indolence et l'espoir des choses d'un autre monde appartenaient déjà à un passé lointain. Benoît s'était ressaisi. Il donnait des ordres rapides, faisait recharger le matériel dispersé, ordonnait le rangement dans le dortoir. Les mules devaient sans délai être dételées, étrillées, abreuvées et nourries.

Depuis longtemps, avec Benoît, nous avions choisi nos hommes, Luc pour les bêtes, Antoine pour le matériel. Lorsque nous fîmes venir Luc et lui annonçâmes quel serait son rôle, il n'écoutait pas nos recommandations répétant sans cesse : « Alors, elles sont à moi », en frappant sa main sur sa poitrine. Nous avons devisé jusqu'à vêpres et oublié délibérément none.

Dans la soirée, une visite inattendue nous impressionna. Un cavalier, vêtu et armé comme un seigneur, s'arrêta sur le Champ ; le teint brun, couvert de poussière, monté sur un cheval sombre à l'œil affolé, aux pattes tremblantes. Il nous interpella fièrement avec un fort accent provençal. Dès qu'il apprit qui nous étions, il mit pied à terre, s'avança vers nous en tanguant légèrement : « Je suis Paul, de Fontvieille et des Baux, maître carrier ; je vous apporte les hommages du comte votre frère et suis là pour vous servir. Où sont les carrières ? » Quel sera le plus grand jour, celui des trois mules ou celui de maître Paul ?

Saint Marc, vingt-cinquième jour d'avril.

Depuis l'arrivée des mules, nous avons avec mes frères droit de cité chez les convers. Je peux maintenant rappeler ce qui s'est passé ici depuis le vingtième jour de mars, après que mon règlement fut mis en application. C'était un lundi, le travail fut ralenti partout, la révolte était dans les esprits. Le surlendemain, trois frères récalcitrants n'ont pas assisté à la prière en commun, les mêmes ne prirent pas leur repas et restèrent devant l'oratoire. Craignant d'autres désobéissances, dont les conséquences deviendraient graves, j'ai fait transporter la nuit tous les outils dans notre cabane. Dès l'aube, Bernard et Benoît sont allés couper des arbres et débroussailler. Moi je me suis installé à ma table la porte grande ouverte, j'ai gardé les outils. Quand nous avons rejoint le réfectoire, quatre frères sur onze étaient à table, les autres attendaient à l'autre bout de la baraque. Le cuisinier n'ayant rien préparé, nous avons mangé des légumes crus.

Tout de suite après, j'ai ordonné aux quatre convers présents de me ramener un frère que j'avais choisi après réflexion. Nous attendîmes ; j'étais très inquiet ; si je n'arrivais pas à régler cette affaire tout seul j'étais obligé de rendre compte à l'abbé. Lorsque tout espoir fut perdu, j'ai alors demandé à mes frères de se rendre seuls au travail. J'ai longé tristement la longue façade me dirigeant vers l'oratoire. J'ai trouvé les quatre pauvres convers, debout devant le frère convoqué, répétant inlassablement : « Notre frère cellérier demande ta présence au réfectoire. » Comme je n'avais pas encore pris de décision, ces paroles me donnèrent une idée. J'avais volontairement choisi le plus borné des convers, celui dont l'obéissance était la plus douteuse.

« Veux-tu répondre à mes questions ? ai-je demandé.
– Oui mon frère.
– Qui, après l'abbé, est chargé de la discipline de l'Ordre ?
– Le prieur.
– Après le prieur ?
– Le cellérier.
– Quelle est la mission principale du cellérier ?
– De diriger les frères convers.
– Suis-je cellérier ici ?
– Oui, répondit-il. »
Je savais déjà que j'avais gagné, je poursuivais :
« Quels vœux as-tu prononcés ?
– Ceux de pauvreté et de chasteté.
– Quelle promesse ?
– La promesse d'obéissance.
– Quelle est ta faute en refusant de suivre tes quatre frères ? »
Il baissa la tête.
« Veux-tu accepter la punition que je t'impose ?
– Oui mon frère.
– Cent coups de discipline. »

Recevoir cent coups de discipline, donnés par un moine, est une terrible épreuve. En lui demandant de s'infliger lui-même la peine, je savais que son supplice serait limité par sa propre résistance. Puis m'adressant aux frères atterrés qui s'étaient groupés : « Vous méritiez, à vous tous, la peine acceptée par votre seul frère ! Allez chercher les outils rangés dans notre cabane. Votre premier devoir est de cultiver les terres, le second de construire une abbaye. Je ne veux pas, par votre faute, amoindrir vos corps, épuiser les forces que vous devez à notre communauté et à l'Ordre. Votre frère expiera la désobéissance de tous. » Le pauvre convers s'est déshabillé. Aux premiers coups, je me suis éloigné. Accablés, les frères m'ont suivi. Le soir j'ai ordonné la fin de la peine, j'ai su que par trois fois le frère avait recommencé son supplice et était enfin tombé vers le cinquantième coup.

À l'arrivée des mules, le pauvre frère put reprendre son travail. Je voudrais oublier les noms de ceux qui désobéirent.

Saint Frédéric, vingt-septième jour d'avril.

Après ce que j'appellerai la révolte des convers, il se passa des faits inattendus, les quelques mots prononcés devant l'oratoire après la rude punition provoquèrent des excès dans le travail.

Déconfits de ne pas avoir été punis, ulcérés par les souffrances de leur frère qui, ils le savaient bien, était particulièrement irresponsable, tout les incita à se venger sur eux-mêmes et sans doute sur moi, en se mortifiant par une activité forcenée. Les meneurs, je le sus, avaient prêché la désobéissance avec comme principal argument que le repas du matin, la distribution du mixte et de la pitance n'allaient pas, à leur avis, avec le temps de carême. Les convers aspirent toujours à imiter ou dépasser les moines dans les mortifications et la prière. Et si certains le font par réelle piété, d'autres s'y astreignent, sans en être conscients, dans un esprit d'imitation ou d'émulation. Or, l'obligation des deux repas, plus la pitance et le mixte leur semblait, malgré l'exemple que nous en donnions nous-mêmes, contraire à la Règle, surtout dans un temps de pénitence. Ils ne se rendaient pas compte que le régime alimentaire, pratiqué auparavant dans le désordre de leur vie de nomades, était, en quantité, bien supérieur à celui prévu par le nouveau règlement. Ils pensaient, pour la plupart, qu'un repas unique après une journée d'un travail modéré, dû à la faiblesse provoquée par le jeûne, leur permettait de manger le soir à satiété, sans leur ôter le bénéfice moral de l'abstinence. Je suis persuadé aussi que la suppression du vin jusqu'à l'hiver prochain provoqua, sans qu'ils osassent se l'avouer, leur mécontentement. Quoi qu'il en fût, n'ayant pour moi ni affection ni dévouement, ils crurent compenser les mortifications dont ils étaient frustrés par des excès dans l'obéissance qu'ils me devaient. Ils observèrent que, seul, le travail leur donnait la possibilité de satisfaire leur besoin de souffrance physique ou morale. L'arrivée des mules scella pour la première fois notre confiance, et, quand le temps de carême fut dépassé, ils continuèrent chacun à travailler comme trois, dans un élan et une fougue dont ils commençaient à oublier la raison première. Les conséquences immédiates de cet excès de zèle sont surprenantes. Jamais je n'ai vu pareil résultat après un temps écoulé aussi court. Malgré le manque d'outils appropriés, de matériaux et de maîtrise d'encadrement, les travaux ont pris l'aspect d'un véritable chantier. Une nouvelle carrière est découverte. La pierre à chaux, trouvée en un lieu proche au bas de la côte orientale, attend déjà sur le carreau de construction d'un four. À une lieue d'ici, deux convers travaillent avec un vieux potier du pays à la restauration d'une carrière d'argile abandonnée. Les premiers pains m'ont été présentés hier avec fierté par celui que j'ai appelé le «pauvre convers». Ingénument il les avait modelés en forme de moines, ce qui nous valut d'échanger un regard de tendresse. Ce n'était plus la promesse d'obéissance, mais une autre, la plus belle de toutes les promesses : celle de l'amitié.

Je n'en finirais pas ce soir de parler de tous les changements survenus, depuis le vingt mars, dans le commencement des bâtiments provisoires, la chapelle, les sondages, les essais de taille et d'extraction, les coupes, les constructions des bancaou, la galerie de la source, creusée afin d'améliorer le débit, l'aménagement d'un lavoir sur le cours du ruisseau, la couverture du dortoir maintenant achevée, l'embellissement de l'oratoire. Enfin, le sol à l'emplacement de l'abbaye est raclé jusqu'aux rochers qui apparaissent maintenant dégagés, et dessinent les difficultés matérielles dont je dois m'accommoder. Il paraît loin le temps où, seul, le bâtiment des convers, perdu au milieu des argeras, montrait l'amorce de dérisoires et obscurs fondements exécutés, faute de chaux, en pierres grossièrement appareillées.

Saint Robert, vingt-neuvième jour d'avril.

Il est bien rare de rencontrer des voyageurs. Le nouveau chemin qui traverse le domaine est peu connu, quoiqu'il soit sensiblement plus court pour ceux qui viennent d'Entrecasteaux ou de Carcès et qui se rendent à Fréjus. Il évite aussi, sur maints itinéraires, de traverser l'Argens au moment des crues.

Dans les environs, tout le monde sait que des frères blancs vont construire une abbaye. Nous avons, comme agriculteurs, une bonne réputation ; de plus, avis unanime des petites gens, nous portons bonheur. Au début de notre installation nous avons besoin des paysans, pour nous faire aider et pour «apprendre le pays».

Nous sommes le plus souvent bien reçus et vite adoptés. À la longue nous devenons les maîtres du pays. Le nombre, le travail et les privations finissent toujours par produire la richesse. Les paysans imaginent alors que celle-ci existait dès notre arrivée, que notre Ordre est largement pourvu de prébendes ou de dons. Cependant cela est rarement le cas, nos débuts sont toujours difficiles. Si l'aide des puissants est indispensable, les grandes privations restent nécessaires. C'est bien à notre industrieuse activité que nous devons de devenir d'opulents cultivateurs. Nos faibles besoins produisent l'abondance. La providence entraîne, au début, un courant d'enthousiasme, notre foi, notre confiance ingénue provoquent la générosité. Mais cela n'a qu'un temps, dès que nos murs sont montés, nous ne devons compter que sur nous. Les donateurs ne pardonnent pas à une communauté édifiée grâce à leur or, et sur leurs terres, de péricliter. Cela est bien normal. Toutefois, nous sommes souvent abandonnés au moment où nous en avons le plus besoin. L'achèvement partiel ou complet de l'église donne lieu à une grande fête ; nos bienfaiteurs considèrent après cette cérémonie que leur rôle est terminé. Mauvaise période pour nous. Bien souvent, il reste la moitié de l'abbaye à construire, les fermes, les moulins et la plupart des cultures à entreprendre. Nous devrions avoir la malice d'édifier l'abside le plus tard possible. Mais voilà, les cisterciens ne peuvent, ne doivent pas faire ces calculs, nous sommes aimés, aidés pour notre foi et notre candeur.

La construction de nos monastères, la création de nos domaines conquis sur la forêt ne peuvent se concevoir sans aide, secours et charité. Ensuite il nous appartient de rendre au centuple, de multiplier les dons généreux. Nous devons être prospères afin de répandre les bienfaits.

Il est bien rare, en effet, de rencontrer des inconnus sur le Champ. Depuis deux mois, des événements, dont on parle encore, ont changé le rythme de la vie : notre arrivée, puis celle des mules, enfin celle de maître Paul. Nous nous sommes rendu compte d'après l'importance du second combien le premier dut frapper la communauté. Nous savons que quelques passants traversent le domaine, et, bien souvent, les frères n'en disent rien. Depuis des mois ils connaissent ces habitués qui vont et viennent régulièrement pour les mêmes raisons. Paysans ou colporteurs, leur visite n'a d'autre but que la curiosité qui alimente la chronique des fermes isolées ou des villages des environs.

« Où en sont les moines du Thoronnet ?

– Oh ! ils grattent par-ci, par-là, ça n'a pas l'air de marcher ».

Ou bien : « Il paraît que des moines sont arrivés, depuis, ils ont déblayé tout le terrain et coupent des arbres. »

Évidemment, pour l'instant, ils n'ont pas grand-chose à raconter. Ces gens, connus par tous nos frères, saluent timidement, s'arrêtent un instant près de la source, font boire les bêtes et après avoir tourné en rond un moment, observé, ils sentent qu'il serait indélicat de s'installer davantage. Ils prennent la descente ou la direction de l'occident et vont camper plus loin.

Il y a maintenant trois jours de cela, nous venions de remonter après complies et nous nous apprêtions à travailler. Nous n'avons que la nuit pour écrire, faire les comptes. Mes frères se couchent tôt, quant à moi, je ne m'endors que lorsque ma résistance est épuisée.

Ce soir-là, Luc sortait de l'écurie improvisée, tout près du chemin, quand il entendit de grands pas descendant le sentier qui suit le ruisseau. Il attendit un moment et rencontra un homme immense, plus grand que frère Philippe. Ce géant s'arrêta à la source, but longtemps. Puis, tranquillement, s'enveloppa dans un manteau court qui était roulé et attaché sur son dos. Un moment après, il dormait tranquillement dans le coin du Champ sous le grand chêne vert. Luc se précipita chez nous, s'excusa. Évidemment la nouvelle en valait la peine. « Un homme qui a la conscience tranquille, ai-je dit, s'endort toujours ainsi. » Frère Benoît raccompagna Luc. À son retour Benoît me dit : « C'est un géant, je n'ai pas vu ses yeux, mais il a une belle tête, j'ai voulu le réveiller et j'ai touché sa main, j'eus l'impression de tenir la corne d'un bélier. » Puis Benoît et Bernard s'endormirent.

En curieux, je me suis rendu sur le Champ. La lune était déjà haute, sous le chêne, la nuit, des rais de lumière passaient à travers le feuillage d'hiver. L'étranger était étendu sur le dos, la peau claire, la barbe noire, un visage serein, un nez long, fin, un front lisse et jeune, les yeux probablement petits étaient très enfoncés. Longtemps j'ai observé ce visage, un rayon de lune rampait lentement vers son front, lorsque la lumière froide dessina sa tête, j'ai admiré la création.

Toute la matinée, le lendemain, nous fûmes absorbés par la nouvelle carrière. Paul nous prête ses outils, ils ne sont pas faits pour notre pierre et le maître carrier est en rogne. Il était exceptionnellement de bonne humeur, car ses essais avaient produit dans la nuit les résultats espérés. Il avait dégagé un banc de quatre pieds de haut, en avait séparé un bloc de deux stères par une méthode intelligente et sûre, sans provoquer de déchets. Dans des trous arrondis de deux pouces sur quatre de profondeur, préparés et alignés sur les futures arêtes du bloc, espacés de moins d'un pied, nous avions enfoncé des rondins de chêne très secs, aussi ajustés que la forme encore trop irrégulière des trous le permettait. Ensuite, à l'aide d'une goulotte de terre argileuse dirigée depuis une source à faible débit, à cent pas de la carrière, un mince filet d'eau arrive sur le banc, repart en rigoles ou minuscules cascades. L'eau fait son travail, le bois augmente de volume et le bloc se sépare nettement du banc d'un seul coup. Le débitage sera essayé avec un procédé dont Paul garde encore le secret. Il s'agit, je le crois, de coins posés dans le sens du lit pour dégager de la masse une hauteur d'assise. Ensuite calée sur des règles de fer, le poids provoque la cassure à l'aide d'entailles qui créent des lignes de moindre résistance. La dalle est ainsi débitée en pierres que les convers pourront tailler. Nous fûmes jusqu'à l'heure du repas absorbés par la carrière. Nous sommes là, comme devant une montagne d'or, anxieux et animés de convoitise. Hélas devant cet amas de roche nous n'aurons jamais qu'une arme : la patience, une possibilité : l'adresse.

Après sexte, j'ai demandé si l'on avait eu des nouvelles du voyageur de la veille, Benoît répondit :

« Comment ? tu ne sais pas ! il est resté près de la source. »

– Que fait-il ?
– Rien, il semble attendre.
– Il ne vous a rien dit ?
– Non, et nous n'avons pas osé nous approcher de trop près. Quand il l'a compris il s'est éloigné de la source et s'est assis en face du chantier, ainsi les frères purent boire. Il semble ne pas nous voir. »

En regagnant notre cabane je l'ai aperçu, il marchait la tête baissée, semblait réfléchir profondément. Je n'ai cependant remarqué chez cet être aucune nervosité. Cette étrange visite avait cela de curieux, elle n'inquiétait personne, n'effrayait personne. J'en ai conclu que ce très bel endroit près d'une source justifiait une halte prolongée. Cependant, alors que je travaillais, à plusieurs reprises j'ai essayé de l'apercevoir de ma baie : « Le bas du talus et les taillis doivent le cacher, ou il a dû partir », me dis-je. Cette pensée m'attrista, un homme si grand, si fort, aux mains dures comme des cornes de bélier, dans ce pays où les pierres sont si lourdes, les arbres si loin. Puis, je revis son profil éclairé par la lune.

Avant le repas du soir je devais rencontrer le vieux potier. Je voudrais bien l'installer au bas de la côte contre la falaise de la carrière à chaux ; de multiples raisons me font pencher vers cette solution ; la première est logique : les fours ; la seconde morale : le caractère du bonhomme, ivrogne, bavard, rageur, braillard. Nous n'avons pas traversé le

Champ pour rejoindre le réfectoire, nous sommes rentrés par le sentier qui suit le ruisseau. Ainsi je n'ai pas su si notre géant nous avait quittés. Je n'ai pas pu manger et n'ai pas osé questionner pendant tout le repas. Je me suis levé avant la fin, chargeant mes frères de diriger les prières du soir. Seul et libre, je suis monté lentement vers le Champ. Je baissais les yeux pour me donner une contenance et justifier ma surprise. Il était encore là. Quand il a compris que je me dirigeais vers lui, il s'est levé pour m'attendre.

« Bonsoir, ai-je murmuré.
– Bonsoir.
– Tu… attends quelqu'un ou quelque chose ?
– Oui.
– Quoi ?
– Quelqu'un d'ici pour parler.
– À qui veux-tu parler ?
– Au patron.
– C'est moi. »
Mon cœur battait plus vite.
« Je suis bien heureux, dit-il.
– Que veux-tu ?
– Travailler.
– Comme quoi ?
– Je suis forgeron. »

C'est ainsi que la Providence nous a envoyé Antime. Il est célibataire, bon chrétien, plus fort que trois hommes. J'ai pu constater ses principales qualités : la discrétion et le silence. Il a attendu deux jours sans manger et dans le plus grand calme.

Quatrième dimanche après Pâques,
vingt-huitième jour d'avril.

J'ai eu des nouvelles de Cîteaux. L'arrivée de maître Edgar, de maître Étienne et d'un certain maître Jean que je ne connais pas est annoncée. Ce n'est pas une surprise, mais leur refus eût provoqué une grave déception. J'ai une réserve de mauvais bois pour eux.

Après m'être entendu avec maître Paul je vais, dès leur arrivée, prévoir un plan de bataille. À part la main-d'œuvre indispensable à la carrière, tous vont être mis à la construction de la forge, puis de la chapelle. Ainsi, une à une, les baraques seront terminées dans le temps le plus court. Si nous ne prenons pas ces dispositions, les bâtiments provisoires risquent de durer des mois, de ralentir tous nos postes de préparation. Sur les chantiers, il faut toujours jouer avec deux éléments : la simultanéité, ou la succession des tâches. Tour à tour ces méthodes sont bonnes ou mauvaises, jeux délicats quelquefois dirigés par les seuls sentiments.

Mes frères maigrissent ; il ne serait plus question de supprimer la pitance. Maintenant je préfère rire de ces mauvais souvenirs. Comme celle de l'été qui avance, la chaleur de l'affection augmente ; tous sont angoissés par mes souffrances, par ma jambe qui traîne. Et le soir où je suis arrivé au réfectoire avec deux cannes, le repas à travers l'habituel silence a paru morne et triste.

Saint Stanislas, neuvième jour de mai.

J'ai embrassé, à leur arrivée, Edgar et Étienne ; Jean est un petit homme trapu, il a une bonne figure. Je suis heureux de revoir mes vieux amis, mes fidèles compagnons. Je souffre trop aujourd'hui pour pouvoir écrire.

Sainte Solange, dixième jour de mai.

Comme une poule avec ses poussins, chaque jour je compte où passent mes convers. J'ai de la peine à les retrouver. Avec Benoît nous avons des discussions très vives :

« Il faut pousser davantage la construction du four, terminer les déblaiements, entamer la découverte exigée par maître Paul : tu mettras trois convers à chacun de ces postes.

– Où les prendre ? » me dit Benoît. Alors nous comptons. Benoît lève le pouce de la main gauche et commence ainsi : « Nous avons Joseph et un convers, plus celui qui travaille à la carrière d'argile. Pour la chaux, un convers, pour le moment ça va ; dans quelque temps nous devrons en prévoir deux. Antime a besoin d'un convers, au moins. Avec Étienne et Edgar deux convers. Jean, chef de chantier, a besoin de l'équipe de huit heures, soit cinq convers à plein temps pour monter les baraques, Pour le jardinage, un… » Et Benoît continue en comptant, tantôt avec la main gauche, tantôt avec la droite. « Pour maître Paul, normalement, nous devrions lui donner quinze hommes ; nous arrivons péniblement à dix, cinq à la taille, cinq à l'extraction. C'est nettement insuffisant. Pour la cuisine, un ; pour les cultures, deux, et il en faudrait dix… Pour le transport, les bêtes, le chargement, il en faudrait cinq, nous ne pouvons en prévoir que trois. Pour les inventaires, un, à demi-temps. Vois-tu, j'arrive à plus de trente. Comme nous en avons vingt-cinq, quand personne n'est malade ou blessé, sur les effectifs les plus bas il en manque au moins une dizaine. Alors, grand frère, comment faire ?

– Je sais, je sais, ai-je répondu ; je vais voir l'abbé cette semaine ; cependant, il y a peut-être un moyen. Les journées sont longues, si nous faisions faire seize heures, nous créerions deux postes. Cela représenterait deux équipes de vingt-cinq à huit heures chacune. Alors, augmentons les heures et la nourriture ; voyons, il fait jour à ?…

– Cinq heures dit Benoît.

– Grand jour, je sais, mais suffisamment pour travailler ; quatre heures ?…

– Oui.

– De quatre à douze : huit heures, et de douze à vingt : huit heures. Tout le monde couché à vingt et une heure, il reste six heures de sommeil.

– Non, cinq, objecta Benoît.

– Pourquoi ?

– Le temps de s'endormir et celui de se lever, de se rendre au chantier.

– Bon, si tu veux, cinq : moi-même je ne dors pas davantage, et n'en suis pas mort. Le dimanche matin, nous dirons la messe à neuf heures ; le soir, ils se coucheront à sept heures. Voilà deux nuits par semaine de grand sommeil, sans compter les jours de fêtes.

– Dis, grand frère, et la prière ? les vêtements ? l'hygiène ? la discipline ? les convers sont cisterciens comme toi et moi !

– Oui, c'est vrai, j'ai oublié les prières ; tant pis, obéis, qu'ils prient en travaillant.

– Et s'ils sont distraits par ces prières ?...

– Tu les punis sévèrement.

– Quelle punition ?...

– Deux heures de travail supplémentaire !

– Bien, grand frère... Dis-moi ? avant de te quitter, peux-tu me dire pourquoi tu es si inquiet sur le temps ? pourquoi tu es si pressé ? »

Je l'ai regardé tristement. Il m'a quitté sans rien ajouter.

Dimanche de Pentecôte.

Cette campagne n'est pas plus riche en beaux arbres que notre communauté ne l'est en or. Bernard se prépare pour un voyage à Fréjus ; nous sommes si pauvres qu'il devra mendier le matériel. Notre abbé compte davantage sur l'aide de Dieu que sur la générosité de l'évêque.

La taille mange les pics ; nous installons la forge. Huit frères sont en carrières et sauront bientôt ciseler les arêtes comme de vrais compagnons ; ils taillent fin et sont formés à la bonne école. Les parements intérieurs, les moulures n'ont pas de secret pour eux.

La plupart des pierres seront traitées rudement, grossièrement : nous gagnerons ainsi du temps. Le soleil accrochera les facettes, les éclats, et fera précieuse la matière scintillante. Les angles, les joints dressés, ciselés, deviendront les pures arêtes, définiront le filet de la maille élémentaire, par la discrète diversité des fins appareillages que nul mortier apparent n'insensibilisera.

Saint Béat.

L'essartement m'intéresse peu, j'avoue ne pas connaître les travaux de culture. Tout le monde semble savoir les saisons d'après les légumes ou les fruits. Pour moi, je ne serais pas autrement étonné si sur ma table apparaissait un plat de… (je souris à l'idée de tomber juste) mettons, courgettes au mois de décembre.

Benoît s'occupe de tout si bien que jamais il n'attire l'attention. Benoît est le maître des travaux ; ses tâches sont si nombreuses que les décrire serait toujours un travail incomplet. Benoît ne se discute pas, n'est jamais discuté. Il conseille : on obéit. Il le sait et court plus loin conseiller encore. Ses phrases commencent par : « Il me semble », « Ne croyez-vous pas », « Ce que vous faites est parfait, cependant ». Benoît me repose ; ma dureté ne s'est jamais exercée sur lui, ses fautes seraient les miennes. Quant à sa réussite elle ne se remarque pas. La preuve la plus formelle est bien là. Faire oublier la difficulté, c'est combattre à chaque instant la faute et l'erreur.

Par devoir, pour information, je me suis traîné à petits pas sur la terre conquise. J'ai voulu voir la construction des bancaou, les plantations de vignes et d'oliviers, les mauvaises terres à céréales et le potager. Ainsi, doucement, j'ai atteint le centre approximatif du domaine durement gagné. Une odeur forte m'a surpris tout près du bosquet de ronces et de pins. Ainsi, pensais-je, ce soir je pourrai dire à Benoît que je connais son chantier de culture. Je n'ai pas de raison de l'encourager ni de lui faire spécialement plaisir, mais tout de même, quand on fait quelque chose, il est normal d'en parler. Je voulus comprendre pourquoi Benoît avait mis le fumier là. Tout en réfléchissant, je m'approchai. À cause des bêtes, pour éloigner les mouches ? Pour l'odeur désagréable ? Notre fumier ne sent pas bon, je veux dire, nous mélangeons tous les excréments des bêtes et des hommes, alors ?... Peut-être pour la distribution plus pratique, au centre des cultures ? Peut-être aussi pour les trois raisons ?

Quelqu'un était là ; les sons clairs ou racleux d'un outil aratoire, espacés régulièrement suivant la manière lente et sûre des agriculteurs, m'en avertit. Je ne suis pas curieux ni indiscret, mais surprendre le travail solitaire d'un convers me donne toujours beaucoup de joie. Sans grande précaution j'approchai de l'homme. L'odeur avec cette chaleur intense était difficilement supportable et prenait la gorge. C'était frère Thomas. Sur l'instant je fus scandalisé : comment ? parce que Thomas ne dit jamais rien, on le laisse dans cette malsaine ambiance ? C'était une erreur de ma part, aucun convers n'échappait à cette immonde corvée. Enfin, j'eus cette impression injuste et ne pus réprimer un instant de colère indignée. Notre sixième office canonial sonna. J'étais trop loin pour avoir le temps de revenir. Je décidai de m'éloigner de cette pourriture et de me rapprocher des lavandes. À ce moment je vis frère Thomas sur son monceau d'immondices, grouillant et décomposé, lâcher ses outils, tomber à genoux à l'endroit même de son travail, sans faire le moindre mouvement pour tenter de s'en éloigner. Les bras en croix, la tête penchée, le menton touchant presque la poitrine. J'entendis Thomas réciter le Credo ! Jamais encore la voix de frère Thomas ne s'était fait entendre isolément. Une voix pure, jeune, un peu frêle, s'éleva. J'en oubliai le lieu, l'odeur. Je contournai le bosquet pour admirer son visage, je le vis en plein soleil, levé cette fois, les yeux immenses ! Le regard d'une beauté si surprenante que j'eus peur et me sentis de trop ; il n'y avait pas de place pour moi dans ce duo surnaturel. Des lèvres épaisses, trop rouges, trop molles, le Credo finissait, et, pour la première fois de ma vie de moine, je compris tout le sens de cette extraordinaire prière. Je me suis enfui comme un voleur, car je n'avais pas droit à son paradis. Maintenant, la nuit bienveillante m'entoure de paix.

Sainte Blandine, deuxième jour de juin.

Inquiétude et peur m'étreignent ; qu'il me soit permis d'accomplir heureusement ma tâche. Les circonstances les plus heureuses sont réunies. Au pays de mon enfance, sous ce climat qui aime l'architecture, la défend par des armes de lumière, la glorifie par des gammes colorées, la fait ruisseler de pierreries sous le ciel bas d'un orage qui fuit, par les derniers rayons d'occident.

Sainte Clotilde, troisième jour de juin.

Nos sondages à l'emplacement du monastère sont terminés. Au nord, nous avons découvert une poche d'argile profondément altérée. Nous devrons purger cette glaise, atteindre le sol stable, reconstituer le terrain des fondations par un remblai onéreux ; encore du temps perdu, dans l'impossibilité de contourner l'incident imprévu. Le temps, l'argent : soucis continus de tout bâtisseur. Pour l'édification de notre abbaye, le luxe inutile sera sévèrement apprécié. Heureusement pour nous la beauté reste l'enfant de la nécessité. À notre seule initiative est laissée la liberté d'une dépense illimitée, payée des seules monnaies courantes : le luxe de nos efforts, le gaspillage de nos idées.

Tous les matins, nos visites aux carrières nous permettent d'imaginer comment seront nos murs et nos voûtes. J'ai fait dresser plusieurs essais de taille. Les faces intérieures et extérieures font l'objet de choix et d'études. Avec anxiété nous approchons de ces pierres. C'est bien la première fois que je me trouve en présence d'un matériau semblable. Ces blocs durs, cassants, irréguliers, rongés de cavernes, conditionnent la matière des architectures. Pour la première fois mes frères m'observent avec inquiétude. Habitués à la régularité, à la finesse des pierres, ils examinent ces appareillages frustes avec défiance. Ils ne croient pas encore à la beauté de ces cailloux. L'un d'eux m'a dit : « Quel dommage que tu n'aies pas trouvé de carrière ! » L'autre encore plus sceptique : « Pour les colonnes, les chapiteaux, n'aurions-nous pas avantage à faire venir des blocs de véritable pierre ? »

Je suis le seul à croire à un résultat. Personne n'imagine encore que la rudesse, la difficulté de taille, l'irrégularité des pierres, seront le chant et l'accompagnement de notre abbaye. La difficulté est l'un des plus sûrs éléments de la beauté. Je suis déjà ami avec cette roche qui refuse toute complication, qui interdit toute sculpture. Pourquoi expliquer ? l'abbé de Clairvaux qui a bien ordonné nos missions de constructeurs, n'aurait rien dit devant ces blocs ; ses recommandations n'auraient pas eu de sens. Nous avons trouvé ici des pierres pour la Règle, elles ont la vocation cistercienne.

Celui qui inspira l'abbaye de Fontenay eut sur notre architecture des idées absolues et précises. Il conçut un art pour le cloître, pour la Règle. Il souhaita que cette forme dépouillée se grandît par sa simplicité, dépassât dans ce suprême détachement les plus nobles architectures. Il pressentit, dans l'uniformité de nos programmes, la constance d'un art qui va se purifiant sans cesse par le jeu des variations sur un même thème. Cet être inspiré savait que, malgré la contrainte, la qualité d'une âme restait intacte. Dans la Règle, la personnalité de la foi est distincte et particulière. Dans la forme imposée, les variations des volumes et des proportions, pour chacune de nos abbayes, révèlent l'âme et la qualité. À la grandeur de notre foi, à la puissance de notre Ordre, à la sainteté de nos moines, correspondra, dans le même crescendo ou decrescendo, la purification ou la décadence de notre art.

Saint Norbert, sixième jour de juin.

Les cathédrales de nos grands maîtres, dentelles de pierres aux immenses clochers, les monastères aux magnifiques sculptures, aux baies immenses, rutilantes de gemmes aux dessins colorés sont, évidemment, édifices de luxe. Le riche a besoin d'étaler, de donner. Le pauvre aime recevoir, admirer. Ce qui est bon pour un cistercien ne l'est pas pour le siècle ou les séculiers. Notre pontife est bien sous sa tiare d'or, le petit peuple est fier des vitraux de son église. La mère et son petit enfant vont admirer. Le père y puise ses sources. Le vieillard prosterné sourit doucement dans ses dernières oraisons. C'est ainsi que les gens apprennent le mieux les saintes écritures. Leur joie, l'entretien de leur foi, viennent plus souvent de leurs pieuses distractions que des arides commentaires des vicaires. L'imagination se nourrit mieux de visions que d'ennuyeuses paroles. Un vicaire, poète éloquent, comme les jongleurs, attire la foule, l'entraîne et l'entretient. L'artiste verrier, le sculpteur ne font-ils pas la même chose ? Ces chimères de marbre, ces scènes bucoliques ou bibliques, ces rois aux barbes fleuries, sont comme l'éclat des verres représentant Jean le Baptiste, la douce Vierge et son Ange, Lazare et son suaire, la pêche miraculeuse, la Résurrection, le père Abraham, Joseph vendu par ses frères, l'échelle de Jacob, la fuite en Égypte, la colère du Fils de l'homme chassant les marchands, et la chute de l'archange, et le triste purgatoire, et les damnés, et les anges musiciens, nos mystères, nos chants, cernés de noir sur les fonds rouges ou bleus. Où est le mal ? pas plus là que dans l'or des autels. Combien de convers sont ici pour avoir ouvert, grâce à ces ornements, la porte de leur vocation ?

La règle austère et la piété du merveilleux sont deux sœurs, comme Marthe et Marie, car elles sont toutes les deux l'une et l'autre. La première est activité, pauvreté, humilité ; la seconde, contemplation, adoration. L'une sert et lave, l'autre parfume. L'une a besoin d'épreuves, l'autre de confiance, en louant Marie devant Marthe, Jésus donne la joie à ses amies.

Saint Médard, huitième jour de juin.

Toujours face à face, la construction de l'abbaye et la force pour la réaliser ; prendre son temps serait sage. La mort est-elle sage d'arriver trop tôt ? l'orgueil est-il sage ?

Sur un chantier, toute économie augmente l'efficacité. C'est ainsi qu'après avoir observé le passage des chemins, j'en ai conclu que leur mauvais état rendait difficile le travail des bêtes. Leur tracé créé par l'usage et la facilité augmentait la longueur des itinéraires courants.

La semaine était hier largement entamée quand nous nous réunîmes sur le Champ. Comme pour demander conseil, sans en avoir débattu avec personne, j'ai parlé de l'aménagement des chemins. Pendant longtemps j'ai développé tous les ennuis que nous avions et ceux à venir ; les grandes pluies transformeraient en bourbier ces passages amortis de fine poussière brune, à présent agréable. Les compagnons ont approuvé. Paul a balancé affirmativement la tête en clignant d'un œil. Mes frères ont compris tout le mal dont cette boue allait être la cause : des heures perdues à tirer les chars, des efforts inutiles sous la pluie battante, de bons matériaux enfoncés, sacrifiés dans les ornières en pure perte. J'ai dit : « Si nous voulons refaire ces chemins, une équipe de huit hommes manquera pendant des semaines. » Paul est sorti tout à coup de son mutisme pour déclarer : « Des semaines ! des semaines ! si on s'y met tous, il y en a pour trois jours. » « Mais, quand ? » ai-je demandé.

C'est ainsi que depuis hier, compagnons, convers et bêtes, luttent pour améliorer les voies, changer leurs tracés, creuser des rigoles d'écoulement et lundi, si tout va bien, nous aurons de vrais chemins. Paul et Antime sont restés à la forge, le frère cuisinier force sur les rations.

Saint Jérémie.

Depuis mon arrivée, j'observais frère Gabriel, convers de soixante ans au moins, aux cheveux blancs, à la barbe courte, au regard clair. Le visage d'une grande gaieté, les yeux innocents sont continuellement dirigés vers le ciel. De petite taille, le corps est menu. Comme pour beaucoup de convers, personne ici ne le connaît, personne ne sait d'où il vient. Arrivé mystérieusement il y a une dizaine d'années ; dans le silence il a poursuivi sa vie sainte et austère.

Le dimanche, à l'heure de la messe, frère Gabriel se met dans le coin le plus reculé et observe l'officiant autant que sa place le lui permet. Je perçus sa voix, je compris que ce petit homme avait appris les chants sacrés avec une précision insolite pour sa condition de convers. Soit par curiosité, soit par méchanceté, je lui confiai chaque jour des tâches demandant une grande attention ; il s'y soumit, j'avais mis fin à son bonheur. Je le vis depuis lors, soucieux, obligé d'abandonner son oraison pour concentrer toute son attention à compter, mesurer, entretenir, surveiller. Je ne le pris jamais en défaut, mais ma décision le fit réellement souffrir. Les frères le remarquèrent et semblèrent ne pas m'approuver. Les jours de distribution de travail, après avoir réparti les tâches de chacun, j'ajoutais : « Quant à toi, frère Gabriel, tu marqueras les arbres, ensuite tu iras numéroter les pierres avec le frère Robert qui te donnera les calepins. » J'attendais un refus, il ne vint jamais. Frère Gabriel perdit sa sérénité, mais travailla sans la moindre plainte. Avec son œil affolé, ses mains tremblantes, son petit pas rapide, il courait partout sans un mot. J'avoue que je fus perdant dans cette lutte. J'espérais un jour, une explication ou un reproche. Ce fut moi qui rompis le silence : « Frère Gabriel, lui-dis-je, j'ai l'impression de te faire souffrir, de troubler ta tranquillité. » Il sembla ne pas entendre, leva aux cieux ses beaux yeux de vieillard, dans l'attitude joyeuse que je lui connaissais. « Frère Gabriel, pourquoi ne dis-tu pas ce que tu penses ? tu es malheureux à cause de moi, je le sais ; j'ai voulu t'éprouver, savoir si tu supporterais bien mes ordres sans te plaindre. Je sais maintenant que tu es avisé en toutes choses. Les tâches compliquées que je te donne, dans de multiples cas, sont exécutées avec intelligence. Dis-moi, quel était ton métier ? J'ai le droit de le connaître, afin que je puisse te trouver le rôle le plus utile dans la communauté. »

Son regard quitta le ciel, et me sonda avec le plus doux, mais le plus implacable reproche. Enfin tranquillement, il répondit :

« J'étais prêtre, professeur de doctrine à Toulouse. Mon savoir me permit d'être évêque. Lorsque ma vraie foi me fit comprendre qu'ainsi mon âme était en danger, j'entrai discrètement à Notre-Dame-de-Florielle comme convers. Depuis, je pense avoir fait ce que Dieu me dictait, et ne jamais avoir désobéi à la Règle. Je te demande pardon, mon frère, pour avoir, par mon attitude, provoqué ta curiosité. »

Ma curiosité est satisfaite, certes, mais j'ai compris la leçon. Si je l'admets en ce qui concerne frère Gabriel, je ne peux m'empêcher de penser que notre Ordre a tort de tolérer des princes et des évêques parmi les convers. À chacun son métier, ou alors admettons que, sous prétexte de pénitence, les hommes doués spirituellement deviennent convers et que les moines soient des manuels. La pénitence ne tente que les meilleurs. Hélas, je ne rencontrerai jamais, parmi les convers des carrières, Frédéric Barberousse ou l'antipape Victor IV.

Saint Jacob, vingt-troisième jour de juin.

Demain sera le jour de ma trentième année depuis mon entrée à Cîteaux. Novice en onze cent trente et un, les souvenirs tristes et gais reviennent depuis hier dans ma mémoire.

« Que le Seigneur vous couvre de ce vêtement de salut » ; en onze cent trente-deux, j'étais moine cistercien. Novice j'avais appris le métier avec un maître d'œuvre, médiocre manuel je fus chargé de diriger les chantiers. Mes dons et mon zèle décidèrent de mon sort ; à mon tour je devins maître d'œuvre. Avec passion je poursuivis mes études ; quand j'eus assez d'expérience on me confia des travaux de plus en plus difficiles. En 1136, je bâtissais ma première église. Pour une part j'ai participé à l'édification ou aux agrandissements des trois cent soixante abbayes de Cîteaux construites à ce jour. La Providence m'a ramené dans le pays de mes ancêtres que je n'avais fait que traverser pour me rendre en Italie et en Terre sainte. J'ai le pressentiment aujourd'hui que mon voyage s'achèvera ici.

Saint Jean le Baptiste, vingt-quatrième jour de juin.

Dans un fracas, un cri grave comme un râle, un souffle fort comme un coup de mistral, le chêne du chevet de l'église future s'est abattu dans le soleil du matin en soulevant un nuage de poussière de fleurs. Nous l'avions sacrifié. Depuis trois jours deux convers se sont relayés, deux bourreaux de chêne. Joyeux, avec des « han ! » rauques, le grand Philippe et le petit Bruno ont frappé à tour de rôle dans sa chair qui rougissait, une plaie d'arbre. La peau sombre arrachée, découpée sur tout le pourtour du tronc, découvrait les muscles, les nerfs et les artères. La cognée, jetée vers le ciel, retombait en bruit mat entraînant les mains, les bras, le torse et la tête de l'homme planté sur ses jambes fixées comme avec des racines. La cognée tendue en haut, puis en bas, tirait les muscles longs de Philippe ; des muscles de lierre ou de glycine, et ceux courts et noueux de Bruno, en racine de bruyère ou d'olivier. À cause de l'arme forgée par Antime la lutte était inégale. Enfin, hier, le géant de cent pieds, de cent ans, s'est laissé attacher à sa branche haute. Ce matin, c'était la fin. Comme des juges cruels, les bras croisés, rangés le long du Champ nous étions tous descendus pour voir et pour aider. Lorsque le moment fut venu, Luc attela les mules à la corde du milieu et les hommes s'emparèrent des deux autres cordes. Philippe frappait au cœur, au premier craquement, tous ont tiré au commandement de Luc. Au troisième effort, la cime oscilla, hésita le temps d'une respiration, puis le grand mouvement s'amorça, tellement lent au début que ça n'en finissait pas, enfin de plus en plus vite les branches et les feuilles balayèrent le ciel en tournant sur la rotule de fibres. Un grand silence suivit. Dans ce désordre nouveau le chêne n'arrêtait plus de tenir de la place, de compliquer le sol. Les frères, perdus dans les argeras, se ramassaient. Les mules stupides soufflaient, les yeux fixes, les oreilles rabattues ; dans les ronces jusqu'au poitrail, elles n'avaient rien compris à cette manœuvre. Après le moment de stupeur, les regrets nous prirent la gorge : nous ne sommes pas des bûcherons de métier. Quelqu'un cria : « Pour les feux de la Saint-Jean ! », et le dépeçage commença.

Ce soir nous avons allumé partout : cent feux pour les cent pieds, les cent ans du grand chêne. Comme il avait plu hier, les mauvaises herbes, rassemblées en tas depuis des semaines, et les feuilles sombres du chêne fumèrent ensemble. Ce n'est qu'à la nuit, bien après complies, que les flammes ont pu traverser les fumées jaune sale ou bleues. Tous couraient d'un feu à l'autre, avec des fourches, pour aider les foyers à respirer.

Le chêne mutilé resta seul, couché dans le cimetière. Dans un mois les plateaux, bien calés pour sécher, seront rangés contre les ateliers. Dans dix ans l'arbre abattu de la Saint-Jean sera nos portes, nos tables, nos stalles.

C'est bien aujourd'hui le jour anniversaire. « *Maître quel est le plus grand commandement de la loi ? Jésus lui répondit : Tu aimeras le Seigneur ton Dieu, de tout ton cœur, de toute ton âme, de toute ta pensée.* »

En onze cent quarante et un, dix ans après mon entrée dans l'Ordre, j'étais conseil du chapitre de Clairvaux, alors en pleine expansion. La rencontre de l'abbé Bernard fut pour moi déterminante. Dès l'abord, notre abbé me confirma sa confiance et son espoir. Subjugué par ses conceptions, j'interprétai par des formes ce qui n'était que des recommandations. Il parla du dénuement de nos maisons ; je vis des volumes simples. Il fut question de sobriété, d'utilité, de pénitence, je traduisis : noblesse, efficacité, harmonie. Ses paroles furent conformes à mes pensées, son langage abstrait devint architecture. Il provoqua la naissance de mon ambition. Je fus comme le juif errant, battant les chemins, traînant la jambe, l'épaule basse ou victorieuse ; tantôt comme maître d'œuvre, tantôt comme conseiller du chapitre. Maintenant je vois encore dressée devant moi cette immense personnalité dont le jugement a pressenti ma passion et ma vie. Il semble avoir admis pour des raisons profondes mon insuffisance ; sans doute pour l'utilité de ma mission. De toute façon perdu pour le service de Dieu il m'a voué à celui de ses troupes.

Toute ma vie je fus plus maçon que moine, plus architecte que chrétien. S'il y alla de ma faute, je dois dire aussi que l'Ordre m'y encouragea. Je dus, le plus souvent, obéir sans obtenir jamais le moindre répit, passant d'Allemagne en Bourgogne, de Bretagne en Aquitaine, toujours négociant pour le service de notre Ordre. Les abbayes de Cîteaux furent les miennes. Qu'une communauté soit en difficulté, je devais me mettre en route pour voir, organiser, transformer, projeter. Tant de dons pour l'action brisèrent en moi ceux que je pouvais avoir pour la prière. L'apôtre Pierre s'identifie pour moi à la pierre de l'édifice. Souffrir du froid, de la faim, être blessé au cours des accidents de voyage, cela ne m'éprouva pas pour le perfectionnement de mon âme, mais pour la grandeur de ma mission. Mes infortunes ne furent pas celles d'un moine cistercien, mais celles d'un homme occupé de négoce, d'argent, de matériel. Au terme d'une longue existence de pèlerin de l'art, j'ai gâché ma vie. Ni par vertu, ni par pureté ou conduite exemplaire je n'approcherai le Seigneur. Seul l'exercice de mon métier sera porté à mon crédit. Les veilles, le jeûne, la frugalité des repas, toutes les mortifications imposées ne furent jamais des épreuves. J'oubliais souvent l'heure de l'unique repas pendant le carême. Lorsque, occupé de ma tâche, je restais toute la nuit éveillé j'en ressentais un bien-être extraordinaire, propice à mes méditations de pierre. Dans ma vie déréglée mes scrupules vinrent de l'ennui provoqué par la monotonie des offices. Conscient de leur inutilité il m'arriva souvent de penser que je perdais mon temps. Si le plain-chant m'a donné de la joie, c'est parce que les chants sont faits pour les voûtes, que les nefs les reçoivent comme les mains d'une mère tiennent la tête de son enfant. Je ne regrette rien, c'est ainsi que Dieu l'a voulu.

« *Quelle que soit l'étendue de ton savoir, il te manquerait toujours, pour atteindre à la plénitude de la sagesse, de te connaître toi-même. Une telle lacune serait-elle vraiment si importante ? Elle serait capitale, à mon avis. Connaîtrais-tu tous les secrets de l'univers ? Et les contrées les plus lointaines de la terre, et les hauteurs du firmament, et les abîmes marins si, dans le même temps, tu t'ignorais ? Tu me ferais penser à un constructeur qui voudrait bâtir sans fondations ; ce n'est pas un édifice qu'il obtiendrait, mais une ruine Quoi que tu puisses accumuler hors de toi-même, cela ne résistera pas mieux qu'un tas de poussière exposé à tous les vents. Non il ne mérite pas le nom de savant, celui qui ne l'est pas de soi. Un vrai savant devra d'abord connaître ce qu'il est, et boira le premier de l'eau de son propre puits.* » (La Considération, de Bernard de Clairvaux.)

Et si cette eau est amère, faut-il continuer à la boire ? Faut-il aimer telle qu'elle est l'eau de son propre puits ?

Saint Pierre saint Paul, vingt-neuvième jour de juin.

Oui ! ce fut un grand jour celui où il mit pied à terre sur l'esplanade, sur le Champ sans ombre et s'avança vers nous affairé et soucieux.

Depuis, il fait partie de notre vie, plus rien ne pourra le détacher de ces matériaux qu'il arrache en grognant à la montagne. L'abbaye lui devra sa peau et sa chair, ses os, ses muscles et ses nerfs.

Paul est d'abord un regard. Lointain, orgueilleux, fermé, fuyant le contact. Puis, il se pose, gentil, doux, compatissant, charitable. Une émotion passe : les paupières se plissent, l'expression devient cruelle, sceptique.

Une nouvelle pensée, tout s'ouvre, les sourcils se relèvent, les yeux brillent d'un nouvel éclat : désespéré, stupide, d'une infinie tristesse, des éclairs de colère, de stupéfaction, de franchise... Il est tout à coup pitoyable. Il fait de la peine. La tête se baisse, le regard fixe, volontaire, attentionné, tombe vers le sol, considère, distrait, les pieds qui jouent avec des cailloux. La tête, les mains, font le geste des choses impossibles et désespérées. Le désespoir ? non ! La lutte commence, la voix s'élève, la tête se redresse, le cou se tend en avant. Le regard est là : il va poursuivre, il devient convaincant, résolu, franc. Colère, ennui, étonnement matois, douceur, vice, passent tour à tour. Il semble que le cycle possible des expressions est maintenant bouclé, mais les yeux se ferment, deviennent fentes, les prunelles étincellent, le regard éclate de rire. Dans les mouvements, en apparence désordonnés de la tête, ridée par l'énorme gaieté, l'homme n'a pas pu se retenir. Il s'est brisé en éclats sur sa propre comédie. Le sérieux, la menace, la fausse et la vraie franchise, la peur, la résolution forcenée sont devenus la joie.

Après, il est une bouche. Là, on ne peut pas être trompé. La bouche est spirituelle, elle annonce les dents nombreuses, elle se ferme avec une imperceptible difficulté. Et si, amère, elle se tord en accompagnant le débit rapide, les mâchoires serrées ou les sourds éclats de voix, je la sens toujours à la limite du rire. Cette bouche a beaucoup trop ri pour tenir son sérieux. La comédie est parfaite pour les yeux. Pour la bouche, le rire a déformé les lèvres sans remède. Elle ne suit pas le regard lorsqu'il exprime le dégoût, la colère, la volonté, la conviction, la sincérité désarmante. Les lèvres s'ouvrent, toutes les dents apparaissent, le rire cascade, le bruit est étonnant. La tête se baisse, accompagne le premier éclat. Le torse s'agite sur la rotule des hanches, en avant, en arrière. Les jambes se plient aux jarrets, frappent le sol, accompagnent, comme dans une danse de tout le corps cette mimique ordonnée.

Cet homme est né un peu pour réfléchir en bougonnant, beaucoup pour convaincre, enfin pour rire la plupart du temps. Pour le reste une belle tête séduisante, beaucoup de cheveux grisonnants, un mâle visage creusé, toujours hâlé. Le dos voûté de muscles ; la démarche particulière de loup de mer en équilibre sur un pont. Les genoux toujours prêts à encaisser les chocs, les mouvements du tangage et du roulis. Les mains sont fines, les pieds petits.

Maître Paul ! tailleur de pierre depuis l'enfance, nourri des poussières de calcaire. Il paraît courageux, mais il a les faiblesses des poètes et des artistes. Il aime le soleil, la bonne chère, la rêverie. Il désire trop séduire pour ne pas vouloir faire de nombreuses expériences, prouver sur le sexe ce qu'il tente sur les hommes avec moins de succès. Les êtres séductibles doivent se passionner pour cette belle bête. Il dut s'attacher rarement. Il préfère l'ambition, l'action, les copains, compagnons de rire. Il lui faut des rieurs ; les gens trop tendus, comme moi, doivent le fatiguer à la longue. Depuis son arrivée il a une idée fixe, peu raisonnable ; sous divers prétextes il m'a souvent abordé ainsi : « Bonjour Père », un long silence, visage triste, bouche tordue, œil torve, souffreteux. « Alors, vous comptez réellement faire quelque chose de cette saloperie ? Depuis huit jours, en travaillant comme des galériens, on a sorti dix stères avec six de déchets. Il restera à peine quatre stères propres. On s'est cassé le tempérament pour rien. Prenez donc de ma pierre ! soyez pas têtu ! elle coûtera rien. Je préfère vous la donner que continuer à me lever le maffre pour rien. Tous vos cailloux, y valent pas pipette. C'est de la pierre à bancaou. Vous pourrez le dire à vos bonshommes, ils ont la patience des bénédictins, ils sont braves comme des anges, mais ils m'agacent avec leurs barbes qui cachent tout ; et puis, ils rigolent pas. Ils prennent tout au sérieux ; moi je suis pas bavard pourtant, mais un mot de temps en temps, ça fait mal, oui ? C'est vous qui leur défendez de l'ouvrir, eh bien ! vous êtes durs dans votre couvent. Alors, dites, voilà !... Je fous le camp, je vais là-bas, je vous prépare les chargements, et je tire avec mes machines dix stères finis par jour, au poil ! Et, à la fin de l'année, vous avez toute la camelote bien rangée le long des étagères, et hop en l'air ! c'est du gâteau. Vous pouvez poser avec quatre bonshommes deux stères par jour, le couvent est fini dans deux ans maximum, emballez ! vous pouvez le faire marcher le moulin à prière de la Bonne Mère, et continuer à crever de faim et à pas dormir, à travailler comme des ladres, bon Dieu ! Pour ça, ils sont pas malins les convers ; oui, mais ils bossent, vous avez trouvé le filon pour vite les envoyer au paradis, vous eh ! vous devez avoir des intérêts dans les morgues. Alors, dites ? c'est d'accord ? vous prenez les miolles, les chariots, et vous venez charger autant que vous pouvez en prendre. »

Sans respirer il me dit tout cela. Il essaie, tente sa chance sans y croire. Vingt fois sans se décourager il m'a dit à peu près les mêmes mots. Mots qui paraissent confondus dans le grognement coloré de son accent de Provence. Par son débit rapide il veut imposer sa volonté. Maître Paul ? Sa seule passion, il aime sa pierre et respecte tous ceux qui l'aiment comme lui. Ce sont ses clients, ses victimes, ses amis, ses ennemis, sa vie. Il les hait et les vénère tour à tour. Une défaillance pour ses matériaux le fait souffrir comme une bête blessée. Pour l'intérêt qu'ils y prennent, l'enthousiasme le porte aux nues. Un ami des jours heureux de ma jeunesse l'a envoyé ici, il ne m'a pas volé. Mais je sens qu'il faut le tenir, maître Paul, l'entretenir chaque jour, remonter sa mécanique prompte au découragement. Nous avons besoin de lui. Il renifle la pierre, il connaît les bons et les mauvais bancs. Comme il est maître carrier à Fontvieille, les Baux, Estaillade, et Pont du Gard, il déteste notre pierre cassante, presque aussi dure que le marbre de Cassis. Toute pierre marbrière lui rappelle sa jeunesse, les tristes tombeaux de l'atelier de son père. Son bonheur sur la terre a commencé avec le crocodile, longue scie aux dents du même nom, qui attaque les blocs aussi facilement qu'une bille de chêne. Depuis, il s'acharne dans les grottes, monumentales cathédrales qui semblent vouées aux rites des cyclopes. Dans ces cavernes blanches, neigeuses, tous les jours l'homme arrache un bloc, augmente le vide. Vingt toises de haut au plafond plat, monolithe, soutenu par des piles de deux toises de côté. Le mauvais vouloir de maître Paul déteste nos morceaux cassés, exploités sous découvertes, à ciel ouvert et au ras du sol. Notre pierre est au calcaire de Fontvieille ce que le nougat aux amandes est au beurre ; cassante, incertaine, pleine de fils, de défauts : bancs douteux, brisés dans un instant de colère divine. Alors que le calcaire de maître Paul a le calme et la stabilité des fonds marins, le seul incident a dessin de coquillage. Inlassable, il poursuit les mâchoires serrées :

« Je préfère faire tirer à droite, à gauche, Fontvieille, les Baux, Estaillade, le Pont du Gard, toujours sur les routes, à cheval ou sur les chariots, livrer, organiser les poseurs, traiter avec eux, leur tirer les prix et patin couffin monter la marchandise à Orange, Avignon, la descendre jusqu'à Aix. Moi, je m'en fous ! Ici je m'empoisonne le tempérament pour rien. Non, Père ! allez, soyez raisonnable, vous êtes têtu comme vos miolles ! Obstiné comme un moine ! Enfin, je vous le dis, pour exploiter ici, vous irez vous faire voir ailleurs. Je calte demain, je roule, dans deux jours j'arrive dans le paradis, le vrai paradis de la pierre ; ici, c'est même pas le purgatoire, c'est l'enfer ! Vous touchez cette machine-là, vous voyez pas le diable avec ses cornes et sa queue ? Il vous fait pas peur, non ? C'est sûr, il y est... sentez, reniflez l'odeur, mettez votre tarin là, sentez, c'est du soufre. Non, non et non ! enfin, je l'ai dit, vous acceptez, je prends mes cliques et mes claques et zou ! à Fontvieille ! »

Je l'écoute calmement et réponds :

« Il est terminé ton petit théâtre, mécréant ! C'est toi le diable, tentateur menaçant, infernal démon de chantage, bon à rien ! Incapable ! »

Surpris, il cherche à savoir si je parle sérieusement.

« Eh bien, vous alors, vous êtes dur... incapable ! Incapable ! Je voudrais vous y voir ; si je vous laisse vous sortez pas trois cailloux gros comme ça ! » Puis brusquement menaçant : « Vous vous rendez pas compte que si j'avais pas apporté mes outils, vous restez planté là comme un toti, sans pouvoir rien arracher ! Tiens, vous aurez l'air malin, avec quoi vous en sortirez de la pierre ? Avé les ongles, ou avé les dents ? Je vous avertis, il faut les avoir bonnes ! même les miennes, je les laisse d'un coup. Vous voyez pas que si vous enfoncez l'outil, sans savoir, sous le bloc, il reste tanqué et c'est pas demain dimanche pour le sortir ! Vous pouvez dire à vos bonshommes, à vos barbus, de s'y mettre à tous et leur donner à bouffer le matin ! »

Alors, patiemment, je répète ce que je sais devoir le calmer :

« Paul, mon vieux, dans ta petite tête ce que tu demandes est impossible. Tout d'abord ta pierre tu ne la donnes pas. Même si tu n'y gagnes rien elle coûte. Ensuite avec mes mules, deux mille voyages sont obligatoires. En marchant bien, un voyage par semaine tout au plus, avec les bêtes que nous avons. Tu as compris ? Quinze cents à deux mille semaines au minimum. Dans quarante ans j'ai la pierre, et ton petit-fils taillera les derniers voussoirs.

– Votre calcul est faux ! Achetez trente miolles, et vous divisez tous vos calculs par quinze.

– Et l'argent ? qui me le donne ? Même avec trente mules, nous en aurions pour des années. Ici, avec un stère par jour qui ne me coûte pas un sou, puisque mes barbus sont là et qu'ils y seraient de toute façon, j'ai ma pierre dans cinq ou six ans. Et dans trois ans, si par bonheur tu arrives à tailler deux stères par jour. »

Après un silence, il reprend résigné ce qu'il sait être vrai, il abandonne :

« Vous avez raison, je le savais. Je suis pas fou, mais je râle ; que voulez-vous ? Il faut que je râle... Je reste, allez ! vous en faites pas ; je vais les dresser les barbus, je fabriquerai des machines avec Antime, je tremperai les outils, je mettrai l'extraction au point et au poil, la taille aussi, et je vous ferai des joints, pas plus gros que ça. » Il a fermé un œil, l'autre est comme une fente ; sa main, tout près de la bouche sérieuse, fait le geste de tenir le pouce et l'index serrés l'un contre l'autre. « Et puis, vous viendrez me voir là-bas, dans trois ou quatre mois, faire un gueuleton avec moi et mes bonshommes ! Ce que vous auriez dû faire, c'est venir vous installer là-bas, aux Baux, près de chez votre frère, bâtir un monastère comme vous seul savez le faire. Vous êtes dur, mais pour le métier, comme vous, jamais ; quand je vois les bras cassés du pays là-bas, la pierre ils la gaspillent ; tandis que vous, avec votre saleté, je vois ce que vous allez faire, vous avez la pierre dans le sang ! »

J'ai sursauté : maître Paul est malade, ses jours sont comptés, son sang se liquéfie lentement, il le sait. Il connaît sa mort prochaine, en rit : « Il paraît que je vais crever dans un an, c'est embêtant, je suis heureux comme un pape ! » dit-il.

Cela est vrai, cette force du diable et de Dieu est condamnée à mourir vite. Je souhaite vivre pour faire graver son nom tout en haut de la grotte d'Estaillade et au fond des gouffres de Fontvieille. Son nom d'homme de pierre, de fournisseur d'églises, de maisons et de palais. Maître d'œuvre à ses heures, peintre, dessinateur, sensible, faible, féminin même ; amoureux des hommes, flatteur comme une gonzesse, mauvais comme une teigne ! haineux, vindicatif, esprit souterrain, mais le meilleur parmi les meilleurs. Titan astucieux, si son tombeau était fait des pierres extraites grâce à lui, à sa ténacité, à la mécanique qu'il a inventée, mécanicien et carrier sans égal, toutes les pyramides d'Égypte ne combleraient pas les vides qu'il a créés. Il n'aura pas été bon, il n'aura pas été brave, les génies ne le sont pas. Le jour où je le verrai partir de sa démarche élégante de marin, ma peine sera infinie. La pierre aura perdu son homme, comme une femme perd son amant. Je souhaite que la mort qui l'attend soit volée, que la carrière cyclopéenne s'écroule sur lui : mort digne d'un héros. La maladie qui le ronge est injuste. Celui qui ne l'aura pas connu ne peut savoir ce que l'homme recèle. L'homme, le vrai, celui dont les défauts, les vices, le génie et les profondes qualités se fondent dans le bloc de la création des grandes personnalités. À son dernier soupir, soumis ou révolté, alors que sans doute un prêtre lui tiendra la main : la pierre blanche ne tremblera plus, portera son deuil éternel, deuil de pureté, deuil de la vierge qui meurt, deuil de l'action forcenée : la plus pure des qualités humaines.

Saint Thierry, premier jour de juillet.

Finalement, grâce à maître Paul, les blocs sortent bien, la taille est longue mais facile. Ce déroutant matériau demandait un outillage spécial, surtout pour l'extraction. Maître Paul l'a conçu, réalisé avec Antime le forgeron ; les longues conversations ont porté leurs fruits. Ces deux hommes faits pour se détester, finissent par s'aimer dans leur mécanique. L'estime est le gage sûr d'une spéciale amitié. À la haine farouche succède l'admiration, n'est-ce-pas préférable à ces relations fondées sur des affinités pleines de faiblesse ? Quoi qu'il en soit, les gros blocs des grandes assises, des voussoirs et même des linteaux monolithes sortent du chaos.

Sainte Zoé.

Cette plaie m'excède. Les soins paraissent inutiles. Le frère infirmier est perplexe ; j'ai l'impression que ses onguents propagent le mal. Que faire ? essayer de laisser cette chose sans soins pendant quelque temps ? Cela me paraît impossible. Ma tunique, toute la journée contre la peau abîmée, j'en frémis de dégoût. Je ne souffre pas physiquement. Je préfère cent fois l'autre mal qui me ronge à l'intérieur, sans m'amoindrir ; me supplicie, sans contraintes superficielles. J'ai pensé à la terrible maladie. Avant-hier, avec anxiété, j'ai approché la flamme de ma lampe, la chair a réagi vivement ; une intense douleur a suivi mon expérience. J'étais heureux, j'ai pu supporter toute la nuit cette nouvelle plaie de feu.

De quoi avais-je peur ?... de la solitude sans doute. Le silence ne me pèse pas, au contraire. Par ma fonction j'ai toujours pu parler autant que je voulais ; je n'en ai pas profité. Cependant, je ne peux pas me passer d'une présence, j'avais peur de la solitude complète, de l'isolement absolu des lépreux.

Sainte Colombe, sixième jour de juillet.

Cent vingt jours se sont écoulés depuis notre arrivée. Pendant ce temps bien des changements sont survenus, et si je constate certains signes d'épuisement ou d'extrême fatigue chez mes frères, il règne sur toute l'étendue de notre chantier un ordre, une prospérité, une sécurité surprenante pour ceux qui ne sont pas venus ici depuis longtemps.

La forge, en pleine activité, n'a pas peu contribué à assurer aux carrières et aux ateliers cette organisation de base. Depuis son arrivée, le forgeron façonne ou répare la totalité des outils.

Aussi sommaires que soient nos nouvelles constructions, elles ont l'avantage d'exister et de servir. Au centre de la plate-forme basse où est édifiée la première baraque se dresse la chapelle. L'ancien oratoire est transformé en cuisine, tandis que le reste du bâtiment est occupé par le réfectoire. Dortoir et atelier ferment les deux autres côtés du trapèze. À quelques pas des dortoirs, près du ruisseau, nous avons construit une écurie. Les bêtes sont grasses, bien soignées ; nous avons le souci de leur santé et de leur économie.

Aux carrières, trente stères au moins de pierres taillées attendent, bien rangées, à côté d'un grand tas de matériaux de déchets, d'être transportées au chantier. Maître Paul fait dégager les meilleurs bancs et prépare ainsi un avenir plus lointain. Chez Joseph, nous sommes en avance. En travaillant très lentement les tuiles seront fabriquées plusieurs années avant leur pose. L'âge de Joseph m'a influencé dans cette précipitation. Nous pourrons toujours si notre fabrication se poursuit, céder ou échanger ces matériaux avec les gens du pays, fabriquer des carrés de sol, nos ustensiles de cuisine, tasses et écuelles. Un atelier de potier et un four représentent, durant toute la vie d'une communauté, de substantielles économies.

Si nous en sommes là, c'est grâce à un peu d'or et au travail acharné des convers. Ceux-ci, avant notre arrivée, étaient onze. Jour après jour, et un à un, treize frères sont venus de Notre-Dame-de-Florielle. Ainsi, j'ai évité que deux groupes ne se forment, les anciens et les nouveaux. Les premiers ont toujours eu l'impression d'accueillir les seconds, de les adopter parmi eux. De plus, les horaires de travail ont moins surpris les hommes de renfort qui s'incorporaient peu à peu, et devaient s'adapter, sans récrimination, aux usages d'une majorité convaincue et assez fière de son activité. Maintenant que tout est oublié, mes frères ont pour le passé, c'est-à-dire la période écoulée avant notre arrivée, une curieuse nostalgie. Pour eux ce confort épuisant des temps nouveaux, l'abondance de matériel et d'outils appropriés, la forge, l'atelier du potier, la scierie, les chars, la chaux, les nouvelles coupes, tout cela, sans compter les travaux d'essartement et de défonçage, n'est pas conforme à l'idée qu'ils s'étaient faite de la construction de leur abbaye. Avoir tout, à tout moment, acheter ce qui sert ensuite à fabriquer, leur paraît anormal. S'ils ont à présent confiance dans l'évolution rapide des travaux, ils n'attachent plus le même sens poétique et mystique à leur action de tous les jours. Ces quelques frères perdus dans la forêt, grattant la terre de leurs mains, couchant sous des huttes de branches, priant en plein air, se nourrissant de maigres cultures et de la chasse de toutes sortes d'animaux, vivaient une aventure des premiers temps de la chrétienté. Pour eux, la construction de l'abbaye était comme la promesse d'un lointain paradis. Époque héroïque certes, et qui avait aussi l'avantage d'être peu fatigante. La vie au jour le jour, sans horaire ni but précis, n'avait aucun lien avec notre ordre nouveau dont une des principales qualités est l'efficacité. Jamais, cependant, ils n'oublieront cette première période. Ils l'évoqueront toujours comme celle de la véritable fondation, et, malgré la souffrance réelle imposée à leur corps et à leur esprit par une sévère discipline, ils n'en continueront pas moins à penser que maintenant tout est facile.

Avec le meilleur des tailleurs, au nom prédestiné, frère Pierre, j'ai constaté cet état d'esprit. Alors qu'il terminait le troisième bloc de sa journée, parfaitement dressé, ciselé aux arêtes, équarri à un fil près, une pierre qui pouvait se poser sans le moindre mortier, je lui ai dit :

« Pierre, tu dois être heureux de sortir de si beaux blocs ?

– Oh ! avec ces outils, il n'y a pas de mérite, n'importe qui peut le faire.

– Tant mieux ! ainsi nous pourrons bientôt monter rapidement de bons murs.

– Bons, peut-être, mais moins beaux !

– Pourquoi ? »

Il s'est levé, a déplié sa courbature, a fait basculer un bloc qui lui servait de siège et l'a installé au milieu de ses trois pierres. En le montrant du doigt, il a parlé la rage aux dents : « Tu ne vas pas comparer le travail ! en voilà un que j'ai sorti et taillé au début. C'était tout de même autre chose, non ? » Il le regardait avec tendresse, puis se baissant il se mit à le caresser de ses mains si dures qu'elles ne peuvent plus s'ouvrir ou se serrer complètement.

La pierre était irrégulière. Chaque face présentait un aspect différent, les arêtes sans ciselure étaient mal dressées. J'ai imaginé tous les murs construits avec des pierres semblables : pauvreté, tristesse. Cependant, j'ai compris confusément ce que Pierre appréciait dans ce travail insuffisant : la peine, la difficulté, et, pour ne pas le décevoir, pour entrer dans le jeu, j'ai dit :

« Évidemment, elle est très belle, quel temps tu as dû passer ! le monastère ne serait pas fini dans un siècle.

– Dans un siècle ! au moins : à trois, nous n'en sortions que deux à la journée.

– Alors, Pierre, il ne faut rien regretter ; nos frères de Notre-Dame-de-Florielle ne peuvent patienter. L'Ordre attend de nous autre chose ; chaque année doit voir cinq nouvelles abbayes. Dieu le veut.

– Cinq par an !... »

J'ai laissé Pierre stupéfait par les réalisations de notre Ordre. Pour un homme qui taille trois à six pierres par jour, ces dizaines de milliers de blocs pouvaient faire rêver. Je me suis éloigné et, presque par hasard, je l'ai observé. Je l'ai vu parler tout seul en touchant ses pierres, l'ancienne et les nouvelles, tour à tour. Il s'est levé serrant dans sa main un caillou qu'il a lancé de toutes ses forces sur son travail. Ensuite, ce qu'il fit me surprit : avec ardeur il se mit à retailler le vieux bloc comme les autres. Dans l'esprit de Pierre, que voulait donc exprimer cette décision ? Une compréhension plus grande ? Une soumission aux raisons supérieures ? La destruction d'un souvenir cher et à présent trahi ? Bien d'autres choses aussi, sans doute. Je sais que dans longtemps cette pierre détruite, retaillée dans la forme nouvelle, sera encore plus belle. Dans son esprit, il la verra lisse comme du marbre ; et il pourra dire : « Ah ! si vous aviez vu les pierres taillées au début, alors que nous n'avions rien, ça c'était du travail fini. »

Cette tendance est celle qui crée les histoires. Je n'en suis pas fâché, elle justifie et grandit la période que je juge néfaste. Le frère puni sera comme un martyr qui lutte contre un ordre nouveau, dont nul ne songe aujourd'hui à nier la valeur et l'utilité. Ces événements, avec le recul du temps, sont déformés et se perpétuent ainsi. Le maître d'œuvre qui m'a précédé incarnera le passé et la tradition, comme moi je serai un jour un autre fantôme ; qui sait comment se prolongera mon passage ici ?

Les compagnons, les anciens convers et les nouveaux frères incorporés peu à peu, forment à présent un tout. Cependant, chacun choisit son groupe, et affirme encore à l'intérieur de ce groupe un caractère particulier. Les compagnons, Joseph mis à part, qui doit et espère terminer sa vie avec nous, sont de passage. Ils le savent et encouragent plusieurs convers plus doués qui promettent de devenir d'habiles charpentiers. Au travail du bois s'adaptent bon nombre de frères ; maître Étienne consacre une partie de son temps à leur apprentissage. Paul partira bientôt ; il s'est fixé deux buts : découvrir les meilleurs bancs et former durement un noyau de carriers, de tailleurs et de poseurs de pierres. Étienne, Edgar et Jean resteront jusqu'à l'achèvement des charpentes de voûtes et la pose des premiers voussoirs. Antime, lui, n'a pas de projets ; je n'ai entendu sa voix que le jour de son arrivée, je pense quelquefois qu'il ne parlerait que s'il partait. Ces laïcs, dont deux sont d'anciennes connaissances, ont le pressentiment que cette abbaye est mon dernier chantier. Le déclin de mes forces est si apparent et rapide, que je sens en eux cette particulière chaleur affectueuse qu'ils veulent encore me donner.

Pour les frères, c'est bien différent. Ils vivent et meurent ici. Certains sont des cisterciens purs. Dès l'aube, trois mots s'inscrivent dans leur ciel encore sombre : chasteté, pauvreté, obéissance. Pour ceux-là aucun problème ne se pose : nous vivons côte à côte, ils ne me voient pas, ne m'entendent pas. Je suis comme eux une créature humaine, ils me doivent leur obéissance, je leur dois mon autorité. La prière domine toute leur vie. Ils n'attachent aucune importance au progrès matériel qu'ils pourraient faire ; pour eux l'obéissance n'implique pas l'attention. Quoique je les aime beaucoup, je ne suis pas désespéré qu'ils ne représentent qu'une petite minorité, car ils sont incapables de faire un autre métier que celui de servant, d'aide, de manœuvre. Cet esprit généralisé m'empêcherait de leur laisser la tranquillité, je me verrais dans l'obligation de les arracher à leur pieuse distraction, de gré ou de force, comme je l'ai fait pour frère Gabriel. Ils forment le corps des manœuvres, d'une bonne volonté à toute épreuve. Anciens ou nouveaux ne considèrent pas plus le travail d'aujourd'hui que celui du passé, la notion du temps et des contingences leur échappe entièrement.

Un autre groupe de frères qui, pour avoir une solide croyance, ne sont pas pour autant subjugués, ont pris pour les divers apprentissages un goût très fort. Ces hommes, entrés dans l'Ordre plus par besoin de tranquillité que par vocation, fils de serfs ou de vilains, ont naguère préféré à une vie de servitude un ordre divin. Ils sont convers n'ayant pu être moines, sont heureux de notre égalité, de notre fraternité dans une commune discipline, peut-être plus difficile, mais aucunement humiliante. Depuis qu'ils ont compris mes tendances et les ont acceptées, ils ont acquis un sentiment nouveau : l'ambition de se perfectionner dans un métier attachant. Ceux-là représentent encore une minorité qui, peu à peu, se laisse dominer par l'ouvrage, évolue dans un sens à mon avis utile à son salut. Ils ont la conscience d'un devenir qui les fait rêver. Dans le bois, le fer ou la terre, ils trouvent un bonheur là où, auparavant, il n'y avait qu'une condition. Ils ont pour moi l'estime réservée à celui qui sait avant eux, mieux qu'eux. C'est dans le mystère du métier que nous nous rejoignons : apprentis, ils ont pour le maître la crainte, le respect et l'envie. Sur eux je compte pour l'avenir ; laïcs par l'esprit, ils remplaceront un jour les compagnons et le savent.

Les plus nombreux sont ceux qui me sont attachés comme de courageux et de fidèles soldats à leur chef. Pour eux, il y a le patron, ses deux lieutenants Bernard et Benoît, ou, selon les spécialités, tel ou tel compagnon. Ils ont, suivant leur caractère, des attirances diverses pour chacun de nous. Ce sont des hommes enthousiastes qui mélangent tout : la paix, la prière, l'abbaye, les patrons, l'Ordre, dans un dévouement aveugle. Ce ne sont pas les meilleurs ; toutefois ils sont l'amour, et j'avoue que je les préfère. Je les préfère pour leur naïveté, leur bonne volonté de tous les instants. Compagnons médiocres ; ils sont le nombre. Ils imitent les autres, le métier qu'ils pratiquent leur est indifférent. Quand un grand effort est demandé, quand la force doit dominer l'adresse, quand le travail devient un pari, c'est sur eux que Benoît s'appuie ; fiers et contents d'eux après l'effort, reconnaissants pour celui qui les récompense d'une parole ou d'un regard. C'est dans l'expression du visage du patron, dans le reflet de ses prunelles, qu'ils reconnaissent la qualité de leur travail.

Sainte Véronique.

Avec autorité Paul est venu me chercher. J'ai tout d'abord résisté ; puis, quand je me suis aperçu que je lui inspirais une sorte de pitié, j'ai changé d'avis et l'ai prié de m'attendre un moment pour me préparer. Ma plaie ne supportait pas de bandage et je ne pouvais pas marcher avec la coule qui frottait à chaque pas ; tant bien que mal je l'ai protégée sans serrer trop fort.

Paul n'était plus là ; plus tard, il est revenu pour me dire qu'il s'était tordu la cheville à la carrière. « C'est à deux pas, ajouta-t-il, j'ai fait atteler le petit char, Luc nous accompagnera. » En descendant je le vis boiter. Assis à l'arrière, les jambes pendantes, les pieds traînant par instants sur le chemin, nous sommes partis gaiement. Par ce beau matin ensoleillé, alors qu'il ne faisait pas encore chaud, la promenade nous donna cette joie intense du moment. Nous allions tous les deux vers une aventure, faire une découverte. « C'est pas que ça presse, dit-il, mais je crois avoir mis la main sur une petite carrière de pierre de taille, elle est un peu plus claire que la nôtre, mais on peut tirer de gros morceaux pour faire vos chapiteaux et vos bases. Elle peut se scier au petit crocodile et se sculpter finement. »

À une demi-lieue, sur le chemin de Pont d'Argens, nous sommes montés par le sentier qui grimpe au Villard ; Luc nous attendit en bas. En vrai sorcier, Paul me fit une démonstration de taille, de coupe et de sculpture avec une série d'outils qui s'adaptaient bien à la dureté du bloc. En effet, je dus constater que cette pierre était plus souple, le taillant et le ciseau sans faire merveille permettaient des finesses ; le grain était sain, sans crevasse. Je fus sur le moment reconnaissant et j'exprimai ma joie avec beaucoup de mots enthousiastes ; Paul aime ça. « Jamais vous n'auriez pu sculpter dans votre fromage dur d'en-haut, on croit faire sauter un doigt, quand le coup est jeté, c'est un morceau comme le poing qui part. »

Après, en rentrant, je maudissais sa découverte, la peine qu'il s'était donnée à fureter pour trouver de la pierre à sculpter. J'espérais jusqu'ici que les chapiteaux seraient dégrossis dans notre rude matière, sans palmette, sans même les plus simples volutes : des formes arrachées, décorées de matière brute. Il n'en sera pas ainsi : « La carrière de maître Paul » comme nous l'appellerons, sera sans doute connue de tous, et personne ne voudrait comprendre mon opposition.

Quand, de retour, Paul courut à son travail, il avait oublié de boiter.

Saint Henri, quinzième jour de juillet.

Avec Bernard et Benoît, nous habitons ensemble dans une cabane en pierre, terre et branches. Pour la facilité de notre vie, nous avons divisé notre dortoir-atelier en deux parties : l'une, où je peux travailler avec Bernard, l'autre, où mes frères dorment. L'ensemble a une surface de deux cents pieds carrés. Pour ne pas gêner mes frères, je me suis installé dans l'atelier. Mon corps malade m'oblige à une vie particulière.

Les convers vivent sous notre surveillance, nous pouvons les observer de notre atelier. La chapelle, groupée avec les ateliers et le réfectoire, contient largement cinquante religieux. Je l'ai faite suffisamment grande pour recevoir tous les moines et convers de Notre-Dame-de-Florielle quand ils viennent au Thoronet. Construite en pin résineux, notre plus mauvais bois, elle sera glaciale l'hiver : travail de charpente ajourée, suffisant contre la pluie. Les convers sont dirigés par Benoît qui, souvent, va dormir avec eux.

Les compagnons ont une installation à cinq cents pas du chantier, à l'occident. J'ai interdit la visite de leur famille pour le respect de la discipline. Ils prennent leurs repas avec nous ; quelquefois, à des heures différentes, ils se réunissent pour des agapes de viande et de vin. Ils ont dans notre réfectoire une table pour eux. Il est d'usage que trois fois par semaine nous invitions à la nôtre les compagnons, un par un, à l'exception de Joseph qui mène une vie isolée, et de maître Paul qui ne supporte pas notre nourriture. Joseph se tient à l'écart ; il s'est organisé un trou, à deux cents toises des fours ; sa vieille lui prépare ses repas et le couche quand il a trop bu.

Les trois carrières sont situées sur le versant sud. La forge est en contrebas, côté oriental de l'abbaye, à proximité de la carrière abandonnée. Maître Étienne est délégué par les compagnons pour régler les problèmes entre les laïcs et nous. Cette discipline a donné apparemment de bons résultats. Rien ne peut être motif à scandale, et tout laisse prévoir un parfait équilibre dans nos relations. Maître Paul est seigneur et riche. À une lieue il loue une maison. Sa femme, fille et petite-fille de carriers, veille sur lui avec sollicitude. Maître Paul a besoin de soins assidus et d'une riche nourriture. C'est elle qui lui apporte ici deux repas, les fait réchauffer dans une petite cabane de bois à proximité des carrières. Je n'ai pas donné mon avis au moment de cette installation, sinon, en conséquence de la vie de Paul, je lui aurais demandé de s'éloigner davantage. Nous ne sommes pas une véritable communauté certes, mais l'Ordre interdit la présence des femmes. Paul vit en patron au milieu de nous, il a son cheval pour rentrer chez lui le soir, une belle bête bien nourrie, rapide. Sa femme vient à pied, attend le soir pour rentrer avec lui en croupe. Je sais bien, cela est défendu, absolument interdit. Les habitudes sont prises depuis longtemps. Pour moi, la santé et la nourriture de Paul sont des raisons supérieures ; la pierre, pour le moment, est plus nécessaire que l'eau.

Pour la répartition de main-d'œuvre faite chaque jour par Benoît, il est normal que les attributions soient toujours à peu près les mêmes. Les carriers spécialistes sont les plus nombreux ; c'est sur ce point que nous devons forcer le temps. Dans les meilleures conditions, six années seront consacrées à l'extraction et à la taille.

Un convers est toujours réclamé par Paul, Joseph et Étienne : frère Philippe ! Six pieds, deux cents livres, une belle tête légèrement enfoncée dans les épaules, des cheveux presque ras, la barbe courte frisée, le regard rêveur, triste et doux, plutôt clair. Nonchalant et racé, il porte le scapulaire et la ceinture avec une aisance particulière. Frère Philippe est dévoué, serviable, adroit, silencieux comme un moine. Il laisse échapper quelques mots qui ravissent Joseph, enchantent Paul, et lui attirent la sympathie d'Étienne et même d'Antime. Lorsque de son pas balancé il pénètre dans la forge pour faire aiguiser un outil, il siffle en guise de salut : Antime le grave, sourit, devient accueillant, s'affaire pour lui rendre service et l'aider. En ce qui me concerne, j'admire Philippe comme tout le monde ici. C'est un convers à part, rien cependant à dire sur sa conduite. Il aime passionnément la nature, contemple à sa manière toutes choses créées et s'arrête bien souvent pour rêver. Si son comportement paraît quelquefois étrange, il est aussi silencieux et sage que frère Gabriel. Ce que frère Philippe préfère dans ses tâches journalières est, sans aucun doute, le travail de potier. Je fonde sur lui de grands espoirs pour nous débarrasser un jour de Joseph. Très souvent j'observe frère Philippe aux repas : il mange de bon appétit, prend un soin particulier des aliments, coupe son pain en tranches fines, l'arrose de notre huile du pays avec des gestes qui n'échappent pas. Je n'ai rien à dire ; cependant il me semble que dans cette façon commune à tous de manger son pain, lui y met une attention qui doit améliorer le goût. Avec Bernard nous disons : « Regarde frère Philippe, il déguste pendant que nous nous nourrissons. » Quelquefois, le frère jardinier nous sert des légumes frais : fèves, céleris, salades, cébettes, poivrons, betteraves sous la cendre. Frère Philippe, ces jours-là, devient scandaleux. Il prépare longuement, précieusement, coupe, nettoie, assaisonne avec soin, enfin déguste comme le gibier le plus rare ou le plat le plus raffiné. Frère

Philippe est trop heureux dans sa condition, mais si je devais lui reprocher quelque chose j'aurais honte à la première parole. Je n'ai rien à dire, attirer l'attention sur son attitude serait très mal. Un convers ou un moine doit faire pénitence ; pour Philippe rien n'est pénitence, tout semble plaisir et agrément. Ce n'est pas sa faute s'il est raffiné, gourmand des mets de la Règle. Il aime sa vie, il est profondément heureux au four, au tour, à la carrière.

Saint Alexis, dix-septième jour de juillet.

« Allons maintenant à la carrière ! » Ainsi nous rappelons tous les jours que la pierre des murs est notre plus grande préoccupation. L'abbaye tout entière en dépend. Si chaque jour, nous sommes fidèles à ce rendez-vous, je dois reconnaître que nous n'y faisons rien. Nous savons qu'il n'y a pas de miracle. Le temps et le travail se traînent tour à tour sans jamais se dépasser. Après avoir observé un moment Paul, Philippe et les autres qui luttent pour arracher la pierre avec le moins d'efforts, dans le moindre temps, nous nous sentons de trop, importuns. Cependant, si un jour seulement nous manquons à ce rite, on le remarque, et Paul nous dit le lendemain : « Alors, la pierre ? on s'en fout ! voilà un bout de temps qu'on ne vous voit pas. » Eh oui ! c'est ainsi ; il faut venir souvent, ne pas rester longtemps, constater l'effort, sans faire penser que, nous, nous avons du temps à perdre. Après l'extraction, nous passons à la taille ; là aussi pas d'arrêt prolongé. Pourtant, c'est passionnant, je préfère penser ici que devant ma table. Nous devons nous le défendre ; les hommes peinent et souffrent trop. Un promeneur même à l'esprit actif doit passer son chemin.

Il arrive cependant qu'après une longue station, où nous observons longtemps les gestes et les efforts, nous donnons un ordre intelligent qui perfectionne, fait gagner, par une petite heure de réflexion, des centaines d'heures de travail. Cela s'est vu, mais ce n'est pas pour autant que le lendemain nous ayons le droit de flâner, non. Trouver est notre mission, comme pour le tailleur frapper mille fois aux bons endroits ne l'autorise pas à manquer autant de coups.

Aujourd'hui n'était pas un jour ordinaire, un travail important et mystérieux nous attendait. Nous devions choisir sur des pans de murs, sur des piliers et échantillons divers, les tailles de pierre les mieux adaptées à l'aspect ou à la technique recherchée. Jusqu'ici j'ai fait tailler des assises de hauteur sans rien décider. Plus tard nous pourrons assembler les éléments classés par catégories et élever nos murs sans perdre de temps. Le jour est arrivé : Paul exige une orientation, demande des décisions. Depuis bien longtemps j'ai choisi, et si j'en ai quelquefois parlé à Bernard ou Benoît, je n'ai jamais nettement exprimé mon désir devant Paul et les convers. Je n'osais pas dire à ceux qui ont déjà beaucoup de difficultés : ce que j'exige est le plus difficile, le plus précis, demande en conséquence le plus de temps.

Ce choix concerne essentiellement les parements extérieurs des murs et du cloître. Tous ont cru, lorsque j'ai demandé une taille grossière que la pose serait également rustique, et que tous les soins seraient consacrés à l'intérieur de l'église et aux salles principales. J'ai voulu aujourd'hui essayer de tout définir sans parler des murs extérieurs. Ainsi nous avons abordé l'examen des parements intérieurs, sans être gênés, puisque nous sommes tous d'accord et que Paul a défini les conditions de pose.

À l'intérieur les parements seront lisses, aussi réguliers que possible. Les blocs, posés en assises horizontales, réglés à l'aide des cales en bois de un dixième de pouce, seront abreuvés à la chaux bien mouillée, presque liquide, coulée à l'aide d'une écuelle dans les joints verticaux et horizontaux. L'argile sera employée pour étancher les joints pendant le coulage. Des lumières seront judicieusement réparties pour permettre à la chaux de s'écouler et de se répandre, autant que possible, sur toute la surface d'assise. Ces lumières seront sévèrement contrôlées pour éviter les coulures, salissures qui seront nettoyées et brossées au fur et à mesure. La finition des joints sera exécutée après avoir enlevé l'argile, avec une pâte de chaux de bonne tenue, bourrée à l'aide de la spatule, raclée ensuite au couteau de bois. Il n'y a rien de sorcier, c'est la pose classique, et Paul forme des convers à ce travail minutieux. Nous ne risquons nul désordre. Cette pose est prévue pour l'intérieur, à l'abri des gelées, des brûlures du soleil. Les joints ne se désagrégeront pas durant des siècles, car la chaux durcit indéfiniment jusqu'à devenir aussi dure que la pierre. La discipline s'exercera pour faire brosser et laver sans arrêt les parements de haut en bas. La dureté du matériau ne permet aucun ravalement. Seules, des retailles de détail sont prévues pour égaliser certaines pierres mal dressées.

Nous avons ensuite examiné les remplissages entre les deux parements des murs, nous avons convenu que tous étaient possibles et pouvaient s'exécuter. Ils permettent d'utiliser toutes les pierres de déchets. Le temps reste le même. Le bourrage en maçonnerie ordinaire est le plus rapide, mais exige de nombreuses boutisses qui traversent toute l'épaisseur des murs. Le bourrage en maçonnerie grossièrement appareillée, supprime les deux tiers de ces longues pierres difficiles à extraire et longues à tailler. Malheureusement, nous manquerons de ces pierres équarries que le tailleur rejette, lorsqu'il les juge impropres, en cours de travail, à servir de pierres de parements.

Les essais présentés, au nombre de trois, étaient différents par l'épaisseur des joints et la régularité des pierres. Nous avons décidé que la finesse du travail serait adaptée à la fonction des salles de l'abbaye, que les plus belles pierres seraient réservées pour l'intérieur de l'église. Pour le plaisir de tous, pour satisfaire l'orgueil des convers, nous avons admiré les pierres chefs-d'œuvre : colonne taillée dans un monolithe, voussoirs et sommiers assemblés avec soin.

Puis nous avons abordé la discussion pour les parements extérieurs. L'essai que j'avais timidement demandé était relégué dans un angle, sur une petite surface, naturellement personne ne le considérait sérieusement. C'était de la pose à joint sec, c'est-à-dire sans mortier. Ce procédé, rarement employé, était classique dans l'antiquité ; de nos jours il reste exceptionnel même pour des pierres fines. Il exige tant de soins ! faces parfaitement dressées sur les assises horizontales. Joints de l'épaisseur d'un trait, mise en place difficile qui oblige la retaille sur place des aspérités concordantes. Les effets de bascule ont pour conséquence la cassure des pierres. Les ordres que j'ai donnés naguère pour tailler les parements rudes et grossiers seront de peu de bénéfice en comparaison de la finesse des joints et du travail de retaille. Il est certain que les temps de taille et de pose sont au moins doublés. À ces difficultés s'ajoute la nécessité d'utiliser de nombreuses pierres profondes, à longues queues, qui permettent l'ancrage, la bonne cohésion des murs. Et, ce n'est pas tout, notre matériau est parmi les plus durs, les très résistants, c'est un fait ; mais la pose à joint sec reste dangereuse pour les lourdes charges imposées par les arcs doubleaux et les voûtes. Les efforts agissent principalement sur les parements extérieurs des murs. L'ajustage des assises à certains endroits devra s'exécuter par frottement, retaille, jusqu'à ce que l'assise soit suffisante ; elle ne sera jamais parfaite.

Paul qui sait déjà tout cela, n'a jamais pris mes suggestions au sérieux. Mes arguments sont faibles : conservation éternelle des joints, netteté du travail, élégance de pose pour un grossier matériau. Nos pierres, malgré les efforts de Paul, ne seront toujours que le produit d'une utilisation de morceaux informes, donc sans constance ni rigueur dans la position des joints. Voussoirs et blocs spéciaux seront presque toujours taillés à l'économie, je pense même à des voussoirs en forme de polygones irréguliers, pour permettre une meilleure utilisation.

Cette pose, ma pose, dispensera le luxe dans la pauvreté, répandra sur tous les murs un dessin : filet aux mailles multiformes ou larges dentelles de fils sombres. Ma décision, mûrie depuis longtemps, ne pouvait provoquer aujourd'hui un débat public. Ainsi, après de longues et oiseuses discussions sans conclusion, où j'ai exprimé des préférences et des répulsions diverses, je choisis de renvoyer à plus tard la décision sur les parements extérieurs, afin d'avoir le temps de convaincre Paul en tête à tête. La résistance eût été trop forte, la plupart des accords étant pris sur l'ensemble j'ai pu, sans décourager ni interrompre le travail, éviter la bataille. Demain donc, comme disent les orientaux pour tout ce qui est renvoyé sine die. Mais demain ne peut longtemps attendre.

Je n'aurai pas, je l'espère, à user de mon autorité. Si pour les intérieurs et l'église, les joints garnis, les surfaces lisses, ajoutent de la douceur dans la pénombre, en plein soleil les joints abreuvés, garnis et bourrés ôteraient tout raffinement à cette matière taillée en éclat, comme des pierres précieuses enchâssées. Nos façades de monastères, pleines et droites, réclament ardemment la plus belle des peaux.

Depuis vendredi, les nuits sont devenues fraîches. Notre vallon surchauffé reçoit un coup de vent, enfant du mistral, dont nous sommes mal protégés. L'air sec durcit la lumière, fatigue les yeux, rend métalliques les arbres. Le vert argenté des feuilles retournées apparaît en vagues dans la bourrasque d'été. Chez nous, un nuage de poussière traîne d'un coin du grand chantier à l'autre et n'arrange pas les yeux déjà malades des convers. Ce vent froid, qui d'habitude attend le quinzième jour d'août pour souffler, nous a permis notre premier feu dans l'âtre que Benoît a construit de ses mains. Petite cheminée d'angle en forme d'œuf, bâtie avec nos premières briques. Feu modeste par crainte d'incendie : depuis deux mois la forêt et la garrigue n'ont pas senti une goutte d'eau, tout est prêt à flamber pour un rien. Notre feu est un luxe.

Toutes les fois que Bernard peut veiller avec moi c'est comme une fête, nous passons un bon moment, nous avons tout à nous dire. Le choix des murs ce matin, ou plutôt celui que nous n'avons pas fait ne cesse de l'inquiéter, il veut comprendre, c'est bien naturel.

Assis sur ma paillasse, la porte grande ouverte sur une nuit d'étoiles : ce vent en apporte des milliers, brillantes comme il ne paraît pas possible. Les rafales se calment, reprennent leur souffle, comme on dit ici quand le vent tombe avec la nuit, les coups de mistral se font plus espacés, plus doux, à peine bruissants.

Le feu veille avec nous, sous les deux courtes bûches creusées de braises qui se consument en frissons gris ou incandescents. Des flammes bleues d'un pouce, essayent de se réunir pour continuer à tenir le feu en haleine. Elles fusent, disparaissent, nos regards les encouragent. C'est le moment où l'on se dit : une troisième bûche permettrait un vrai feu. Ainsi c'est bien, le sol blanchi réfléchit une étrange lumière qui ne s'attaque qu'aux plis clairs de la coule de Bernard et laisse dans l'ombre son visage rouge, brûlé de soleil. Nous rêvons à ce que nous allons dire, nous préparons ce combat rituel du vieux et du jeune coq. Aucun cri entre les retours de brise, les insectes d'été n'aiment pas ce vent, se taisent inquiets dans cette nuit insolite de juillet. Ce fut lui qui rompit le silence :

« Alors ? nous voilà prêts, grand frère ?
– C'est pourtant vrai, nous voilà prêts !
– Es-tu satisfait de tout ?
– Oui, nous avons bien travaillé.
– C'est bien comme tu le voulais ? bien comme tu l'as réfléchi ? Benoît, tu sais, ne comprend pas très bien, se demande toujours le pourquoi, le comment de tes déci-

sions. Il me dit anxieux : « Le patron a prévu ceci ou cela, ici ou là et ne nous en donne pas la raison. » Cette histoire de pierre à joints secs l'inquiète, il sait que tu n'agis pas par hasard, il aurait voulu, je le crois, que tu lui expliques tout.

– Comment expliquer ce qui est de la terre ?
– Que veux-tu dire ?
– Tu sais, Bernard, à l'origine le Créateur a donné aux hommes le goût du feu, seule différence originelle entre nous et les animaux, j'entends apparente. Puis la sagesse, ou la folie, nous conduisit à chasser, cultiver, élever, tisser, parler, lutter, cuire et bâtir. Tout ce qui est l'instinct je l'appelle de la terre, et quoique bâtir vienne après le feu, construire est encore rattaché à l'instinct. Comme la guêpe pirate ou la vertueuse abeille assemble ses rayons, nous construisons notre foyer, notre cité, notre communauté.

– Ainsi tu prétends que pour ce qui se rattache à la construction de notre abbaye, nous sommes ici comme les fourmis avant de creuser leurs galeries, et installer leur monde souterrain ?... Tu aurais organisé tout avec ton seul instinct ?

– Pas complètement ; mais avec des connaissances élémentaires qui s'apparentent, dans leur système réfléchi, à l'instinct.

– Comment alors expliques-tu le fonctionnement de ces connaissances que moi j'appellerais plutôt invention ou expérience ?

– Imagine, admets, que le magicien du monde m'ait métamorphosé en insectes, m'ait donné le don d'ubiquité, ait fait de moi d'une part une araignée, d'autre part de nombreuses larves. Sur mes longues pattes je vais, arpente et me promène. Curieux de tout, du ruisselet à la source, des bonnes terres à la garrigue, de la forêt aux falaises, j'étudie le parcours du soleil, les vents dominants, et, en vorace, les ressources de la chasse, le passage des insectes : je choisis mon terrain. Simultanément en larves, je traîne entre deux eaux, dans les méandres du ruisseau, au fond de la mare sombre où déverse la source, mes existences préparatoires. Tu as observé, je le pense, la merveilleuse construction d'une toile ; fils lancés dans le vent, chutes, dévidage de filins, haubans tressés et solides, tendeurs ingénieux. De la terre à la branche, de la roche à la tige, les appuis élémentaires se développent et se consolident, s'entrecroisent, s'équilibrent. Je construis ma toile : après les armatures les rayonnantes, après les rayonnantes la trame, après la trame la vie. Pendant ce temps les larves inspirées mûrissent, quittent les profondeurs, et déjà les premières, hagardes, s'échappent de leurs enveloppes, éclosent à la surface, flottent un instant sur le berceau élémentaire de leur enfance. Elles quittent l'onde pour l'azur et l'amour. Moucherons, éphémères, libellules, papillons en vols multicolores, frais ou ingénus, aveuglés d'occident, tombent acrobatiques dans le panneau précieux, où l'avide, la laborieuse, les capture et les range, en prévision d'un avenir incertain ou fécond. La récolte suit la chasse, les folles surgissent, velues comme velours, arachnéennes, émaillées, volantes, voletantes, zébrant les calmes crépuscules dorés. Tous et toutes se précipitent dans le mur souple et invisible du destin qui les absorbe, les économise. L'araignée, tu l'as compris, exécute et choisit. Elle n'invente pas, elle apprend, elle est l'expérience, le matérialisme. Les larves, tout d'abord idées entre deux eaux, sont dès l'origine les inspiratrices. Aux effets de leur vol, elles préparent leurs aboutissements. Fatalistes, jalouses, peut-être de leur seconde vie, elles prévoient leurs fins naturelles. J'avais besoin d'être à la fois les deux, d'inspirer et d'agir, de sacrifier pour dévorer. Tout se confond dans l'intention et l'action, dans l'expérience et l'instinct. Redevenu homme, j'ai su ainsi où se situeraient les carrières, la forge, la scierie, les fours, les ateliers ; la roche, la branche, la tige sur lesquelles la trame s'appuie.

– La trame de notre abbaye, observa Bernard, est alors prête à recevoir les idées, à choisir. C'est ainsi que tu définis cette conception. Où tous ne voient qu'un métier, qu'une simple organisation due à la connaissance des techniques, tu substitues un système instinctif. Dans le choix des murs ce matin, donc de la taille de la pierre élémentaire, tu prétends que sentiments, instinct, expérience sont intimement liés sans que tu puisses arriver à dégager la part du métier et de l'imagination, du cœur et de la sage économie. Si bien que, pour la démonstration qui t'a servi d'exemple, tu as choisi les éléments les plus complexes de la nature : embryons aquatiques, métamorphoses multiples. Je te comprends sans te croire. Je ne prétends pas avoir d'autres idées, mais je pense que tu fais trop de place à l'instinct. Je n'admets pas que, dans toute notre aventure ici, le principal travail soit réalisé par un somnambule. Je ne veux rien enlever à tes inspirations. Toutefois, ton métier, que tu connais très bien, et ton expérience t'ont certainement davantage servi que tes impressions providentielles.

– Ne devons-nous pas toujours recommencer ?... dis-toi bien, Bernard, que jamais les éléments ou les faits ne se présentent de la même façon. Revenons à la pierre : crois-moi ! je n'en ai jamais employé de semblable, je ne pensais pas avant d'arriver ici que je devrais un jour construire avec ces matériaux. Cependant j'ai su, peu après mon arrivée, que ces pierres seraient traitées grossièrement et posées finement. Comment t'expliquer que la beauté des murs va dépendre de cette sensation, si je ne fais pas appel à ce composé inconscient et complexe ? Tu me veux sage, expérimenté ; tu te refuses à admettre tout ce qui ne te paraît pas venir de l'essence de ces qualités. Tu sais depuis longtemps que je souhaite faire poser ces pierres à joints secs. Les explications que je t'ai données ne te satisfont pas. D'où faut-il que je tienne cette volonté qui s'opposera un certain temps à la tienne si je ne fais pas appel à mes sentiments ? Ainsi toutes les fois où je suis en accord avec vous, tu n'admets pas d'autres origines que la science ou l'expérience ! serait-ce que tu préfères te référer à l'étude ? que tu craignes de manquer d'instinct ? d'être privé du monde imaginaire ?

– Tu es injuste envers toi et envers nous ! Ne pas encore comprendre pourquoi tu veux ces pierres ainsi, n'est pas en contradiction avec ce que je disais. Ces pierres que tu défends, pour moi, pour Paul, pour tous, ne sont, tu le sais bien, que des matériaux de fortune.

– Pourquoi ?

– Parce qu'il n'y en a pas d'autres ! nous sommes obligés de nous en contenter. Avoue ! ce n'est pas de la pierre ? »

J'ouvris de grands yeux, je ne me doutais pas que tous, et Bernard en tête, taillaient quinze heures par jour sans croire que cette matière était de la pierre, sans espérer que la beauté qu'elle inspirerait provoquerait l'admiration. Remis de mon étonnement, je poursuivis ainsi :

« Je veux bien. Tu aimes les pierres fines de ton pays, les considères-tu comme matériau supérieur ?

– Le plus noble ! cette noblesse, certes, le désigne comme premier matériau.

– Que penses-tu du marbre ?

– Je ne l'ai jamais vu employé en masse.

– Et du bronze ?

– Il n'y aurait jamais assez de matière au monde pour construire un palais ou une église en bronze.

– Suppose cette restriction supprimée, et imagine une église en airain, comme un bourdon de cathédrale. Connais-tu le granit de Bretagne, le marbre de Toscane et celui de l'Acropole d'Athènes ? As-tu imaginé les coupoles de Perse ?... cinquante toises de haut, vingt-cinq de diamètre, revêtues d'or et de mosaïque. Et Ravenne ? toute en émail. Es-tu fâché de ne pas couvrir notre abbaye en pierre, mais en tuile ? Notre art n'a pas de matériau plus ou moins noble, il emploie des matières divines et crée des formes assujetties aux complexes de celles-ci. La pierre fine dans notre pays, est souvent à profusion sur place. En maints endroits tu n'en trouves pas à cinquante lieues à la ronde. Ce fut le cas pour l'art sarrazin ou persan. Vas-tu pour cela avoir moins de talent ou d'imagination ? seras-tu défavorisé ? pleurerais-tu d'être contraint d'employer le marbre de l'Acropole ? verrais-tu avec regret, sculpter et polir une à une les tuiles, les architraves, les abaques, les frises, les corniches, les cannclures, les tambours des colonnes de marbre rose, doux comme la peau des nouveau-nés ? ou mater l'or fin qui couvre les coupoles ? »

Bernard m'a écouté avec attention. Bernard est sous l'influence de Paul, tailleur de pierre tendre, belle et sans histoire ; de Benoît, jeune chef de chantier qui assimile règle de l'art et matériau, les confond dans le conformisme d'un idéal sans imagination. La braise qui finit de se consumer n'éclaire plus. La silhouette de Bernard encadrée par la porte se découpe en sombre, sur le fond d'étoiles éblouissantes que le vent traîne dans le ciel.

« Tu viens d'ouvrir pour moi, reprit-il, la porte d'un monde que je connais mal. Tu as parlé de matériaux divers, tu n'as rien dit d'une matière dont l'emploi serait impossible à cause de ses défauts. Vois-tu, je comprendrais peut-être mieux si tu me disais : "Nous allons construire des murs solides, épais ; ensuite, nous chercherons un enduit agréable ou un beau revêtement qui cachera ces pierres indignes de rester apparentes dans notre église." Notre pierre, je peux le concevoir, est utile, là est sa beauté ; mais vouloir la traiter comme nos calcaires du nord, exalter cette pauvre matière par un travail impossible, me semble, comme à Paul et Benoît, une utopie. »

Bernard poursuivit longtemps sa leçon apprise, ses critiques. Dans ce qu'il disait, j'entrevoyais déjà une espérance, car plus il parlait, plus l'amertume grandissait. Je l'interrompis :

« Bernard, rallume le feu et fais-nous de la tisane. Je crois que je perds mon temps à essayer de te convaincre. Je vais être obligé de briser ta volonté et celle de Benoît et de Paul, de m'opposer par la force à votre scepticisme. Plus tard, quand je serai parti, vous m'en aimerez davantage. Je défends plus qu'un matériau, je défends ma foi dans la matière. Il n'est pas de beauté sans foi. J'admets les préférences d'un maître d'œuvre quand librement et sans servitude pour son client, il peut choisir sa forme, sa technique et sa matière. L'exclusive systématique d'un architecte est signe de faiblesse. La mode est une des formes de la décadence et de la médiocrité. Il est courant que l'artiste qui suit cette détestable pratique, constate de son vivant la sottise de son œuvre. Pour en guérir il emprunte à nouveau le chemin parcouru. Déçu de la mode passée, il croit encore à celle du présent. Il faudrait lui crier : "Ami, ne vous retournez jamais, vivez toujours tel l'âne et sa carotte." La mode n'est bonne que pour ceux qui la lancent : ainsi, avec du génie, elle deviendra un art véritable et, sans talent, une farce agréable pour celui qui en profite. La liberté permanente, sans préjuger du choix des matériaux, amène le maître d'œuvre à étudier toutes les techniques : le bois fibreux lui permettra les grandes portées, les fortes saillies, une architecture de corniches et d'avant-corps. La pierre l'obligera aux rigueurs des calculs statiques. La brique le déterminera à orienter ses recherches dans les formes courbes ou les voûtes, conséquences de la légèreté et du module de l'élément de base. Ces adaptations sont sans danger pour la personnalité de l'artiste. S'il choisit toujours la forme qu'il préfère, tous reconnaîtront son œuvre dans les expressions les plus diverses. La force de l'âme, comme une philosophie, dirigera sa main et son œil. La sensibilité n'est pas à la merci des techniques, elle est toujours semblable. Que le peintre utilise trois couleurs ou quinze, ou cent, son expression ne changera pas. Pour le sculpteur, son modelage, son œuvre de marbre ou de bois, sera de la même famille. Le maître d'œuvre est ainsi : la pierre, seul matériau d'un ouvrage, correspondrait, pour le peintre, à une œuvre en noir et blanc. S'il ajoute le bois, puis l'émail et le bronze, l'architecte augmentera la richesse de sa palette, sans pour autant améliorer ou ennoblir la qualité de sa sensibilité. Pour revenir à notre sujet, dis-toi bien aussi que le naïf client qui dit : "Ces briques horribles et tristes, ces murs désolants en vulgaire pierre grise, ces misérables constructions en bois, ces bétons de galets qui mangent la lumière", devrait annoncer : "J'ai eu le malheur de choisir un architecte qui ne savait pas se servir des matières divines." Dès notre arrivée, nous avions le souci de choisir nos matériaux et de les produire en quantité suffisante, en harmonie avec l'avancement du chantier. Dans notre vallon il n'y eut pour moi aucune hésitation, le premier effort fut sur la pierre : les carrières et la taille. Tu te souviens de mes paroles ? ensuite le bois et les tuiles. Trop longue et coûteuse eût été une couverture en dalles. Mon choix fut guidé par la tradition et l'économie : cela, malgré l'éloignement de la carrière d'argile, la construction d'un four et la mise en route d'une fabrication. Pour le bois, la rareté dirigea nos exploitations parcimonieuses. Ainsi, en égard à mes intentions profondes, à mes sentiments sur l'architecture future, j'ai déterminé simultanément les limites du possible et du beau dans chacun des éléments constructifs. L'analyse de la matière a institué la règle du jeu futur : laquelle, à son tour, a défini rigoureusement l'aspect lui convenant. Je n'ai pas dit : "Je veux" sans voir. J'ai regardé, soupesé les difficultés de chaque chose, la considération m'a fait dire : "Je pourrai." »

Dans l'obscurité, je m'étais arrêté de parler, la nuit maintenant immobile attendait avec l'aube la reprise du vent ; les arbres se reposaient. Bernard avait ranimé le feu, préparé une tisane de menthe.

« Alors, me dit-il, veux-tu répondre loyalement à cette question : Si, à une lieue d'ici nous trouvions une belle carrière de vraie pierre, facile à exploiter et à tailler, que ferais-tu ?

— Nous commencerions l'exploitation immédiatement, nous achèterions encore trois mules, et je serais sans regret pour l'abandon de nos carrières.

— Alors, j'ai raison ?...

— Non ! car la vie est plus forte que l'amour, et la vie c'est de bâtir plus vite, de rechercher l'efficacité avec un matériau plus facile, moins tourmenté...

— et mieux.

— Je ne l'ai pas dit, ni pensé.

— Tu aimes donc cette pierre ?

— Oui, et je crois qu'elle me le rend. Dès le premier jour, j'ai eu pour elle un respect que je n'ai même pas songé à discuter. Je n'aurais jamais pu t'en parler, comme je l'ai fait, sans amour. Maintenant, elle fait partie de moi-même, de notre œuvre, elle est l'abbaye. Je la caresse dans mes songes, le soleil se couche sur elle, la retrouve le matin dans son réveil de pierre, lui donne ses couleurs, la pluie la fait briller en l'assombrissant. Et je l'aime davantage pour ses défauts, pour sa défense sauvage, pour ses ruses à nous échapper. Elle est pour moi comme un loup mâle, noble et courageux, aux flancs creux, couvert de blessures, de morsures et de coups. Elle sera toujours ainsi, même bien rangée sur ses assises horizontales, domestiquée dans les efforts des voûtes. Si j'apporte à l'abbaye les proportions, l'harmonie, elle toute seule lui gardera son âme indépendante ; convertie à l'ordre elle restera aussi belle qu'une bête sauvage au poil hérissé. Voilà pourquoi je ne veux pas la bâtir, l'engluer de chaux ; je veux lui laisser encore un peu de liberté, sinon elle ne vivrait pas. Veux-tu être indifférent, toi, à cette pierre lorsque je ne pourrai plus être là pour l'aimer ?

— Grand frère, j'oublierai peut-être beaucoup de choses dites ce soir, mais je crois que je viens de comprendre tout à coup. Pourquoi n'as-tu pas commencé comme tu viens de finir ?... Je garderai pour toi une amitié passionnée.

– Fais tout de la même façon.
– Tu parles vrai ?
– Pour moi, oui.
– J'accepte tout pour être comme toi.
– Petit frère, arrange-toi pour que ça finisse bien. En route nous pouvons nous laisser surprendre : les cahots du chemin. »

Avant de nous séparer, nous avons bu, en silence, la tisane de menthe.

Sainte Camille, dix-huitième jour de juillet.

La rencontre de Joseph, le potier, est toujours un plaisir. Vieux, cassé, petite tête ronde, cuit au soleil comme une brique, recuit par cinq pintes de vin chaque jour, plissé et creusé, le poil blanc, le regard vif, malicieux, vicieux ; d'immenses mains, belles de gestes précis, habituées à caresser les pots. Les pieds nus, contractés par le mouvement perpétuel du tour. Les bras et les jambes paraissent démesurés. Le tronc est, comme un énorme nœud, ramassé et voûté. Ce matin il m'a accueilli ainsi :

« Voyez, Père, le travail avance ; regardez la terre, toujours bonne, souple dans son trou, bien mouillée, ni trop, ni pas assez : une pinte de temps à autre, il lui en faut autant qu'à moi, pas plus, pas moins. » J'ai observé l'atelier, depuis quelque temps je n'étais pas venu. J'avais appris que le tour de Joseph était arrivé et, nouvelle plus importante, que les premières tuiles fabriquées étaient prêtes pour la cuisson. « Comment sont-elles ? » ai-je demandé.

Alors il s'installa au bout d'une table basse, trop neuve. Il s'installa comme pour une cérémonie devant cet établi massif, trapu, aux pieds énormes et rapprochés, croisillonnés en saint André, bordés et chevillés. Une table pesante qui ne bouge qu'à quatre, un homme par pied en somme. À sa droite il posa un escabeau, sur l'escabeau un tian, dans le tian il versa de l'eau. À sa gauche un autre escabeau, sur lequel il installa un couffin de sable fin, jaune brillant. Pendant ces préparatifs, j'observais ses rapides coups d'œil quêtant l'approbation, sa bouche serrée, plissée par un demi-sourire. Puis il alla à la fosse à terre, souleva les toiles mouillées et transporta un pain d'argile de soixante livres au moins ; en gestes lents, sans précipitation. Joseph me faisait voir ainsi qu'il faisait tout, mais pas plus vite que d'habitude. À l'établi, trois outils étaient suspendus : le premier, un cadre de fer d'un demi-pouce d'épaisseur en forme de trapèze, le second une règle carrée, le troisième une forme pleine, arrondie, une tuile en bois, massive, emmanchée à son extrémité la plus large, comme une pelle bombée à l'envers. Après avoir posé le cadre de fer, la grande base du trapèze vers lui, il serra ses deux mains sur les angles de la table, baissa la tête, ferma les yeux, puis m'éloigna d'un geste, sans doute pour m'éviter les éclaboussures. Cette scène, je le compris, voulait dire : « Voilà, je suis installé, c'est maintenant que ça commence. » Des gestes rituels et précis se succédèrent avec rapidité : il plonge ses mains dans le couffin et fait pleuvoir le sable en couche mince sur le cadre et sur la table, enfonce ses doigts dans le pain, les pouces se marient, et les doigts se rejoignent, arrachent le bon, l'exact morceau d'argile, et du même geste le laissent choir au milieu du cadre où il s'étale, remplit aux trois quarts la surface du trapèze. Continuant ce souple mouvement, il plonge ses mains dans le tian d'eau puis répartit la terre, la pousse dans les angles, en écrasements, glissements humides et luisants. Avec la règle carrée, le battant, il passe et repasse en appuyant légèrement, tour à tour, sur les bords du cadre.

Là, il s'arrêta, appela mon attention, et refit les mêmes mouvements en basculant imperceptiblement le battant une fois dans un sens, une fois dans l'autre. Il murmura : « Il faut la travailler en voûte, c'est là qu'elle résiste. » En un instant il souleva le cadre, fit glisser la plaque jusqu'au bord de la table, la reçut sur la forme arrondie. La plaque épousa la forme de l'outil ; elle était devenue une tuile. Puis il se retourna, fit quelques pas, et la posa au sol à côté de centaines d'autres abritées sous des claies de paille. D'un geste sec et précis il la fit glisser, et elle resta comme une voûte arc-boutée, équilibre fragile, compromis de résistance miraculeux entre la plasticité de l'argile et la loi des efforts. La pâte trop dure aurait rendu la fabrication difficile et longue ; trop molle, la tuile se serait affaissée ou déformée. La cérémonie était terminée, Joseph regarda sous les claies tous ses enfants. Tournant sa tête sans changer la position de son corps, cou penché et mains aux hanches, il m'observa en souriant. Attitude de la vanité de l'homme du métier. Moi j'admirais ; Joseph le comprit ; alors il changea, regarda son champ de tuiles en imitant mon émotion, elle sincère. Je sus qu'il allait s'excuser : « Ah père ! la magie, tu vois, c'est pas moi, mais le sable. Cette pègue de merde roule, glisse, devient légère, elle est domptée par le sable. Tu as vu tout à l'heure, elle n'a pas collé, le cadre n'a pas arraché, elle a couru sur la table et maintenant, hop là. » Il saisit son manche et d'un geste sec, il imita le même mouvement qu'il avait fait accroupi : « Ah, dit-il, quand je passe devant un de mes toits, je sais que je l'ai caressé des milliers de fois, et ça c'est quelque chose. »

C'est vrai, tout ce monde sort de ses mains, depuis le moment où il arrache de ses grands doigts jusqu'au jour où il défournera ; cent fois il aura caressé cette peau toujours belle, avec ce geste qui frotte pour faire valoir la matière. Longtemps j'ai contemplé ces formes côte à côte pour des siècles ; je souhaite qu'elles s'aiment et vivent heureuses ensemble. Je voudrais bien que Joseph sache tout ce que je pense, croie tout ce que j'apprécie, comprenne que ce que j'ai vu est une joie de ma vie.

Sainte Marguerite, vingtième jour de juillet.

La tranche d'exécution prévue par l'abbé se compose d'une ferme dans le fond du vallon à l'ouest, d'une cave avec pressoir, d'un moulin à huile, d'une bergerie. Ces bâtiments seront séparés de l'abbaye. Au nord du Champ, j'ai dessiné le grand quadrilatère qui limite le monastère et son immuable programme. À l'emplacement actuel de la chapelle et du dortoir, se situeront les ateliers définitifs, l'hôtellerie, l'infirmerie. Dans le cas où l'abbaye se développe, ne reste pas « un petit moulin à prière » comme dirait Paul, la plate-forme entre les ateliers et l'abbaye recevra les constructions réservées aux novices avec un cloître indépendant. J'ai prévu également de doubler la surface du dortoir des moines et, en conséquence, l'agrandissement de la salle des moines et du chauffoir, situés en-dessous.

Ce plan d'ensemble défini est, jusqu'à maintenant, le seul dessin que j'aie pu faire. Ceux de l'abbaye sont encore dans les limbes. L'exploitation me pousse, il ne faut plus tarder. Mes tergiversations sont injustifiées. Mes frères, l'abbé, les compagnons, doivent se demander ce que j'attends. Chaque matin j'ai l'impression que leurs regards se posent curieusement sur ma nuque, bientôt, ils m'observeront sévèrement sous le nez. Il ne faut plus tarder, les journées sont longues, le temps restera clément de longs mois, permettra de fonder les principaux murs pour travailler en hauteur l'hiver prochain.

Saint Victor, vingt et unième jour de juillet.

> *J'entendis l'un des quatre êtres vivants, une voix de tonnerre dit: viens. Je regardai et parut un cheval blanc. Celui qui le montait*

avait un arc : une couronne lui fut donnée, et il partit en vainqueur et pour vaincre.

Apocalypse.

Je suis furieux contre moi, je ne fais pas ce que je dois. Le temps presse ; chaque jour est retard ; je n'arrive pas à décider ; je ne commence pas ; ai-je peur ?... Non, je ne crois pas. Mon hésitation procède de la crainte de toucher au réel. Je sais trop bien que l'enthousiasme créera le définitif du premier coup. Je serai emporté vers la fin, la fin est tristesse et regret du défini ; tandis que l'inconnu, où je me complais, est l'espoir de la chose impossible. Elle est belle, comme seules le sont les formes que l'homme pressent. Mon attente prolonge la sensation du possible dans l'impossible. L'imagination dès qu'elle touche le concret connaît sa fin. Je me complais dans les nuées qui voilent les architectures futures. La réalité est banale en dehors du plaisir de la faire naître. Quant à la fin du chantier : il est comme un livre relu cent fois ; l'anxiété, la nouveauté sont devenues habitudes, la forme est rabâchée, remâchée ; ce sont des relents de cuisine après un repas trop long. Ici, je quitterai sur ma faim la table, comme un moine. Le fumet de l'humble cuisine me rappellera au passage que mon estomac est encore vide, j'aurai la fringale pour l'action inachevée.

Il y a aussi de la paresse dans mon inaction du moment, et manque de courage. Créer est comme le déclenchement de la témérité au moment de l'action d'éclat. La timidité ne produit rien de bon, or les timides sont légion. Ils pensent à eux, aux autres, au qu'en dira-t-on. Ils se demandent s'ils seront assez originaux, assez dans le mouvement. Ils ne font pas ce qui leur plaît. Le créateur pusillanime à l'œil critique dit : non, ce n'est pas assez, non, c'est trop. Ce trop, ce pas assez doit contenter, flatter, être l'âme ; c'est beaucoup lui demander. On trace de la main droite en retenant de la main gauche, on a l'œil de l'œil, c'est trop d'yeux. Le courage sera d'être soi, en toute indépendance, d'aimer ce que l'on aime, de trouver le tréfonds de ses sensations. L'œuvre ne peut être imitée, associée, mais solitaire, saine, pure. Elle part du cœur, de l'intelligence, de la sensibilité. L'œuvre réelle est vérité directe, honnête. C'est dire simplement son savoir à tous. En architecture, seuls, le métier et l'expérience sont conseillers ; le reste est instinct, spontanéité, décision, démarrage en force de toute l'énergie accumulée. Jamais courage n'est assez courageux, jamais sincérité n'est assez sincère et franchise assez franche. Il faut prendre le plus grand risque, la témérité sera même un peu tiède. Les meilleures œuvres sont à la limite de la vie réelle ; elles sont distinguées entre mille, quand elles font dire : « Quel courage il fallut. » L'œuvre solide est précédée d'un saut dans le vide, inconnu, eau glacée ou rocher meurtrier. Si, aujourd'hui, la peur m'étreint comme chaque fois que j'entreprends, la raison est dans cet inconnu : je ne crois pas pouvoir créer, même une chose médiocre. Je ne crois plus que le départ d'une œuvre commence de l'élan des précédentes, le passé est mort.

Sainte Anne, vingt-sixième jour de juillet.

> *Va vers la fourmi, paresseux, considère ses voies et deviens sage. Paresseux, jusqu'à quand seras-tu couché ?*
>
> Proverbes VI.

Je n'ai pas dormi, je me sens lâche, mes journées sont paresseuses. Je bavarde avec plaisir. Je crains et je fuis les regards. J'affecte la confiance en moi. Hier, Joseph avait quitté son atelier, se promenait sur le chantier en quête de conversation, sur la sente qui mène à la scierie. Il rencontra Étienne, j'étais par-là, moi aussi ; Joseph disait : « Vous voyez pas, il est fini… il a plus de forces… c'est un ivrogne mental… maigre comme un coucou. Il erre la nuit, comme un fantôme devant la lune, il radote, il parle seul, soupire comme les vieilles qui sentent le pissin et le vieux cierge… non ! je vous le dis, il bade au paradis, il est plus bon sur la terre, vail ! que le diable l'emporte. À ce cadavre ambulant, pâle, maigre comme un squelette, il faut donner la pâtée qui décide… ou bien que l'abbé le chasse ; sinon il va finir par le faire ce couvent, et quoi ce sera ? je le sais moi… je le dis pas, je le sais… » Très en colère, et pour l'empêcher d'en dire plus je me suis avancé : « Alors ? père Joseph, tu es gai aujourd'hui, la terre avait soif, sans doute ? »

– « Voui » dit-il, avec inquiétude ; puis, après m'avoir observé, il fut rassuré, cherchant ses mots, il ajouta : « Je disais justement que vous, avec votre air malade, vous étiez un drôle d'homme. Quand je pense que, bientôt, nous aurons de tout ici, dans ce vallon personne se doutait que la vie allait sortir du sol ; maintenant on est équipé pour bâtir une ville ! ça c'est du courage, de l'énergie.

– Oui, mais je vais te dire : pour bâtir une ville, il faut des plans et des hommes solides pour les concevoir. Les matériaux ce n'est pas tout. En ce moment je me sens un peu las, j'envisage de demander à l'abbé mon remplacement ; je n'ai plus beaucoup de courage ; franchement, père Joseph, ton avis sincère ?

– Eh bien, c'est à vous de décider, père, quand on se sent pas bien, il faut penser à la retraite, et vous, évidemment, vous avez besoin de repos, l'expérience n'est pas tout. Oh ! je le sais, moi aussi, je me fais vieux, si j'avais un peu de bien !

– Non Joseph, je t'en prie, tu sais ce que tu vaux dans ton métier, dans la force de l'âge, on n'en fait plus comme toi ; artiste et artisan à la fois, je t'envie et te respecte. »

Je savais en disant cela que Joseph serait heureux et plein de remords. L'embarras du portier grandissait :

« Et moi, mon père, je vous ai pas tout dit. Je plaisante des fois sur vous, je dis que vous tenez pas debout, mais dans le fond, je sais que vous avez la plus grosse cervelle de nous tous, et...

– Joseph, assez ! tu sais que je n'aime pas les flatteries, ni les mensonges, ni la méchanceté. Nous sommes tous des frères et ta charité doit égaler la mienne, de plus...

– Arrêtez père, arrêtez ! j'ai compris ! Je le sais maintenant que vous m'avez manœuvré comme un vieux cheval, vous m'avez fabriqué ; si j'ai bu, si j'ai perdu la tête, croyez que je ne suis pas plus âne qu'un autre. Je prends Étienne à témoin, si lui le veut, il peut tout dire, je lui en donne la permission. Je m'en fous et m'en contrefous vous m'entendez ? Voui, je le sais, je suis méchant et même cruel, vous voulez tout savoir ? vous voulez la connaître la ciboule du potier. Laissez-moi parler maintenant ! je suis lancé ! si vous voulez pas m'écouter, je crierai si fort que tout le monde il saura ce qu'il a dans le crâne, le potier. Je vous aime ! moine du bon Dieu. Plus que vous aimez personne de vivant ; ah non, bonne Mère ! vous n'êtes pas fada, et si vous paraissez cassé par la vie, votre corps il est une barre de fer, seulement... vous avez trop tiré. Alors que vous devez dormir, vous restez levé après les autres et vous êtes déjà debout à l'heure où les gens font la fête le soir. Vous voulez que je le dise devant Étienne, vous êtes fou ! mais personne n'aurait monté en trois ans ce que vous avez fait en trois mois ! seulement, après, on se dit, et pourquoi il fait pas ses plans en trois jours ? ne construit pas en deux ans ? vous comprenez ? plus on en donne, plus on en veut tirer. Vous êtes comme une vache qui fait vingt mesures, une poule qui fait trois œufs, on dit : si on la pousse un peu, elle fera la demi-douzaine. »

Joseph était soulagé ; il essuya son front qui coulait, sa cuite venait de fondre. Sa colère avait été salutaire. Merci Joseph, j'étais calmé aussi ; j'ai aimé ton langage, tu m'as rendu malheureux et heureux un moment, comme un enfant. Cette scène m'a influencé, ému ; demain je parle au chapitre, à l'abbé. Joseph a dit le bien, le mal ; dans l'ivrogne il y a vérité quelquefois.

Sainte Nathalie, vingt-septième jour de juillet.

> *Mais alors, quelle affaire est-ce donc que la tienne ? D'où sont venues ces calomnies répandues contre toi ? Tu prétends que tu ne fais rien de plus extraordinaire que les autres : mais tu ne serais pas l'objet de tant de bruits et de racontars, si tu ne faisais autre chose que les autres. Dis-nous ce qu'il en est, afin que nous ne te jugions pas à la légère.*
>
> Platon, *Apologie*.

« Combattre la culpabilité, avouer sa faiblesse, avouer les désordres de sa conscience, voilà mon père, voilà mes frères : jugez et décidez !... » Le chapitre de Notre-Dame-de-Florielle parut consterné. Mes frères, gens simples, ne comprirent pas. La tête basse, l'abbé réfléchit. J'avais tout dit, j'attendais la décision. Après un temps de méditation dans l'atmosphère angoissée, il redressa d'abord son dos massif, puis ses lourdes mains, posées sur ses genoux, se lièrent dans un mouvement de force et de décision. Sa tête rasée se releva, ce solide, puissant corps affaissé se déplia. Le front haut, le regard terrible se fixa sur moi sans compassion, avec une indifférence voulue sans doute. La voix fut ferme, résolue, basse et sèche. « Comme moine, dit-il, tu es instrument de la Providence. Rien jusqu'ici n'a déçu notre attente. Nous compatissons à tes souffrances et prierons pour ta santé. Que nous importe le doute déshonorant de tes états d'âme, il n'a rien à faire avec cette Providence qui t'a dépêché chez nous. Tu as maintes fois démontré ta force, nous ne voulons pas connaître son origine. Nous pensons que ta volonté doit commander à tes faiblesses. Elles sont, si je comprends bien, utiles à ton œuvre. Pour nous, tu es seulement responsable de notre maison. Nous t'ordonnons de libérer ta conscience de ces misères et d'agir dans le meilleur sens. Et, ajouta-t-il, comme un prophète, citant Bernard de Clairvaux : *À l'œuvre donc, sache que le moment est venu pour toi de tailler dans le vif, étant admis que celui de la méditation l'ait précédé. Si, jusqu'alors, tu n'as remué que ton esprit, il faut maintenant que tu remues ta langue, il faut maintenant que tu remues ta main. Ceins-toi de ton glaive de ce glaive de l'esprit qui est le Verbe de Dieu. Amen.* » Ainsi parla l'abbé, j'en fus heureux.

Matines. Il faut comprendre mon désir ardent de faire ma meilleure prière ; rien n'est encore perdu. Mon Dieu ! voilà ma méditation en relief, ma prière de pierre, ma façon de prouver ma foi profonde. Cette abbaye est oraison, rachat. J'ai cru m'éloigner, mais vois le résultat. Écoute l'écho de ces voûtes : c'est moi ! Le clocher sincère et droit devant toi : c'est moi ! Ce solide cloître, ces murs, ces toits, ces proportions, moi encore ! Vois, mon Dieu, ceci est mon âme, mes égarements sont devant toi. Négligences, abandon, distractions, impatience dans la prière sont ici formes, volumes, pour des siècles. Je sais que tu n'as pas besoin de bâtir, toi qui as tout fait, daigne regarder ce que notre esprit et nos mains ont arraché à ta nature. Vois cette vallée ; demain s'y dressera une maison ; est-ce mieux maintenant ? Ne désires-tu pas ce lendemain ? Si j'ai existé, c'est pour jalonner le monde des monuments de Ton règne, prouver que nous combattons pour Ton royaume de terre, de ciel et d'étoiles. Nous, hommes de la vallée, chevaliers conquérants de l'adoration des peuples de la terre, te crions : « Voilà Tes bastions de la vraie foi, Tes forteresses de contemplation. » À qui dois-tu ces défenses et cette conquête, sinon à Tes bâtisseurs ?... Ceux, qui d'orient à occident, construisent Tes églises durant des siècles. Ton règne est maintenant assuré. Quel périssable monarque dans son territoire pourra prétendre, devant nous, que ses places et ses châteaux, même seraient-ils de granit le plus résistant, puissent rivaliser avec le nombre, la qualité, l'éternité des Tiens ?

Vienne mon courage me faire pénétrer dans mon orgueilleuse fonction ! Ma volonté fera que bientôt se dressera le témoignage de ma puissance. Je suis la parcelle divine qui recrée la matière, transforme la nature, et, pour toujours, sème l'émotion dans le cœur des pèlerins.

Saint Germain, trentième jour de juillet.

Un malheur est arrivé. Frère Thomas a rendu le dernier soupir. Son agonie a commencé après vêpres dans les circonstances suivantes : les carriers s'arrêtent à cinq heures le soir ; depuis quelque temps ils ont une maladie d'yeux provoquée par les éclats minuscules qui s'incrustent dans la matière fragile. Frère Gabriel, infirmier d'occasion, leur applique des compresses avec succès ; frère Gabriel a le culte des simples et connaît de nombreuses recettes qui permettent de soigner les plaies et les infections. Ce traitement dure longtemps ; pendant plusieurs heures il est indispensable d'appliquer des compresses trempées dans une épaisse tisane bouillante. Nous sommes effrayés des progrès du mal, les yeux ne sont plus que des fentes rouges, sans cils, boursouflés, infectés d'un liquide jaunâtre.

Frère Thomas était resté seul en carrière, la plus élevée, pour ranger les pierres taillées, son travail de tous les jours. À l'heure de la collation, nous ne le vîmes pas. Bernard inquiet se rendit sur le chemin, l'appela sans succès. Nous avons sonné à nouveau, pas de frère Thomas. Frère

Eugène dépêché, fit le tour des ateliers, de la forge, monta enfin à la carrière, rien ne lui parut anormal. Il revint me rendre compte que Thomas restait introuvable. C'est alors que je pris la décision d'ordonner une recherche générale. Thomas était bien à la carrière, le crâne écrasé par une pierre de la dimension d'une grosse courge. Le destin avait frappé notre saint frère. Thomas râlait doucement. À trois heures de la nuit tous les moines furent là. L'abbé était en Avignon ; le prieur récita les prières des agonisants et donna l'extrême-onction. Vers cinq heures, Thomas rendit l'âme au milieu de nous. Mon Dieu, que ta volonté soit faite.

Saint Brévin.

Cette nuit sans sommeil a été peuplée d'hallucinations. Pour sortir de ces affreuses visions, je me suis rendu avec Bernard auprès de Thomas, mort pour l'abbaye, première victime du chantier. La beauté de son visage était resplendissante de sérénité et de bonheur.

La journée fut rude pour tout le monde : personne, après la mise en terre, ne voulut accuser la fatigue. Les compagnons, avec notre autorisation, rendirent un hommage à ce fidèle et persévérant frère manœuvre. La première croix revient à maître Étienne.

« Sur le chantier, ai-je dit, la mort a touché le plus simple et le plus saint : le manœuvre. Celui qu'aucun travail ne rebute, qui ne se plaint pas, qui ne reçoit jamais de félicitations ni d'hommage. Celui que l'on ne songe même pas à mépriser sur tous les chantiers du monde. Baissez la tête, inclinez-vous, hommes ! devant l'humble qui vous sert sans espoir de reconnaissance. Apprenez à aimer le manœuvre, sachez respecter son œuvre de fourmi. Dans la construction de l'édifice le manœuvre apparaît avec trois grandes vertus : Patience, Persévérance, Humilité.

Qui pourrait dire mieux ? Le compagnon habile, fier de son œuvre, payé chaque jour d'admiration et de haut-salaire ? Le maître d'œuvre orgueilleux ? Personne, dans notre famille, ne mérite plus que le manœuvre, car la pierre qu'il apporte est anonyme, et sa récompense ne sera pas sur la terre. Amen. »

Saint Geoffroy, troisième jour d'août.

La vie continue, déjà deux jours, rien sur ce grand chantier ne rappelle que l'un des nôtres est tombé. Seule, la première petite croix, perdue dans les ronces du futur cimetière, et la prière du soir pour l'âme de notre petit frère. Qu'était-il ? d'où venait-il ? personne ne le saura. Il avait dix-huit ans quand il est entré à Mazan ; depuis, il n'a jamais cessé d'être l'exemple de la pureté dans le silence. Le plus saint ne sera jamais saint, c'est toi, mon Dieu, qui le feras.

Saint Justin.

J'ai visité seul les installations. Les carrières produiraient dix stères la journée avec quatre-vingts convers ; malheureusement, je n'en ai que cinq ou sept, et je crains réellement qu'ils deviennent aveugles. Antime prépare un appareil, genre de heaume, percé de trous ; jamais ils ne pourront travailler avec cette armure.

Saint Laurent, dixième jour d'août.

Nous avons eu une grande satisfaction, la première armure a été utilisée par un tailleur de pierre ; il peut voir parfaitement ; les yeux n'auraient pas pu résister.

Maître Paul, pourtant sans tendresse, m'a demandé d'interrompre la taille pendant le temps nécessaire à la guérison et à la fabrication des armures.

Sainte Claire, douzième jour d'août.

Je viens de la chapelle. Tout est de ma faute. Hier, Thomas... aujourd'hui, au tour de Philippe; je n'ose plus y penser. À neuf heures, ce matin, Philippe a mis le feu au four à chaux: construction sommaire de maçonnerie doublée de briques cuites en tas. Ce four fonctionne depuis peu. Alors qu'il était occupé à réparer le foyer il eut l'imprudence de se glisser dessous pour soutenir, avec des briques, la plaque de la trappe qui menaçait. Tout s'est écroulé; il a reçu sur le corps la pierre rougie et le brasier. En y pensant j'ai un frisson qui court dans mon dos et me serre la nuque. Nous l'avons dégagé tout de suite, transporté dans une couverture attachée à un mât. Je l'ai fait installer dans la chapelle au pied de l'autel. Il fallut le déshabiller; ce fut pire qu'atroce. On a façonné des cerceaux de bois, au-dessus nous avons posé une grande toile; la tête, seule à peu près intacte, dépasse. Philippe est supplicié. Cette nuit, l'infirmier viendra, l'abbé aussi. Nous n'avons plus qu'à attendre. Philippe est veillé par Bernard et Gabriel; maître Paul s'est assis tout près de lui, et passe sur son visage de l'eau fraîche parfumée à la menthe. Antime a forgé une écuelle pour lui permettre de boire. Il parle. C'est affreux, il parle calmement comme si ce n'était pas lui, les dents serrées. Gabriel a dit que la souffrance sera plus grande demain. Tout est trop dangereux sur ce chantier qui va trop vite par ma faute. La réparation du four s'imposait, mais j'avais dit: « Tant pis; ce four est à reconstruire, faites-le marcher jusqu'à ce qu'il s'écroule. »

Saint Gall, quatorzième jour d'août.

Philippe a dormi quelques instants. Dès qu'il s'endort, il geint à fendre l'âme. Nous sommes soulagés lorsqu'il reprend connaissance ; il serre les dents et ne dit plus rien, les yeux ouverts dirigés vers Paul, l'abbé ou moi. Il a dit à l'abbé : « Pardonnez-moi, Père, je vous ai dérangé » ; à Paul : « Va à ta carrière ça ira, ne t'en fais pas » ; à moi : « Va te reposer, tu vas nous tomber malade. » L'infirmier ne peut rien. Il n'est pas partisan de mettre de l'huile. De lui, nous attendons une décision quelconque, un médicament miracle, mais il reste assis près de la porte, il réfléchit. La chaleur est étouffante. Nous ne pouvons rien faire, rien faire.

À partir de midi Philippe a commencé à délirer ; l'infirmier a tenté des soins sur une jambe, une pommade de protection : huile et plantes. Nous avons voulu le changer, il a hurlé comme une bête sauvage. L'abbé a dit la messe, les frères de Florielle seront là ce soir pour l'assister ; le chantier est arrêté.

Après compiles, l'abbé a donné la communion à Philippe, les frères ont chanté. Philippe, les yeux fermés, avait repris conscience ; il a pleuré. Paul ne l'a pas quitté, il ne dit rien. Inlassablement il essuie son visage, le fait boire. Le grand supplice nous fait honte à tous. Ce courage est insupportable.

Vierge Marie, quinzième jour d'août.

Le malheureux vit encore ; dans notre cœur nous souhaitons une fin rapide, pour aujourd'hui. Mais ce grand corps est solide, trop maintenant. À quoi cela sert ? L'odeur est affreuse. Les mouches, par milliers, ont envahi la chapelle ;

c'est un travail de tous les instants pour protéger son visage gris, couvert de sueur. Nous avons bouché toutes les issues du drap. Depuis deux jours personne n'a dormi. Philippe a reçu les sacrements. L'abbé et les frères, à genoux, chantent. J'ai vomi du sang deux fois ; que représente ma souffrance à moi ? rien ! Je souhaite avoir mal, mal à en perdre la vie et je ne sens rien. L'infirmier et le prieur m'ont couché de force. Dès leur départ je me suis levé. On ne me laissera pas veiller cette nuit.

J'aimerais écrire ce que je ressens. Je suis seul, j'ai dormi des heures. Pourquoi m'empêcher d'assister frère Philippe ? Écoute-moi mon Dieu, arrête cela, je t'en supplie.

Dans la chapelle, mes frères dormaient à même le sol ; quelques convers assis près de la porte semblaient attendre la délivrance avec résignation. Paul, imperturbable, ne quitte pas sa place. L'odeur est suffocante, mélangée à l'encens qui brûle sans arrêt au pied du lit. Demain il faudra encore le changer, cette idée me hante ; qu'allons-nous trouver dessous. Le prieur m'a raccompagné, l'abbé ne veut pas que je veille et, dès matines, il ne bougera plus de la chapelle jusqu'à complies. Philippe ne dort pas, ne mange rien. Une idée affreuse et lancinante me vient ; je dois la chasser, et puis comment s'y prendre ? Même si je voulais il y a trop de monde autour de lui. Je souhaite dormir, ce sang m'a épuisé, et, pour influencer tous ces gens, je ne dois pas être trop malade. Enfin c'est fou, il y a cependant quelque chose à faire ? Parce que Philippe est un homme il doit subir ce supplice ? non !

Saint Roch, seizième jour d'août.

Il vit encore ; Paul est tombé de sommeil ; on l'a transporté au dortoir ; l'infirmier et frère Gabriel se relaient pour protéger des mouches la tête de Philippe et lui mouiller le visage. Il ne peut plus boire ; nous devons lui écarter les dents avec un couteau en bois et verser l'eau dans sa bouche. Après tierce, je suis resté près de lui ; je lui ai raconté sa vie tout près de l'oreille ; je lui ai dit tout ce qu'il avait fait de bien ; j'ai parlé de sa carrière, de ses tuiles, de ses pierres. J'avais l'impression qu'il n'entendait pas ; quand je me suis tu, il a ouvert les yeux et m'a souri ; j'ai souri aussi et nous avons pleuré ensemble. Je lui ai caressé le front et je l'ai embrassé. Ensuite, j'ai continué jusqu'au retour de Paul ; je lui ai raconté comment serait l'abbaye dans tous ses détails. Quand je m'arrêtais, il ouvrait les yeux comme pour me dire de continuer. C'est le cloître qui l'intéressait davantage, le cloître avec son grand carré de ciel ! avec les nuages qui passent, les étoiles, le petit jour, le grand soleil, le vent, la pluie. Le pavillon de la source aussi et les plantes du jardin. Je lui ai raconté la fraîcheur ; cette fraîcheur, il l'écoutait, la désirait tant dans son corps brûlant et desséché. Au moment où il a parlé, Paul et moi, étions fous de pitié. Il a desserré ses dents insensiblement, ses lèvres brûlées, sanglantes, ont murmuré : « Dis, je veux la voir quand elle montera ; mets-moi dans un endroit d'où je puisse la voir », et il a renversé sa tête, c'était fini, il ne pouvait plus entendre, il souffrait trop, trop.

Paul m'a interrogé du regard, et je n'ai pas pu m'empêcher de le fixer profondément, durement ; c'était trop : lutte inutile.

Après, je me suis opposé à ce qu'on le change ; j'avais raison. À quoi bon remuer cette immense plaie, pourrie des pieds aux épaules, il y a autre chose à faire.

Les offices se succèdent près de Philippe. Jamais, pour moi, l'intensité des prières et des chants ne fut plus grande. En deux rangs, le long de ce catafalque, les frères se rangent. Philippe est devenu pour eux la souffrance du rachat et j'ai l'impression qu'ils se servent de lui. Cette horreur pantelante, ce courage fou semble les exciter ; ils vivent avec le surhumain. Non, je suis injuste : ils font ce qu'ils peuvent. Leurs visages sont fermés comme des portes bardées de fer ; ils veulent résister à la pitié. Ils pensent à Christ, c'est sûr ; c'est pour cela qu'ils restent dignes. Philippe s'est sacrifié pour cuire la chaux de l'abbaye ! L'abbaye vaut bien l'humanité ! De quoi va mourir Philippe : de souffrance, de faim, de soif, de sommeil ? C'est long tout cela, il va tenir des jours et pourrir vivant. J'ai pensé aux vers. Non, c'est impossible. Prends-le vite mon Dieu, dépêche-toi je t'en supplie, évite un autre drame, il y en a assez.

La journée s'est passée, une autre nuit commence, c'est la troisième. J'ai raconté à l'abbé le vœu de Philippe et j'ai obtenu satisfaction. C'est au-dessus des carrières d'où l'on domine l'abbaye que Philippe reposera.

Je ne pourrai pas dormir ; j'ai laissé Paul près de lui. Le soir, les mouches se posent, elles dorment comme les frères. Philippe a dépassé les possibilités de la torture. Il ne résiste plus, il geint doucement, boit et balance la tête comme un ours couché. J'ai serré la main de Paul en le quittant ; je crois qu'il faut encore attendre le jour.

Saint Elme, dix-septième jour d'août.

Philippe est calme, immobile, presque serein, enfin. Paul m'a fait prévenir le premier. Les frères ont chanté puis sont sortis. J'ai désigné deux convers pour procéder à la toilette. Je leur ai interdit de toucher au corps, c'était inutile ; ils semblaient soulagés, moi aussi. Nous avons lavé les mains et les bras, taillé la barbe, essuyé le visage. Puis nous avons bandé les plaies ; une main étant intacte, nous l'avons laissée nue. Ensuite, nous avons retiré les cerceaux et nous avons serré son corps dans la toile ; il y avait du sang, beaucoup de sang. Simon a dit : « Heureusement qu'il a éclaté, il aurait vécu des jours sans ça » ; je lui ai donné raison. Après avoir tout lavé à grande eau, nous avons installé le corps sur des planches rabotées. Nous avons entouré les jambes et le torse de bandes bien serrées. Nous étions en nage. Nous avons terminé en l'habillant d'une tunique et d'un scapulaire neufs, on a posé la croix dans sa main. J'étais heureux. Nous avons appelé les frères, c'était fini. Philippe avait repris sa beauté, lisse et calme. Les morts ont un visage plus petit qui les change un peu. L'odeur affreuse avait disparu, avec les mouches. Paul non plus n'est pas revenu.

Je suis sorti tout étourdi par la lumière pour me reposer sous le grand chêne, près de la source, en attendant l'office. Tout à coup, je revoyais les frères, les compagnons, les convers. Pendant plusieurs jours je les avais oubliés ; ils n'avaient plus de noms, ni de visages. J'avais une impression de foule avec trois présences : Paul, l'abbé, le prieur. Pourtant tout s'était arrêté, à part les cigales, mais elles non plus, je n'ai pas dû les entendre. Jamais il n'y avait eu tant de monde au Thoronet, quarante, peut-être cinquante frères. Le prieur s'est occupé de creuser la tombe avec maître Jean et Pierre. C'était très dur, paraît-il, du rocher à partir de deux pieds de profondeur.

Après l'office, quatre frères ont transporté le corps. Philippe était avec nous ; il sera désormais toujours avec nous. L'abbé ouvrait la marche, le prieur à sa droite, le maître des novices à sa gauche. Les moines montaient en deux colonnes de chaque côté du brancard. Je suivais derrière avec Bernard et Benoît, puis les convers, enfin les compagnons, toute la famille du chantier. Je me suis retourné deux fois : Paul n'était pas là. Avant de descendre le corps de Philippe, le prieur a rabattu le capuchon sur son visage. La cérémonie s'est terminée. Philippe dormait ; de là, il verra l'abbaye. Nous sommes descendus pour vêpres. Ensuite, mes frères sont rentrés à Florielle.

Saint Médéric, dix-huitième jour d'août.

Le chantier a repris. La fièvre ne me quitte pas ; j'ai vomi trop de sang ; il est question de me transporter à Florielle.

Je me suis levé malgré l'interdiction du prieur, j'avais à faire. Je suis allé aux carrières ; Paul y était, je me suis approché de lui et il m'a suivi sans rien dire. C'est sur la tombe, à peine bombée, que nous avons parlé. Après la mort de Philippe, après m'avoir prévenu, il était rentré chez lui, il avait beaucoup bu, beaucoup dormi.

« Que comptes-tu faire ? ai-je demandé.
— Partir !
— Pourquoi ?
— Ben quoi, je peux pas rester, je suis maudit, non ?
— Philippe t'a parlé ?
— Oui, bien sûr.
— C'est lui qui a demandé ?
— Oui et non, il me voulait pas de mal, vous non plus... enfin je sais pas... j'ai peut-être pas compris.
— Je ne vois pas ce que tu veux dire.
— Alors adieu !
— Non, Paul... plus tard tu rentreras chez toi ; pour le moment reste ; c'est d'accord ?
— Oui, bien sûr !
— Combien de temps Philippe aurait pu...
— Des jours, une semaine, à part la fièvre qui le prenait il tenait trop bien, il tenait trop bien.
— Il a vu, il s'est rendu compte ?
— Non, il était nuit.
— Merci, Paul ; plus tard tu raconteras cette histoire, bien comme elle s'est passée. Tu pourras tout dire, je crois que

tu trouveras quelqu'un qui comprendra... comme moi, et puis ce sera fini.
– Vous savez, j'ai regardé... avant, eh bien il fallait !... y avait rien d'autre à faire ! »

Je lui ai tenu un moment l'épaule et je l'ai laissé près de son ami.

J'ai commencé des études mais hélas, je ne vois plus mes mains ; ma sueur tache tout ; elle tombe de mon front, coule de mes doigts. Des gens en grand nombre pénètrent dans mon atelier, ils passent dans mon dos, regardent par dessus mon épaule, quelques-uns rient, d'autres soufflent longtemps une lourde haleine, si bien que je n'ose pas les regarder. Plusieurs fois, aujourd'hui, je voulus leur dire leur fait : vivement, je me suis retourné, il n'y avait personne, ma porte était fermée. Par où passent ces gens curieux ? Je les crains beaucoup, je ne les connais pas. Ils vont peut-être revenir. La nuit, par les fentes du toit, ils m'observent, je les entends monter, descendre, ils font craquer les branches.

Sainte Énimie.

Aujourd'hui, je ne me suis pas levé, je travaille étendu sur ma paillasse. Il y a quelqu'un sous mon coussin qui parle. J'en ai assez de cette dispute. J'écoute, elle s'arrête ; dès que je n'écoute plus, elle reprend. Il y a deux tons ou deux voix : l'une qui invective, argumente, et l'autre, au débit monocorde, qui veut calmer ou peut-être au contraire agacer, excéder la première. Oublier, oublier tout. L'abbé est venu me faire une visite avec mes parents ; je ne pus rien leur dire. Ils furent fâchés, méprisants. Ma mère, que je n'avais pas revue depuis trente ans, est encore très belle. Cependant elle ne doit plus être jeune, peut-être quarante ; oui, elle doit avoir une dizaine d'années de moins que moi. Ils ont trouvé ma chambre sale. Ce n'est pas un château, je le sais, je le sais bien.

Je veux vivre, j'ai froid, avec cette eau qui coule sur mon corps.

*De Saint Barthélemy à Saint Lazare,
du vingt-quatrième jour d'août au deuxième jour
de septembre.*

> *La souillure était dans les pans de sa robe et elle ne songeait pas à sa fin ; elle est tombée d'une manière étonnante, et nul ne la console. Vois ma misère, Ô Éternel ! Quelle arrogance chez l'ennemi.*
>
> Jérémie.

Je suis attaché au lit, dans une salle que je n'ai jamais vue. Une femme m'a interdit de parler, je veux écrire, j'ai demandé de quoi, alors elle m'a détaché. Où est ma coule ? Je suis nu sans coule. Cette maison est propre ; d'où vient que les rats font ce bruit ? Il faut que je voie Bernard pour m'en délivrer. Il sent bon ce lavandin, combien de temps va durer cette vie idiote ? Il faut m'échapper.

Je me suis traîné vers la baie, elle est très haute, je ne peux pas descendre, je volerai alors et je serai heureux. Cette femme m'a forcé à manger. Cette nuit, je m'envole. J'en ai assez, je passerai sous le cimetière, il y a des portes, sans doute, qui font communiquer les tombes. Je me faufilerai, personne ne me verra. Je sortirai, j'irai réveiller l'abbé, il faut bien que je parle, non ? Alors, tout m'est défendu ?

Que je suis bien dans le fond, j'aime dormir. Cette nuit j'ai bien dormi. Il fait nuit, le sol est un parquet brillant. Allons, c'est l'heure ; je pars. J'ai voyagé ces dernières semaines. Je veux écrire, je suis guéri, ne me parlez plus, vous entendez ! « J'en ai assez, vous voyez bien que vous êtes fou. » Elle arrive, elle est là, je l'entends, écoutez. J'entends le bruit qu'elle ne peut pas entendre, je me vengerai d'elle, je suis traité comme un enfant. Je vois tellement de choses curieuses. J'ai trouvé, il faut absolument que je raconte ce qui m'arrive ; je suis allé au Thoronet, je suis entré par le parloir, personne ne m'a vu. Ce sang qui coule sur mon bras. On m'a saigné. J'attire les rats gluants avec ce sang ; ils vont revenir dans ma chambre, sous mon lit. J'ai des visites nombreuses en ce moment, des gens furtifs. C'est bien fini ; je suis complètement guéri ; je vais rentrer au Thoronet, le monastère s'achève.

> *L'Éternel a exécuté ce qu'il avait résolu, il a accompli la parole qu'il avait dès longtemps arrêtée.*
>
> Jérémie.

La pyramide du clocher éclairée de l'intérieur, élancée dans la nuit, phosphorescente, nimbée ; quel prodige dans ce ciel noir, sombre ; heureusement, le soleil. J'ai mal aux yeux, voir, je ne peux plus me cacher, longer ce mur fini et nu, me terrer. La pyramide seule entre ciel et terre. Poids de toutes ces pierres. Les orties montent jusqu'aux genoux. Je ne vois rien, heureusement mes frères m'aident. La porte silencieusement la nuit se referme. Je suis bien mieux ainsi, je le savais, ces colonnes sont trop lourdes ; se faufiler entre elles, le poids des pierres. Je grelotte.

Ils sont là, mes bons frères, penchés vers le Seigneur et célèbrent l'office. Je me sens de trop devant l'autel circulaire, bien creux. Le voir ! jamais je n'aurais supposé : beau, magnifique scarabée vert et mordoré, gros comme une tête de cheval. Un liquide gluant s'échappe de sa bouche, liquide jaunâtre, lumineux comme du soufre, liquide qui brûle. Ma main touche, tout s'écrase. Le scarabée s'agite maladroitement, se fond. Il ne fallait pas toucher, je le savais. Non, c'est la nuit; seule la pyramide au-dessus de moi, translucide, soutenue par la lumière de l'autel qui éclaire intensément le creux. Mes frères disparaissent dans la nuit : « Ne me laissez pas, ne me laissez pas, c'est injuste. » Le liquide n'éclaire plus les dos blancs, tout petits au loin. Rejoindre mes frères, ma course résonne, résonne sous cette immense voûte, la tête frappe la colonne, le pied bute dans le corps étendu sur les dalles : l'abbé Gérard qui tient son ventre de douleur, loin derrière il disparaît. J'allais vite, il tombe et ma tête me fait mal. Les voûtes sont au-dessus, très hautes ; merci de venir me chercher, merci, c'est fini ; j'étais faible. La femme panse mon bras saigné, elle sourit tendrement : « Ma mère Claire, c'est vous ! protégez-moi, la peur vous comprenez, la peur m'a laissé, ce trou est profond et l'eau monte, une espèce de boue. » La porte se referme, elle est partie, elle aussi. Je ne vois rien et cette porte fermée, je me vois au fond, c'est pitoyable. J'ai peur, je veux partir, me laisser là, la boue monte.

> *Quiconque touchera leurs corps morts sera impur jusqu'au soir, et quiconque portera leurs corps morts lavera ses vêtements et sera impur jusqu'au soir.*

Morne désolation des arbres. Des lichens, des ronces envahissent les murs de terre et de boue, parements gonflés prêts à crouler sur ma tête. Sortir d'ici. Je veux voir de près pourquoi ces murs croulent, tombent avec des bruits sourds autour de moi. Non, pas des vers, des chenilles noires annelées qui marchent en caravanes l'été. Cette pourriture est à eux, je les vois bien maintenant, les murs sont en vers. Des grappes rongent et tombent, j'en écrase des milliers. Ils glissent, tombent, montent, pénètrent, leur nombre en fait un animal monstrueux, les œufs étaient dans le mortier. Ils sont dans mes murs, partout, ils tombent partout de moi. Je ne peux bouger des murs, coincé, ni avancer, ni reculer. L'infirmier me lâche, la porte se ferme. Il ne pourra plus entrer, me tenir. Pouvoir dormir, dormir par pitié.

La porte dans les ronces en plein soleil, la nuit enfermée derrière la porte. Marcher librement dans le soleil : le calme, la chaleur, ma tunique mouillée, ma main énorme ne me fait aucun mal, aucun. Je marche sur les dalles rugueuses, tièdes. Pouvoir enfin respirer l'air frais, l'air glacé, la neige, le vent froid, remplir mes poumons. Au-delà de cette épaisse vapeur chaude. Je ne vois plus, qu'importe. Ciel ! l'escalier du cloître, on me pousse : « Non, pas si vite ! ne soyez pas insensés, je ne peux pas descendre si vite, pas si vite. » En bas le visage, le trou, non des yeux, partout, assez enfin ! Et dans ce calme je raconte tout, ils me regardent amusés, ils ne croient pas, ils pensent que je suis fou, je dois crier : « Un monstre : il faut traverser un mur de vers noirs annelés, nauséabonds, et après vous précipiter sur lui, l'enchaîner. » Non ils ne disent rien, les visages fermés restent silencieux.

> *Ne réveillez pas l'amour, avant qu'elle le veuille. Mangez amis, buvez, enivrez-vous d'amour.*
>
> Cantique des cantiques.

Les lumignons éclairent tout ce que j'ai fait. De mon lit, je vois les cierges balancés par le vent glacé de la nuit, c'est la fête de la nuit bientôt. Le cloître gai, les colonnes lourdes, massives. La nuit plus noire que l'encre. Effet surnaturel, la fontaine brille de tous ses feux, chaque jet a sa chandelle. Les cierges brûlent par centaines, la chaleur dégagée, celle d'un brasier, c'est beau. Je vais mourir, pourquoi ai-je attendu ce jour, pourquoi me laisse-t-on ? Je suis seul, abandonné dans cette salle sombre, salle où se consume un feu insuffisant. Le froid me pénètre. Là-bas il fait clair, chaud, l'air arrive par la porte ; la baie ouverte devrait réchauffer, tant de chandelles, mais non, le froid de la mort. Je ne pense plus à cette aventure, c'est de mon âme qu'il s'agit. Impossible qu'ils ne sachent pas, on traverse le mur pourri, pénètre dans l'antre du monstre. Le monstre ? il faut que je vive, il me faut tenir l'épée de ma jeunesse ; ah ! l'égorger lentement ou le noyer comme un rat.

Une tête passe à l'angle du mur faiblement éclairé ; l'abbé !... il se cache, surveille, mystérieux comme un gamin. Je veux crier, parler, le doigt sur la bouche, le signe de me taire ; on va le surprendre. Vrai, ils sont plusieurs, chuchotent. Enfin, j'entends jouer à la balle, ils sont heureux ! ils sont en bonne santé. Une autre tête passe, puis une autre encore, chacun jette un coup d'œil, me dit : « Nous sommes là vieux, mais nous ne pouvons nous approcher, c'est défendu. » Thomas, Edgar, Paul, l'abbé encore, même Bernard et Étienne. En voilà un que je n'attendais pas : Joseph, pourtant peu courageux, m'a lancé quelque chose, je cherche à tâtons, anxieux, il me fait signe : plus à droite, plus bas, plus bas. Le visage rouge, ils viennent un à un, ils se cachent les uns des autres mais viennent. Tous ont le même mot : « Alors ? » et chacun se sauve quand l'autre arrive. Ils ont tous défilé, c'est gentil, pourquoi se cachent-ils ? La salle est sombre, je ne vois plus la voûte, seulement les murs, le froid m'a complètement envahi. Sont-ils tous venus ? presque, oui, presque : se cachant les uns des autres. La lumière, la chaleur des cierges m'incommodent. Mes... mes frères, restez avec moi, j'ai peur de regarder par la baie, juste derrière. Renverse ta tête ! tends ta gorge, tes vertèbres crissent. Force ! appuie ton front, écrase-toi contre le mur. La tête bascule d'un seul coup avec fracas, personne n'a entendu le bruit comme toi, ton cou s'est brisé. Tu vois les colonnes, les lumières, la fontaine, l'église, les piliers, les colonnes. Tu vois tout. Tes frères chantent au loin. Les coules blanches t'apparaissent dans les perspectives, les cascades, l'encens ! Tout ce monde à l'envers. À l'envers, ma tête sur mon cou distendu, disloqué, encore des arcs, des arcs, nuit fantastique... admire tout !... tout est beau... perspective d'albâtre épais, matière translucide... voir le plan, les coupes, toutes les salles... les lumignons passent les murs, plus pâles. Les traits noirs des dessins se superposent aux formes floues, puis se séparent, se rabattent. Le blanc ! tout est blanc : grotte, Estaillade, colonnes lourdes, colonnettes, chapiteaux, voûtes superposées, superposées à l'infini. Les lumières éclairent la nuit : blanc des murs, du marbre ; non, c'est bien ma pierre écaillée de coups. Les traits noirs reviennent sur le parchemin laiteux, pendant que ma main trace sur ces blancs mouvants, je commence d'un côté et un instant après les tissus des coules effacent tout.

> *Tes deux seins sont comme deux faons, comme les jumeaux d'une gazelle. Ton cou est une tour d'ivoire.*
> *Mon bien-aimé ; j'ai ôté ma tunique, comment la remettrai-je ?*
> *Tu es un jardin fermé, une source fermée, une fontaine scellée. Tes jets forment un jardin, où sont tes grenadiers ?*
> *Mon bien-aimé est blanc et vermeil.*
>
> Cantique des cantiques.

Le Kyrie Eleison emplit les voûtes, s'amplifie, diminue, augmente encore ta joie, la vraie ; l'or, l'or ruisselle partout en flammes innombrables. Un frère court, Bernard ! c'est Bernard ! : Viens Bernard, allume ces milliers de cierges.

Tous chantent pour moi, Bernard, tu te confonds, te superposes, te fonds, pâle silhouette, tu passes les murs épais. Reviens ! passe tout près. » Il court joyeux : « Allume ! allume encore ! jamais il ne sera assez de clarté. » La cire coule dans le bassin, fluorescence glacée, noire de cristal, stalactites de cire, cascades des fontaines : « Allume encore ! chantez ! chantez pour moi, encore toujours. » Tes mains, tends tes mains, vois ce corps long et mince. Mon cou brisé, mes yeux de fièvre reflètent les lumières, c'est trop de beauté. Corps de charité, réchauffe-moi ! T'aider à vivre, pourquoi ? Tu ne connais pas ma mort ? passion dirigée vers l'infini des blanches perspectives, lumières ! chants ! voûtes ! transparences !... calme repos en moi... paix.

> *Écoutez, vous qui poursuivez la justice :*
> *Portez les regards sur le rocher d'où vous avez été taillé.*
>
> Isaïe.

La tentation a fui. Le plaisir s'est brisé, aucun mouvement n'est possible, tout s'éteint. Les chants se sont envolés, l'écho sombre donne le dernier son monocorde, continu : Paix, silence, nuit, bonheur, simplicité, un, trois, sept lumignons.

> *Portez les regards sur le creux de la fosse d'où vous avez été tirés.*
>
> Isaïe.

Bleu foncé découpé par le ciel du cloître. Je ne distingue rien d'autre : le ciel miracle. Le ciel blanchit, rosit. Lumière froide qui pénètre des fentes, des arcatures, des murs épais. Il faut vivre encore et voir le premier rayon ; il sera rose, pâle et doré. Tout va chanter à nouveau : j'attends, je veux le jour.

> *Portez les regards sur Abraham votre Père.*
>
> Isaïe.

La porte s'ouvre, sœur Claire est là. Elle a pris ma main, posé la sienne sur mon front, je vais dormir. Le frère infirmier est revenu, il sourit. L'abbé entre, prend mes feuilles, les lit. Doucement, sur la pointe des pieds, il s'éloigne dans un angle près de la baie, s'installe, poursuit sa lecture. Trois fois il se retourne vers moi, me regarde longuement. Il semble prendre une décision, va vers la cheminée, s'approche, se penche, jette les feuilles dans l'âtre. Je suis inquiet, mais aucune parole ne sort de ma bouche. Enfin, il m'a vu ! accroupi, il retire une à une les feuilles du cahier. J'ai pu articuler doucement : « Père », il ne sembla pas comprendre, fit un rouleau du tout et le glissa sous mes couvertures. J'ai vu son visage pensif, étonné, se fondre dans le brouillard. Je me suis endormi. À mon réveil, j'ai touché mon cahier. Mon rêve, mes cauchemars, mes hallucinations sont là, je le sais, je vais essayer de les transcrire, de compléter ce monde dans lequel j'ai vécu. Je me souviens, j'étais hagard, décharné ; dans mon lit, je me défendais comme un diable. La petite sœur entre, je me cache. Elle s'approche de moi, soulève ma tête et me baigne le front, les tempes, la bouche, d'eau vinaigrée. J'observe cette scène pitoyable. Lorsque cette maudite porte se referme, j'ai peur de la solitude, je me rapproche de moi, et je me regarde de très près. C'est à ce moment que je repris connaissance, je me vis cherchant mon cahier. Je traçai, non pas des lettres, mais des signes curieux, puis je perdis à nouveau conscience. Et moi, grelottant de froid, je m'enfonce à nouveau sous les couvertures.

Je me sens si bien quelquefois, suspendu entre ce moribond et un devenir triste, aride. Au moins je vis, je pense. Tandis que moi je suis en proie à l'horrible, au merveilleux. Je m'envie, je me déteste. Cette tête creusée, pâle ; ce regard de fièvre me fait mal. Je ne veux plus rester avec moi. Je sors sur la pointe des pieds car si je me réveille je serai obligé de rester, veiller, toujours voir mon pauvre corps couché, mouillé, barbu, sentant la fièvre et la mort. C'est assez ; je vais respirer l'air pur, les plantes, profiter de la belle journée. Je me suis dévoué pour moi, maintenant, il me dégoûte. Attention ! du bruit... ils vont me rencontrer dans ce vestibule sombre, m'attacher, me recoucher avec lui. C'est bien ce que j'avais prévu. Je me suis pris dans mes bras, aussi dégoûtant que je sois. Je me serre bien fort, pauvre de moi !

Les murs, dans la pénombre, sont gris, puis bleus, ce bleu du tout petit matin, de l'annonce du jour, les murs s'éclairent, tout reste sombre ; les rideaux de mon lit paraissent s'animer sur ce mur lumineux. Un parfum pénétrant, souvenir de premières joies, je crois rêver, seule ma douleur me rappelle ma vie réelle ; les murs s'éloignent toujours. Un air doux, léger, parfumé, l'air d'un matin frais, ensoleillé, après une nuit d'orage. Je touche mes yeux et baisse mes paupières avec la main, quand je les rouvre, je sais être vivant.

Saint Lazare, deuxième jour de septembre.

J'ai pu vivre des moments où les choses surnaturelles paraissent familières, d'un enchaînement logique. Je ne prétends pas déchiffrer un signe de Dieu dans les descriptions de mon délire, ni attribuer valeur de symbole aux effets de la fièvre. Non, ces rêves sont ordinaires et amènent des visions que nous subissons. Toute ma vie, j'ai médité sur les vertus des songes, sur l'aide indiscutable qu'ils apportent dans notre vie de constructeur. Je n'ai jamais voulu entamer de controverse avec quiconque. Dans les arcanes profondes de la conception, le songe tient une place prépondérante. Inspiration consciente ou inconsciente, l'œuvre n'a pas de préjugé et peut profiter de tout.

Ce matin, je me suis réveillé lucide et reposé. Je me suis levé, j'ai marché. Plus tard j'ai mangé de bon appétit. Ma tête est légère. Je veux retrouver mon chantier, ma cabane, et commencer mes dessins.

Sainte Sabine, troisième jour de septembre.

Demain je rentre au Thoronet. L'abbé était partagé entre le besoin d'affirmer son autorité en m'imposant de rester ici, et l'envie de voir le projet terminé, les travaux commencés. Il choisit le péché capital et le confondit avec la raison supérieure. Dans la discussion entre lui et l'infirmier : « Aura-t-il assez de force pour travailler ? » était en fin de compte la seule réponse qu'il attendait. J'ai gagné sans prononcer une seule parole.

Bernard est venu me voir. Je lui ai dit combien les choses avaient avancé : « Mais observa-t-il, tu n'as rien décidé à ce jour. » C'est pourtant vrai, je dessine peu au cours d'une étude ; à peine si je fais, sur le coin de ma table, quelques minuscules tracés que j'efface aussitôt. Je préfère que la forme surgisse en moi par visions successives, qui se fixent, s'impressionnent, s'accumulent au fond de mes yeux. Dans ce travail, lent et difficile, je parle, je marche, je dors, je rêve et je prolonge dans la vie courante l'hypnose provoquée par l'acuité, la dominance, de l'œuvre en cours. Le jour venu, penché sur ma table, je dessine l'essentiel de ce monde imaginaire. Il semble certain que les musiciens agissent ainsi : pour écrire ils doivent attendre sans doute que la composition chante en eux.

L'exposé de ma méthode a inquiété Bernard. « Je ne pensais pas, a-t-il dit, qu'un maître d'œuvre puisse tout garder en lui, puisse se passer des tracés préalables et de la part importante que les problèmes techniques, les calculs statiques, suscitent sous la forme d'autant de questions. » Dans cette observation, Bernard commettait l'erreur de séparer la plastique apparente et le calcul interne. Tous les chemins conduisent à Rome et chacun aborde les formes à sa convenance. Pour ma part, j'ai souvent admiré la méthode des maîtres orientaux ; elle paraît venir des temps les plus reculés. Commune à bien des architectes byzantins, arabes ou persans, elle s'exprime comme un rêve : « *mystérieux, le maître d'œuvre arrive à l'aurore sur le chantier, réunit les compagnons sur une aire de sable fin préparée et aplanie, trace du bout de sa canne à pommeau d'or le travail de la journée et, mystérieusement, emporte dans sa fraîche maison les pensées et les formes qu'il fixera à l'aurore suivante. Le soir, dans la contemplation de sa fontaine de marbre blanc, aux jets multiples, il rêve sur ses plans aussi fragiles que sa vie, aussi précis que son dur regard, aussi poétiques que son nostalgique pays. Si la fantaisie l'y incite, il frappe dans ses mains, alors apparaîtra l'esclave aux bras ronds. Dans les formes arrondies de son corps, il évoquera les coupoles, les pénétrations des voûtes fabuleuses, les pendentifs étourdissants. Dans la voix favorite, il retrouvera l'écho des galeries aux fines colonnes ciselées d'abstraites figures, le tracé d'une cascatelle, la plantation d'un jardin d'orangers, de jasmins et de daturas. Dans son rêve il préparera me nouvelle aube enchantée par sa canne à pommeau d'or.* » À la noblesse de la méthode, s'ajoute une profonde humanité : les compagnons sont davantage des artisans de l'édifice que de simples et scrupuleux exécutants. Ces maîtres d'œuvre permettent à tous les hommes du chantier de participer à l'ouvrage, leur laissant ainsi le droit d'interpréter sans, pour autant, que les proportions des architectures puissent en souffrir. Nous jugeons, nous, les plans précis indispensables. Eux, ils les remplacent par des chants rythmés, les suggèrent par des tracés dans le sable. Un module impératif règle tout l'édifice, impose la dimension de base ; après la parole suffit. Ainsi chacun peut vivre sa part du rêve dans la divination et l'adaptation de la pensée première. Je n'invente rien, c'est bien ainsi que les choses se passent. Il suffit d'observer le tracé d'une grecque sculptée sur de complexes pendentifs pour être convaincu à jamais des initiatives et des libertés laissées aux artisans orientaux.

Allongé sur mon lit, les yeux mi-clos, je me suis distrait en instruisant Bernard. Chaque fois que je lui parle de mon lointain voyage, son esprit se fait moins curieux, il reçoit les idées sans les discuter. Il m'a demandé : « Comment ces maîtres savent-ils à l'avance que l'édifice ainsi conçu ne s'écroulera pas ? » Voilà comment nous avons abordé l'unité dans la conception, pierre angulaire de notre art. Déjà, dans sa précédente observation, les problèmes techniques lui semblaient être isolés du dessin des formes. Depuis quand a-t-on séparé, ne serait-ce qu'en esprit, la plastique et la technique, les formes et les matériaux ? Architecte et maître d'œuvre ne sont pas de simples appellations, mais bien des fonctions définies et absolues. Les formes, les volumes, les poids, les résistances, les poussées, les flèches, l'équilibre, le mouvement, les lignes, les charges et les surcharges, l'humidité, la sécheresse, la chaleur et le froid, les sons, la lumière, l'ombre et la pénombre, les sens, la terre, l'eau et l'air, enfin tous les matériaux sont, tous et toutes, contenus dans la fonction souveraine, dans l'unique cerveau de l'homme ordinaire qui bâtit. Cet homme sera tout : argile et sable, pierre et bois, fer et bronze. Il s'intégrera, s'identifiera à tous les matériaux, à tous les éléments, à toutes les forces apparentes et internes. Ainsi, il les portera, les évaluera, les auscultera, les verra avec son âme comme s'il les tenait dans ses mains. Ces présomptions ne sont pas des images, je nie toute intention poétique et j'affirme des faits matériels qui sont pour moi indiscutables. Je les pense avec prosaïsme. Si je suis une poutre en bois posée entre deux appuis éloignés de vingt pieds, je suppute la résistance de mes reins de fibres, et je m'épaissis pour atteindre la section qui me permettra de résister à la flexion imposée par mon propre poids et celui que je devrai supporter. Simultanément, je pense à mon aspect extérieur, à l'effet de ma trajectoire et à ma couleur, ainsi je détermine mon essence : de chêne ou de sapin. C'est dans la durée de mon invention plastique que tout ce mécanisme se déclenche ; une simultanéité sans condition. L'exemple élémentaire que je viens de décrire s'applique à toutes les éventualités, la poutre est une image simplifiée de l'arc-boutant et de sa structure aérienne, du contrefort massif, de la voûte. Je peux et je dois me décomposer en claveaux, me ressentir clef de voûte, sommier ou voussoir, reconnaître la pierre dans ma chair, la regarder comme ma propre peau, lui faire suivre la ligne choisie et le volume naissant. La forme se justifiera dans le choix. La structure est tout, la forme est tout, la matière est tout. Comment expliquer ce mystère si l'on n'admet pas que l'homme contient ces tout sous son propre toit. Pourquoi parler des calculs qui ne sont rien, qui ne créent rien ; les problèmes techniques étant contenus dans la forme. Est-il nécessaire de contrôler les volumes lorsqu'ils sont accomplis ? Sans doute pour la satisfaction, pour le plaisir de se répondre : « oui ». Et s'ils vous répondent : « non », que faut-il conclure, faut-il recommencer, revenir sur l'œuvre ? Je dis moi que rien n'a existé dans le cerveau de l'infirme, que l'homme de métier n'existe plus ou qu'il n'a jamais existé. Les calculs sont une preuve, ils ne seront jamais un moyen. Le premier bâtisseur savait-il compter ? non. En revanche il avait un but, une intention : celle de s'abriter. Cette nécessité est devenue belle, parce que cet homme avait sous ses yeux la nature et son ciel, la lumière et ses couleurs, les montagnes et leurs formes, les pierres et leur matière. Dans l'écroulement du premier édifice il y eut le premier échec et sans doute la première inquiétude, le premier calcul. Sanctifier le calcul reviendrait à reconnaître l'échec comme œuvre originale. Est-ce admissible ? Toute théorie peut se défendre, mais je laisse aux hommes de bonne foi le soin de répondre. En conclusion, je crois que la dualité, la pluralité dans la conception de l'œuvre est pire qu'une faiblesse, c'est un vice. C'est-à-dire que la beauté ne peut exister sans équilibre, la technique sans matière, et, pour finir, l'équilibre sans beauté. Ma seule angoisse ce soir est que Bernard n'ait pas compris.

« *Si, à la rigueur je préfère un dieu double à un dieu multiple, je ne tiens plus du tout à lui dès que j'en trouve un simple ; car, pour m'exprimer en bon catholique, ce dernier seul est véritablement Dieu. Il n'a pas plus en lui ceci ou cela que ces choses-ci ou ces choses-là : il est celui qui est et non pas les choses qui sont.* » (Bernard de Clairvaux).

Saint Gilles, cinquième jour de septembre.

Hier, je suis rentré au Thoronet. Combien de voyages ai-je faits à Florielle depuis mon arrivée ? Je connais, je le crois, tous les chemins ; les sentiers les plus courts, les passages à gué de l'Argens, à pied ou à dos de mulet, les routes des charrettes. Je sais maintenant les raisons qui nous font abandonner Florielle : les terres trop pauvres ne peuvent nourrir la communauté. Et malgré l'avantage du ruisseau, jamais à sec, qui permet à la bonne saison l'arrosage des cultures, les moines trop nombreux ne peuvent continuer à y vivre sans aide. Il y avait évidemment la solution de rester à Florielle et de construire une ferme au Thoronet, mais c'était trop éloigné. Il n'est pas bon de laisser les convers seuls, ni de faire voyager les moines sans arrêt : la route est longue, toute en montées et descentes. En Champagne, aux reliefs moins tourmentés, six lieues ne sont rien ; ici on a l'impression de changer de pays. L'Argens nous sépare, et puis, lorsqu'on entreprend cette marche vers le nord, on chemine des heures en direction de l'orient ou du sud : ces contours sont désespérants. Pour les transports lourds, le plus simple est de traverser à Pont d'Argens, de passer par Lorgues, puis de remonter jusqu'à Tourtour. À un quart de lieue, un mauvais chemin rejoint le ravin de la Florielle et l'abbaye. Du Thoronet il faut donc descendre au pont, d'où une côte interminable mène à Tourtour. Chargées, les charrettes mettent six bonnes heures, sans vent, et s'il ne fait pas trop chaud. Le retour est plus rapide, quatre heures, plus agréables. On a longtemps le soleil en face, à travers la forêt, la lumière est belle, toute en reliefs, surtout de très bonne heure.

Les lapins, les petits carnassiers fuient en jouant. Les perdreaux nous font sursauter par le claquement subit puis le ronflement de l'envol. Les solitaires aveugles foncent sur leurs passages à eux, au travers des ronciers, et la laie inquiète pousse ses petits en trottinant. J'aime la forêt, sa vie, j'aime aussi retourner au Thoronet. Florielle est trop encaissé ; le soleil l'hiver doit se montrer tard et disparaître aussitôt. Il y fait, paraît-il, très froid : c'est l'air de la montagne. Le vent du nord-ouest s'engouffre dans ce vallon orienté comme fait exprès. L'abbaye fut jadis mal entreprise, implantée n'importe comment. Le plan a dû être gêné par les bâtiments provisoires, faute de terrains plats. Il était écrit que nous ne resterions pas là.

Je suis parti à l'aurore, par un ciel pur, un temps frais de septembre que l'on souhaite toute l'année sur les chantiers. L'abbé et l'infirmier m'ont accompagné et aidé à m'installer sur la litière. En route, bercé, je me suis endormi. J'ai été réveillé dans la forêt à l'heure des cigales. J'ai compté avec envie de beaux arbres, plus nombreux que chez nous et bien droits. Puis, dans les rayons obliques du premier soleil chaud, j'ai guetté la vie. J'ai cherché le renard arrogant, aussi curieux que craintif, qui ne peut résister, avant de disparaître, à l'envie de pointer le museau vers l'intrus en présentant son arrière-train et sa minable queue d'été. Je n'en ai aperçu aucun. Les bêtes, dans ce mois béni, profitent des derniers beaux jours, libérées des soucis de l'amour, des aventures dangereuses dans les chemins fréquentés. On en voit moins, on les devine, perchées ou tapies dans les clairières isolées, près d'une source ou d'un ruisseau. J'étais heureux malgré ma faiblesse. J'imaginais trouver de grands changements. Voilà quinze jours que j'avais quitté le Thoronet, et près d'un mois que je n'avais rien regardé. Sur un chantier, l'absence donne la sensation agréable des choses nouvelles, alors que la présence permanente empêche de constater les progrès. Auront-ils aplani le sol contre le Champ, dégagé le gros rocher à l'emplacement du cloître, garni la fouille septentrionale qui menaçait de s'effondrer ? Le tas de pierres taillées sera-t-il impressionnant ? Et les fours, les coupes, les terres à ensemencer bientôt ?

La vie continue. Pendant quelques jours, les ombres de Thomas, de Philippe étaient sans doute partout, et puis d'autres événements ont dû déjà les effacer doucement. Il en est ainsi de toutes choses. Peut-être, pensais-je, que là-bas le vide est comblé. De toute façon, les chantiers sont plus forts que les sentiments et les hommes : ils entraînent les souvenirs comme un torrent emporte l'arbre arraché de la rive. Les branches feuillues s'alourdissent, disparaissent, le tronc bascule, les racines émergent, montrent leurs doigts crochus et velus de sorcières. Dans le lit vert sombre, l'écume recouvre au loin ce qui semblait être là pour des siècles. Quelques jours après, la surprise serait de revoir le grand arbre penché sur le torrent. Sur les chantiers, les murs qui montent et ferment le paysage sont encore plus impressionnants : ils suppriment ce qui pour l'homme, semblait devoir durer éternellement. Nul bâtisseur ne peut imaginer la ruine et l'anéantissement de son œuvre. Non seulement le chantier prend la place, mais il prétend aussi devenir le sujet principal dont la nature ne sera que le complément. J'étais à ces pensées, quand, du bois de Sainte-Foy, je découvris Lorgues, et je murmurai : « Le clocher de Lorgues se dresse dans la plaine, sur le fond bleu des collines. »

Une heure après nous avons franchi l'Argens grossi par les premiers orages. Le pont dépassé, les mules, malgré la montée, pressent le pas. Pour nous, le chemin restant est déjà fait, nous sommes arrivés. Non, je n'apercevrai pas, dans le trou de Joseph, Philippe au tour ou défournant les tuiles. Je ne verrai plus le petit mouvement de tête qui disait, mieux que des paroles : « Bonjour grandet ».

Cette dernière montée m'a évoqué des moines poussant et traînant des chariots qui, dans longtemps, viendront tous ensemble de Florielle. Ils prendront la côte en chantant, puis installeront les paillasses dans le dortoir tout frais qui sentira la chaux. Dans l'église aux stalles couleur de miel ils chanteront encore, useront jusqu'au poli les dalles des passages, arrondiront les arêtes vives du chêne qui deviendra comme de vieux os gris.

Dans le dernier tournant j'ai entendu les bruits familiers, un lointain cliquetis accompagné des coups sourds et des grincements de la scierie.

Le Champ, en plein soleil, était plus desséché et poussiéreux que jamais, sans une seule plaque de l'herbe qui lui valut jadis son nom. Mes frères avaient tout quitté pour m'accueillir. Après ces drames ils étaient anxieux de me revoir. Benoît et Bernard m'aidèrent à descendre. La réverbération intense du chantier m'obligea à fermer les yeux comme dans un rêve éclatant de lumière. C'est alors qu'une colère incompréhensible m'a pris ; j'ai demandé avec une amère ironie : « Est-ce l'heure de la pause ? »

d'un geste, Benoît renvoya tout le monde, seuls les compagnons vinrent me saluer. J'étais fatigué par le voyage, mais j'ai voulu aller partout ; partout j'ai été déçu. J'ai exprimé mon mécontentement. La maladie m'avait mis en état d'infériorité, c'est pour cela que j'ai tout critiqué. Les ordres donnés, les initiatives prises, le relâchement dans l'horaire, pourtant justifié par une sensible diminution du jour. Je leur ai reproché le gaspillage dans les travaux de consolidation. Benoît agacé m'a dit alors : « Si nous avions eu tes plans nous aurions su, et ces fautes n'auraient pas été commises. » Sa mauvaise humeur me calma, je me sentis moins seul dans mon intransigeance. J'eus ainsi un compagnon de mauvaise conscience. Reprendre en main le chantier était mon but depuis l'aube ; j'avais cru m'imposer par des abus d'autorité, d'injustice. L'heure du repas me délivra. J'avais invité les compagnons à notre table pour parler des travaux. À la fin, j'ai demandé à Bernard de lire le règlement. Je me suis levé pour annoncer que le repas de sexte en commun serait supprimé. Le frère cuisinier apporterait la soupe sur les lieux de travail. Ainsi, ai-je conclu, nous gagnerons une heure de travail. Le temps du samedi, réservé à l'entretien des vêtements et des chaussures, serait désormais employé sur le chantier ; ces menus travaux pourraient aisément se faire à la lueur des lampes. Au lieu de mécontenter, ces ordres furent bien accueillis ; on pensa, sans doute, que ce malade frêle avait encore la main dure pour tenir la discipline ; et puis, je crois que je peux demander la vie maintenant.

Un nouveau frère nous a suivis depuis mon arrivée. Il a écouté avec attention. À table je me suis assis à sa droite. Il occupe maintenant le centre de nos réunions, dirige les prières, célèbre les offices canoniaux à la chapelle, visite tout chaque jour, demande conseils et explications brièvement ; puis, il suggère son opinion lorsque tous se taisent. Il n'interrompt jamais. Dans mon attitude d'hier, sa présence m'a incité à scandaliser, à braver, tant je craignais à tous moments d'être interrompu, contredit, ou rappelé à l'ordre. J'ai voulu affirmer devant lui que le chantier, les horaires, étaient mon affaire, définir mes droits sur la vie matérielle des compagnons et des convers. De ce moine dépend la discipline spirituelle et temporelle de la Règle. Il décide des réunions, sonne les heures, s'occupe de l'économat, organise les menus, dirige les cultures. Il s'est installé dans un réduit que nous appelons la sacristie, situé sous la cloche, contre la chapelle. Frère Pierre, prieur de Florielle, remplace l'abbé au Thoronet ; grâce à lui nous sommes une véritable communauté.

De sexte à vêpres, nous avons continué la tournée : les carrières, la forge, les fours et la grotte de Joseph. Nous sommes revenus aux ateliers. J'ai visité l'entrepôt, les écuries ; nous avons marché longtemps dans les cultures. L'arrachage dans la plaine d'occident est encourageant, elle deviendra une bonne terre à vigne, lourde et riche.

Je n'arrivais plus à soulever ma mauvaise jambe, j'avais des nausées. Mes frères me dirent que j'étais livide mais n'osèrent pas m'arrêter. Nous avons terminé à la scierie après être rapidement passés à la carrière haute. Ce fut là que cela se produisit ; alors que j'espérais arriver à temps à l'atelier pour m'étendre, j'ai vu tout à coup le tas de copeaux tourner, devenir immense. J'étais tombé. Des cloches sonnaient rapidement, joyeusement. Dans les boucles propres, odorantes, une mousse rouge vif s'étalait. Peu à peu dans ma gorge le gargouillis cessa. C'est pour ce sang qu'aujourd'hui tous me manifestent leur affection. Ce ne fut pas ma détestable conduite qui prévalut dans le cœur de mes hommes, mais bien l'héroïsme du faible qui provoqua des sentiments mêlés de pitié et d'admiration. J'espère que cette rechute ne m'empêchera pas de travailler.

Nativité, huitième jour de septembre.

Est-ce dû à toutes les réflexions de ces derniers mois, ou à la médiocrité de mes tracés ? Je ne le sais encore pas, mais je dessine et mets en place avec facilité : l'église, l'abside, accompagnée des quatre absidioles en cul de four. Puis la sacristie et, autour du cloître, dans l'ordre imposé, la bibliothèque, la salle capitulaire, l'escalier du dortoir, le passage du parloir, la salle des moines et le chauffoir, le réfectoire, la cuisine, enfin le cellier et le dortoir des convers qui ferment le cloître à l'occident, du côté de l'angle bâtard. Ces formes, qui m'ont jadis inspiré crainte et respect, sortent naturellement de mes quatre instruments. C'est ainsi, sans doute, que va se terminer cette aventure, sans soucis, sans souffrances, dans la joie des gestes dirigés. Si je ne connaissais pas les embûches qui m'attendent, il me semble que j'aurais fini dans quelques heures, dans quelques jours. Pourquoi cette dimension plutôt qu'une autre ? Pourquoi cette proportion plutôt qu'une autre ? Je ne sais plus, je n'ai jamais su.

Lorsque pour la première fois j'ai reconnu le site, le terrain, la future abbaye réapparaissait semblable à ces architectures de Toscane de marbres polis, raffinés, un luxe infini, compliqué. À présent ce que je trace est lourd, maladroit. Je m'enfonce dans la joie que donnent les volumes simples, les murs rectilignes… Abbaye cistercienne, ingénue, semblable à des centaines d'autres, composée avec le jeu des constructions que j'ai assimilé, qui fait partie de moi. Les difficultés de cette œuvre unique seront donc, comme pour les précédentes, simplicité, humilité. La complexité des pensées de naguère a disparu. Je me promène calmement, sans inquiétude dans ce plan, dans ces coupes. Je longe les façades comme si j'avais toujours habité là. Où sont mes idées abstraites, mon monde de rêves et d'hallucinations ? Alors qu'il est si facile de composer en simple maître d'œuvre d'un ordre sévère, qui n'admettra ni faiblesse, ni mensonge, ni changement dans le programme : église, salle capitulaire, chauffoir, réfectoire, entourant le cloître. Ma journée s'est passée à dessiner comme un brave moine, maçon et maître d'œuvre.

Sainte Pulchérie, dixième jour de septembre.

> *Tu désires voir, écoute : l'audition est un degré vers la vision.*
>
> Bernard de Clairvaux.

Penchés sur les dessins, nous suivons les tracés sur le plan d'ensemble. Le plan est la projection des volumes, l'œil se déplace rapidement, parcourt, suit, puis poursuit l'image fuyante, la domine un instant. La forme passe au-dessous de nos têtes, s'absorbe dans le néant provisoire. Car tout ce qui n'est plus vision directe disparaît, laisse seulement dans la mémoire l'empreinte qui devient floue puis s'efface. Dans cette galerie du cloître l'œil observe un nouveau sujet : il est là, au-dessus, à droite... marchons, ne ralentissons pas... constatons que le mouvement pivotant de nos têtes immobilise le volume ou le fait tourner plus lentement comme sur la sellette d'un sculpteur. Ainsi nous retenons, nous modulons, le déplacement imposé par la marche. Prenons à présent, le pas du promeneur attentif, choisissons, arrêtons-nous. L'œil considère, les formes basculent ou défilent, passent et repassent, suivant les mouvements du cou. Son examen embrasse les trois quarts de la surface intérieure d'une sphère. Avançons ; maintenant les volumes disposés dans ce grand espace déjà parcouru vont disparaître. L'œil fixe la porte de notre salle capitulaire ; avec le mur elle vient à notre rencontre, grandit, absorbe la totalité de l'angle visuel ; l'arc est sur nos épaules, nous couvre. Aussi rapide qu'il soit, ce passage nous frappe :

avant, pendant, après, changement total pour un temps limité à notre bon vouloir. Désormais notre domaine à sensations se prolonge ici. Curieuse, sur le seuil, la vision s'habitue à la pénombre, hésite dans cet espace restreint, enveloppé par ces voûtes basses, enfin absorbée elle contemple. L'œil sans efforts ressentira qu'il est le centre de la sphère. Demi-tour et discrets balancements de la tête, l'œil peut rester imprégné par l'ensemble, car tout est près ; il n'a pas à découvrir puisqu'il ressent sans se déplacer. Les petits espaces intérieurs arrêtent la vie mobile, incitent, par la vision, la pensée à rechercher davantage une voie en soi.

Serait-il plus juste de dire que le déplacement de l'œil dans le plan n'était qu'une des façons d'imaginer ? Les dessins, figures réduites et abstraites, ne montrent que deux dimensions. Il serait mieux de considérer l'œil immobile, et lui soumettre un nombre infini de dessins à trois dimensions, les faire tourner et basculer dans son angle de vue. Ou encore, partant du plan tracé, il faudrait construire, avec des fils rigides, les verticales. Chaque fil figurant les arêtes droites ou courbes de tous les volumes, reproduisant ainsi les traits des dessins en plan, coupe et élévation. Ce squelette des formes serait à l'œil ce que la cage est à l'oiseau. À la réflexion, cette solution au problème de la vision ne serait qu'un moyen de plus de décrire un système. Le pouvoir reste dans l'imagination ; l'évocation visuelle serait-elle un don ?

Les volumes sont à la fois pleins et vides. Tantôt comme des bornes le long d'un chemin, tantôt des espaces enfermés, couverts, ou à ciel ouvert. Dans le cloître, par exemple, nous avons conscience d'un volume d'air et de lumière enchâssé dans les pierres : arcades, colonnes, murs. Ces deux sensations vivent ensemble avec leurs trois dimensions et leurs mouvements. Le moule est de pierre, le sujet dégagé sera air et lumière ; ils ne peuvent se passer l'un de l'autre, et nous nous devons de les imaginer ensemble. Au cours de notre promenade dans le jardin nous verrons couler comme un cristal liquide cette atmosphère, nous la verrons pénétrer, remplir les galeries jusqu'au sommet des voûtes, épouser toutes les formes jusqu'au faîte des toitures et se perdre dans le ciel. Après ils seront tous deux volumes, l'un impénétrable, l'autre fluide et transparent. Liés par la même peau, leurs mouvements seront communs.

L'évocation visuelle dans sa permanence crée le destin des architectures. L'acuité absolue permettrait d'éviter à un maître d'œuvre, esthète pur, de tenter l'aventure de la construction. Il garderait pour lui ses édifices imaginaires. Il n'en est jamais ainsi, tout bâtisseur aura sa part de surprise dans la réalisation du chantier. Cela est bien normal. Nul artiste ne fait absolument ce qu'il veut : le pinceau aide ou dessert le peintre, tantôt surpris par un effet imprévu, tantôt en butte aux tremblements de sa main, aux poils trop secs ou à la pâte trop liquide. Nous devons bien avouer que le chantier se réserve toujours de nous étonner, en bien ou en mal. L'architecture garde une partie de son mystère, ne le découvre que par fragments et ne le livre que lorsque tous les volumes ont occupé leur place. L'œuvre en cours est une discussion, décevante ou pleine de promesses. Nous cherchons des arguments. Nous écoutons les résonances sans encore en connaître la fin. Toutes ces émotions ne peuvent être prévues et connues entièrement à l'avance. Cela est bon ; un chantier sans anxiété serait comme une vie sans souffrance.

Après le cloître, les salles, les galeries, examinons les plans de l'église. À l'intérieur du cloître, nous considérions les volumes sculptés en ronde bosse ; ils étaient éléments importants dans notre bataille imaginaire, ici notre souci sera la surface d'un volume creusé dans la masse. La notion d'épaisseur a disparu, ne nous importe plus. Les arcs rejoignent les parois, tout est bas-relief. Nous devons imaginer que nous sommes sous une montagne de pierres ; ainsi ce vide sera conçu avec plus de profondeur. Le jour viendra d'en haut. Protégés du monde par des épaisseurs infinies, nous ne communiquerons qu'avec le ciel. En bas, des fentes, des portes basses ; en haut des oculi d'où vont s'échapper nos chants comme un grand vol de ramiers ; ces portes circulaires sont celles de l'esprit.

Saint Raphaël, douzième jour de septembre.

L'étude progresse rapidement, les volumes s'amalgament, se séparent, se recréent. L'ensemble se dissout puis, les problèmes résolus, la forme se simplifie, se purifie. Je ne sors plus, je peux difficilement me déplacer. À ma table, je termine ma convalescence. Bernard reste près de moi curieux de mes paroles, de mes dessins ; il met au point mes tracés. Il est à présent plus habile que moi à dessiner.

Tout n'est pas si simple, la fièvre de l'inquiétude monte. L'abbaye banale sera bien celle du Thoronet, pas n'importe quelle autre. Au fur et à mesure que je pose des piliers et des murs sur le parchemin satiné, couleur d'ivoire, je prends conscience des difficultés. De la pointe précise l'encre coule, remplit ou enferme les volumes de pierre, figure les arêtes, délimite les salles, situe les points solides, réserve les passages d'air, de lumière ou de moines. Tantôt la raison domine, tantôt les sentiments ou la justification d'un tracé. Ailleurs, géométrie et symboles s'affrontent, déterminent les formes qui sont autant de synthèses. Le moment est grave mais léger. Je me sens sûr, avec trop de certitude. Souvent, je constate qu'une recherche complémentaire fait surgir le préférable, le meilleur, ou simplement le mieux. Les moments où le maître d'œuvre se laisse aller à la facilité de ses connaissances, s'acharne et poursuit l'arrangement d'une forme compliquée, sont des moments dangereux pour la sérénité de l'édifice. Il est heureux que l'être second le sache, nous laisse aller, attende ; pour nous avertir tout à coup qu'enfin va naître la vérité. Il nous prévient alors comme avec un déclic. Tant que la rigueur et la conscience ne posent pas le trait aussi sûrement que le destin le ferait, nous devons nous garder de notre imagination. Il arrive aussi, au cours de l'étude, que certaines parties de l'édifice nous semblent mieux que d'autres ; le trouver naturel apparaît comme inévitable ; or, nous devons reconnaître là un avertissement. Reprendre, tendre vers l'unité parfaite des éléments entre eux, la recherche du Tout. Dans une abbaye, il ne doit pas exister le mieux ou le moins bien. Nos actes de moines, nos gestes sont sous les yeux du Seigneur, même dans le sommeil inconscient, ils déterminent la mesure et l'homogénéité. Si l'abside dans sa conception appelle plus particulièrement nos soins pour marquer le lieu de la présence réelle de la chair et du sang, ce sera pour nous confirmer que l'ensemble du monastère est partout lieu de prière, de contemplation, unité d'action et d'intention.

Il est exaltant de faire vivre une abbaye à l'avance en compagnie des moines. Pour moi les instants où je conçois réellement la vie de mes frères sont, peut-être, les seuls où j'exprime ma foi. Je les vois se lever, s'agenouiller, ils marchent vers l'église, autour du cloître, font leurs ablutions aux fontaines, rêvent devant le feu du chauffoir. Rythme lent, précis, mesuré. Je les vois réellement passer, je les suis du regard. Ils ne sont pas fantômes, je les entends respirer, murmurer, marcher, je sens leurs odeurs. Capuchons rabattus, têtes légèrement inclinées, mains dans les manches : ils passent. Je m'efface, le dos au mur, pour leur laisser la place. Ils vont, poursuivent leurs évolutions, sans vaines agitations. La Règle exige cette vie sans mouvements inutiles : ils ne doivent pas perdre leur temps, ni essayer de le rattraper. L'architecture suit ces actes. Chaque jour, chaque nuit, le passage des moines est comme un fil qui s'enroule, sans heurts, à petits bruits réguliers. Accompagnés de chants contenus, les offices canoniaux scandent la journée d'une aube à l'autre. Les fêtes jalonnent l'année d'un Noël à l'autre. L'architecture est la scène. Nous devons suivre ce fil de laine blanche dans la forme et l'esprit des volumes. Créer sans unité serait contrevenir à l'expression de notre existence. Rien n'est imprévu, même la mort d'un moine, car chaque jour nous pensons à ce passage pour nous et nos frères. Quand un moine entre en agonie, les coups frappés sur les tablettes du cloître rappellent à la communauté que va se dérouler la journée consacrée à l'un de nous. Dès cet instant, plus rien ne troublera nos actes. La mort d'un frère est comme la fin d'un chapitre de nos livres. Demain un nouveau sera commencé. La place dans le dortoir, le réfectoire, la stalle dans l'église sera occupée par un autre moine. Quelques jours après un homme frappe à la porte : « Que demandes-tu ? » demande le frère portier…

Une fois de plus j'ai évoqué cette vie conventuelle cent fois imaginée, jamais réalisée pour moi-même. Si ces pensées ont le don de purifier et d'exalter ma création, je ne puis par ailleurs que constater ma propre agitation, pleine d'anxiété, de soucis matériels, de remords, de colères et de tentations. Comment faire autrement ? Édifier la scène d'une vie sereine doit sans doute exiger une forme différente d'existence, une contrepartie. La souffrance engendre la joie, le déséquilibre aspire à la stabilité. La création humaine est vanité aux yeux du saint, mais l'œuvre contient le rachat de celui qui l'exécute. L'homme heureux est ennuyeux en société ; mais, dit-on, les jongleurs, les faiseurs de tours, sont toujours gens mélancoliques. Pour ma part je le crois. Ce n'est pas dans l'harmonie que nous construisons l'abbaye, mais bien dans les luttes, les doutes, les accidents, les coups.

Depuis mon retour je ne me rends plus aux carrières et aux ateliers ; mes seules sorties sont réservées au chantier. Chaque jour le besoin de plans s'y fait davantage sentir : cela m'oblige à improviser sur place, à tracer, presque au hasard, le travail à entreprendre. Benoît a la charge complète de la préparation des matériaux ; il m'informe de la production journalière. En avare, il accumule des notes et des chiffres qui sont : pierres, bois, tuiles. Je reçois peu de visites, personne ne veut me déranger. L'attente est plus grande chez les autres qu'ici dans notre atelier. Pour moi, les volailles sont embrochées, le feu est ardent, les invités vont se mettre à table, je dois surveiller la cuisson.

Sainte Édith, seizième jour de septembre.

L'abbé m'a rendu visite accompagné du prieur. Sur les dessins d'ensemble des façades il a longuement observé le clocher.

« Trop haut, a-t-il dit, interdit par la Règle, je t'impose d'en réduire la hauteur ou de le supprimer. Un simple clocher de bois nous suffit. »

Cependant, depuis mon arrivée, cette forme me poursuit partout. Convaincre l'abbé sera difficile.

La pente du terrain oblige et provoque une disposition étonnante des galeries du cloître : la méridionale sera plus haute, deux escaliers à l'extrémité des galeries orientale et occidentale franchiront au sud la différence de niveau. L'abbé n'était pas satisfait :

« Nous ne pourrons pas méditer, libérés du souci de la marche ; toujours monter ou descendre cela me paraît impossible.

– Il n'est pas nécessaire de tourner autour du cloître, ai-je répondu, cette disposition est involontaire ; ici, c'est une obligation.

– Allons voir, dit-il. »

Mes pas hésitants ont dirigé l'abbé. Le mieux dans ces cas est de laisser parler, de permettre à l'autre de trouver. La roche dure fut l'arbitre, il était convaincu, cependant en rentrant il me dit :

« Si tu étais roi des Perses avec mille esclaves qu'aurais-tu fait ?

– J'aurais ajouté dix marches. »

Il s'arrêta, m'observa longtemps, le buste rejeté en arrière :

« Sache que je n'ai pas été dupe, mais le sol s'est fait le premier complice du mensonge, moi le second.

– Le troisième est plus sûr : nous gagnerons du temps.

– Oh, le temps ! y crois-tu ? »

Il avait raison, le temps est un allié ou un ennemi. Le clocher est indispensable ; mes nombreux dessins le montrent sous tous les angles. Cette pyramide simple, solide, justifie les monotones façades aveugles. En arrivant de l'orient il surgira, apparaîtra tout à coup sans dimension ; depuis l'occident, il régnera sur la vallée comme une statue.

Sainte Sophie, dix-huitième jour de septembre.

> *Un jour annonce cette vérité à un autre jour et une nuit en donne connaissance à une autre nuit...*
>
> Psaumes.

Ce fut le lendemain de la mort de frère Philippe que l'abbé délégua frère Pierre, prieur de Notre-Dame-de-Florielle, moine de mon âge et d'une belle santé, je désirais un abbé, j'ai trouvé un ami. J'espérais une contrainte, j'ai eu un collaborateur délicat, perspicace. Cet esprit pondéré ne s'est pas prononcé immédiatement, il est secret et réfléchi.

« Mon frère, a-t-il dit hier, j'ai tout regardé, je crois avoir tout vu. Le mal principal, ici, est ta santé défaillante : tu as voulu donner ta vie, tu as donné ton âme. Sans toi le monde que tu as créé ne sera plus qu'un corps sans esprit. À moi le Seigneur a conservé la force : lorsque tu devras te reposer je veux être le gardien de ta flamme, et entretenir jusqu'à la fin ton souvenir. J'apprends ici, le plus longtemps possible, ce que tu veux. Si je te survis, je désire m'exercer à devenir ton héritier, à disposer de tes biens. En attendant, je porterai avec toi le poids de tes affaires.

– Merci, mon frère, je ne mérite pas ce que tu dis, mais la sûre affection que tu me donnes m'est d'un grand réconfort. Je ne t'attendais pas, tu es venu m'apporter les économies de toute ta vie. Tu me connais, ton aide n'en aura que plus de prix. Ce chantier à mes yeux est plus important que les précédents ; pardonne à ma conduite ce qu'elle a de surprenant, certaines précipitations par exemple. »

Pierre le prieur regardait, au loin, les montagnes, je l'ai senti troublé, indécis et anxieux. Nous étions tout près des berges du ruisseau, c'était la fin de la journée après vêpres, une nuit calme s'annonçait. Je lui ai proposé de nous reposer sous un jeune saule.

Le silence était troublé seulement par le bruit des cailloux que Pierre le prieur jetait dans le ruisseau. Le soleil, en disque incandescent, projetait de pâles rayons semblables à de la poussière d'or, dans laquelle les moucherons jouaient leur vie d'un soir.

Le prieur se leva le premier, face à la lumière il ajouta :

« Moine, après avoir connu la vie d'homme, je me suis attaché à toi en ami. Je suis certain que Dieu me pardonnera ce sentiment et le comprendra. Nous ne pouvons plus soigner ton corps, la bonne Dame m'a chargé expressément de te donner des douceurs pour apaiser tes souffrances, t'aider à supporter le mal qui te ronge. »

Spontanément, j'ai pu lui dire ces paroles :

« Pierre, tu seras un jour abbé du Thoronet. À ton intention et grâce à toi, je sais que je vais trouver dans mon cœur cette flamme qui ajoute une âme aux formes. N'oublie jamais, chaque fois que tu la découvriras, que tu me l'as donnée, que je te la dois, qu'elle veille sur toi, t'entoure comme un vêtement léger et chaud, souffle un éternel parfum d'amour. Que Dieu me pardonne cet enthousiasme et cette joie ! »

Dans ses grandes mains nerveuses il me prit doucement les épaules, me regarda intensément :

« Il est vrai, dit-il, que l'Ordre cistercien fut fondé pour la grande pénitence. Il est vrai que nous avons abandonné, jadis, liberté, richesse, plaisir : j'ai su que ces biens contenaient, comme le ver dans le fruit, les amertumes quotidiennes, la pourriture finale. Ne soyons donc pas hypocrites ! goûtons les joies sereines de la pénitence : vivons notre enthousiasme, considérons nos luttes, et mesurons leur importance aux victoires remportées sur nos ennemis intérieurs. Acceptons notre vie joyeuse sans faire longue mine de faux pénitents ; son intensité permanente nous portera jusqu'à l'exaltation, jusqu'à la ligne dangereuse qui la sépare et figure la limite de l'orgueil. »

Saint Eustache, vingtième jour de septembre.

> *Puissiez-vous comprendre avec tous les saints quelle est la largeur, la hauteur et la profondeur de ce mystère.*
>
> Saint Paul.

Combien ont de charme les édifices exécutés par plusieurs maîtres d'œuvre à diverses époques ! Celui-là n'aura pas cette qualité. Les difficultés du relief commandent la composition, l'architecture suivra les pentes dans leurs doux mouvements. Avec un gros bloc d'argile malléable, frère Alfonse, ingénieux et adroit, modèle et sculpte un plan en relief, amorce les murs, piliers et colonnes, sur deux pouces de hauteur. Tout le chapitre est très curieux de ce travail. Gravement notre abbé les conduit aujourd'hui chez nous. Dans cette maison de silence les nouvelles vont vite, aucun n'était ignorant des études entreprises. Pendant une heure, la conversation et la critique furent autorisées. « Nous tenons ici une réunion du chapitre », a dit l'abbé. L'excitation provoquée par les plans de la nouvelle résidence, maintenant certaine, se comprend fort bien. Résolu à tout, j'ai décrit le clocher comme un marchand vante son étalage, passant outre aux recommandations de l'abbé.

« Mes frères, ce clocher est d'inspiration spontanée. Si la plupart des éléments composants ont suscité de nombreuses hésitations, le clocher, lui, s'est imposé comme une vision. Sachez mes frères qu'il figure le manteau de la Vierge qui veille sur le monastère. Certes non, il n'est pas pour moi une statue incomplète ; il est l'expression, la forme générale de ce manteau rigide, tant le tissu est lourd, brodé et couvert de pierreries. À son emplacement, il couvre l'abside, domine le transept. La chape sacrée enveloppera, dans le prolongement imaginaire de ses plis, vos stalles de moines. Forme abstraite, bien sûr, mais pour nous, maître d'œuvre, il est certain que nous mélangeons intimement poésie et réalité, plastique et préfiguration. Vous vous souvenez sans doute, de ce moine inquiet cherchant au paradis ses frères cisterciens : n'en trouvant aucun, il se jeta aux pieds de la Vierge en larmes. La Dame du ciel se pencha vers lui, l'aida à se relever, entrouvrit son manteau, et lui montra tous les cisterciens entourant l'abbé Bernard. Cette légende sacrée m'a inspiré le clocher de notre abbaye. »

Ils se virent déjà sous ce manteau imaginaire qui enferme leurs stalles dans ses plis. Benoît et le prieur dirigèrent les frères sur le chantier, tandis que l'abbé et moi nous nous assîmes sur ma paillasse :

« Mon fils, dit-il, tu m'as surpris et sidéré ; pourquoi ne m'as-tu pas parlé ainsi lors de ma visite ? Me crois-tu insensible ? Maintenant dis-moi, cette histoire est-elle bien vraie ? Ce manteau ?

– Père, pardonne-moi, ma conviction a provoqué cette comédie. En fait, tout est réalité et mensonge, nous ne connaissons jamais, dans ce que nous pensons et disons, la part de la sincérité et de la supercherie. Était-ce au début ? je ne le crois pas. Naguère, il était pour moi forme indéfinie et abstraite ; mais au moment des dessins, je crois me souvenir avoir vu cette pyramide élancée, comme un saint, un moine. Puis le triangle de la Trinité m'a suggéré la représentation de la quatrième : la mère. Forme sans épaule, menue, délicate ; elle m'est apparue partout, dominante dans le vallon. Maintenant, père, je crois que je crois ce que j'ai raconté. Et pour toi, père, la légende du manteau est-elle vraie ? Que penses-tu ? Est-ce image ou réalité future ?

– Autant l'une que l'autre, fils, je crois cette béatitude réelle au paradis : être tout près de Celle que nous aimons de toute notre âme, qui remplaça sur la terre l'épouse dont nous fûmes volontairement frustrés. Je me vois, sans me voir. Réalité et légende s'affrontent. Le paradis est autant une image, qu'un lieu abstrait créé pour la félicité des âmes. Le corps et la coule ne sont plus avec nous, mais la sainte et exaltante présence y est, sous une forme qui permet de la considérer avec nos sens révélés. Si bien que pour nous, pauvres humains, la représentation réelle, telle que nos artistes la montrent, est vraie ; elle doit nous suffire. L'enfant, le vilain, les moines, les évêques et les rois peuvent croire aux mêmes formes et saintes visions. Je te le dis, mon fils, tu m'as ému tout à l'heure, je me suis vu réellement sous ce manteau, tel que tu le décrivis. J'ai palpé l'épais tissu et, avec l'âge devenu frileux, j'ai pensé à une doublure de fourrure. Au fur et à mesure je complétais tes suggestions de la façon la plus matérielle, comprends-tu ? Je sais qu'il est impossible qu'il n'en soit pas ainsi et ce sera. Puissance du paradis de Dieu aussi différent de notre perception en dimension et sensation que nous en rapport de l'univers : alors, pourquoi pas images savantes ou naïves et hallucinations d'artistes ? Désormais, mon fils, en vérité je serai le meilleur défenseur de la préfiguration que j'ai touchée avec émotion. Bien fort sera celui qui t'empêchera de construire le clocher de notre abbaye ; je crois maintenant à ta vision ; tu l'as méritée, je t'envie et te bénis. »

Pourquoi, lorsqu'il s'agit de mon métier, suis-je plein de doutes et de détours, de discrétion et de honte ? Pour tout, je me sens à l'aise ; là, une étrange pudeur, un mystérieux sentiment timide s'infiltre dans ma conscience. J'ai l'impression de montrer, en parlant, une intimité précieuse et honteuse. Je dois faire un réel effort chaque fois que je découvre ce qui me tient tellement à cœur. À la réflexion, j'ai parlé du clocher en croyant être marchand ou comédien, ainsi je me savais mieux défendu pour divulguer mon émotion, oh combien vraie et sincère ! l'abbé m'a aidé à comprendre.

Saint Matthieu.

> *Écoute-le parler aux hommes : « Autant les cieux sont élevés au-dessus de la terre, autant mes voies sont élevées au-dessus de vos voies, et mes pensées au-dessus de vos pensées. »*
>
> Bernard de Clairvaux.

Mes frères dorment, je viens de rentrer de Florielle. Parti très tôt je suis arrivé pour tierce et j'ai assisté à la réunion du chapitre. L'abbé nous a donné de bonnes nouvelles de France, Henri, frère du roi, sera sous peu archevêque de Reims. Ce prince est le meilleur ami de notre pape, son plus grand soutien auprès de Louis VII. Son influence nous est nécessaire car le roi a un caractère changeant, il hésite souvent, penche tantôt vers Plantagenet, tantôt vers Barberousse. La paix entre la France et l'Angleterre sera indispensable aussi longtemps que le schisme ne prendra pas fin par la victoire d'Alexandre III sur l'antipape Victor IV. L'abbé de Clairvaux n'est plus parmi nous, hélas ! lui, aurait rapidement mis de l'ordre dans cette triste affaire. Les rois à notre époque se servent de l'église pour leurs besoins personnels, soit pour couvrir leurs exactions, soit pour donner raison à leurs appétits de domination : tout le mal vient de là. Le temporel et le spirituel s'affrontent dans des luttes d'influences sordides, pendant que les bons chrétiens se demandent où est la vérité.

À Florielle il fait déjà froid, malgré le beau temps la salle capitulaire était fraîche. Après la réunion, l'abbé m'a retenu pour me parler de mon projet. Notre père est toujours grave ; si, souvent, ses paroles sont affectueuses, il garde de sa vie passée une attitude ferme, une parole tranchante, des gestes de soldat : un moine combattant. La coule ample donne, sur lui, l'impression qu'il porte un vêtement de repos ; on suppose toujours qu'il vient de quitter une armure pesante. Tout en lui est lourd et puissant. Je me sens dans la discussion comme un criquet aux prises avec un bœuf. Cette situation serait désagréable si je n'avais pas sur lui la supériorité du métier. Nous arrivons à nous respecter, moi pour ses dons d'organisateur, lui pour mes qualités techniques et mes sentiments plastiques.

Après avoir rendu hommage à mes études, où il m'a dit retrouver, comme par le passé, des formes absolues, une bonne technique, un souci d'humanité ; il m'a reproché d'agir trop seul, de travailler uniquement pour un monde intérieur, de me défendre de l'avenir. L'abbé était trop décidé pour que je songe à me défendre, je devais laisser passer l'orage ; il poursuivit ainsi :

« Je te sens impatient, tu as envie de parler, de te récrier, de dire que le Thoronet restera un monastère pour soixante frères. Qu'en sais-tu ? Que sont nos communautés, sinon des cités laborieuses ? Cîteaux, Clairvaux, Molesmes, Fontenay, comptent maintenant des milliers de moines. Avec le saint abbé Robert, ils étaient dix ; ne crois-tu pas qu'un jour nous verrons d'immenses cités de saints prêtres ? ne crains-tu pas que tes architectures qui s'enferment dans un programme restreint, risquent d'être la cause d'un désordre regrettable si tous agissent comme toi ? Nos maisons seront peut-être des villes ; il est indispensable de les prévoir, de les construire sur une trame imposée dès le début, prévenir leur rapide évolution est le devoir du premier établissement. Ces cités sont évidemment particulières ; le centre en est le cloître, minuscule forum de méditation, autour se développent les salles de la première communauté ; ensuite viennent d'autres cloîtres, ceux des novices, des copistes, les réfectoires se multiplient ; puis les oblats arrivent en foule, l'hôtellerie s'édifie, un jour elle doublera, triplera. L'église de deux cents places sera insuffisante, notre chapitre décidera de construire un nouveau sanctuaire. L'infirmerie pour dix convers et quatre moines suffira un moment, puis, nous penchant sur les misères du corps comme nous le fîmes pour les grandes épidémies, la charité nous dirige, l'infirmerie atteindra des dimensions fantastiques. Crois-moi : avec notre ferme, notre moulin et notre atelier, nous sommes hameau. Avec nos bergeries, nos étables, nos grandes cultures, nous nous endormons bourg. Avec nos ateliers, nos forges, nos infirmeries, nos centres hospitaliers, nos hôtelleries, nos églises : un matin nous nous réveillons cité. Tu dois admettre que ce monde naissant a besoin de conseils et d'exemples. Partout le christianisme conquérant s'organise, bâtit ses villes. À nous, parmi les premiers, a été dévolue la mission de commencer, d'entreprendre. L'évolution de nos hameaux de prières en immenses cités nous fixe, en premier, le devoir de tracer dans la plaine, et surtout dans les vallées ou sur les buttes aux reliefs complexes, la trame de notre évolution, dont nous ne connaissons pas l'ampleur à l'avance. Je ne souhaite, ni ne déplore de pareils horizons ou réalités immédiates. Mon rôle est de choisir, organiser, calculer ; depuis le débit des sources jusqu'aux tracés du cloaque, aussi bien que le choix de la situation du premier clocher et de celle du dernier qui, dans un siècle, répondra aux autres déjà édifiés. Nous nous devons d'ordonner des cités exemplaires, nous nous nommons Ordre et nous avons une Règle. Que cette détermination soit déterminisme, créer la forme future n'est pas une petite affaire, car elle est aussi indéterminisme. Les organes conventuels, culturels, agricoles, hospitaliers, hôteliers, les ateliers, ont des développements divers, par la modification des programmes ou l'évolution plus rapide de certaines activités : nos vocations sont encore inconnues. Mais nous désirons inspirer en toutes circonstances l'ordre : le maître d'œuvre créera la règle du respect des volumes, ordonnera ceux-ci dans leur plus lointaine réalisation, tracera les voies, réservera les espaces ; afin que le moine reste moine et que le malade soit soigné, loin des ateliers et des roues entraînées par la rivière. Cette règle doit, comme la nôtre, précéder l'installation. Nous vivons dans un siècle extraordinaire, en certains points semblable aux plus féconds de la Rome impériale, qui fit surgir, en plein désert, des cités complètes, construites, pour ainsi dire, en un jour. Au réseau serré des principales nécessités du lieu, doit s'ajouter l'ébauche générale de la forme définitive, semblable au premier état d'une sculpture. »

L'abbé s'était levé, il marchait de long en large, s'arrêtait un moment pour ponctuer, avec un geste coupant de ses larges mains ou quelquefois les poings serrés, l'exposé de sa théorie. Sa voix douce et basse, soudain s'élevait comme dans un sermon, modulait, suivant leur importance, les principes, les idées, et les comparaisons poétiques. Quand il parle il ne supporte pas l'interruption ; cette péroraison m'a rappelé de précis et lointains souvenirs. Je l'ai connu prieur à Clairvaux, abbé à la Bussière ; figure allégorique de notre Ordre il m'apparaît toujours comme l'Éternel Cistercien. C'est un moine solide, de taille moyenne, aux épaules imposantes, au cou large. Le visage est plein, les traits lourds et sans rides, le crâne rasé est dessiné au compas, avec, comme seule marque, une profonde cicatrice frontale. Son regard est toujours voilé, comme éteint par l'absence de sentiments humains. À mon sujet il exprime souvent un certain scepticisme, soudain amusé par mes paroles non conformistes ou mon nervosisme inquiet. Le plus souvent ce regard est inspiré, mais contenu, une expression presque cruelle s'en dégage, tellement ses yeux sont sans pitié et sans faiblesse. Si j'observe avec tant de soin ce grand cistercien, cette figure de l'Ordre, c'est particulièrement pour tout ce que ces gens ont fait pour moi. Le bien par leur exemple, leurs conseils, et le mal par leur indulgence, leurs exigences envers le mauvais moine et l'utile, l'indispensable maître d'œuvre. Quand il s'est arrêté pour juger de l'effet de ses paroles, j'ai attendu un moment, juste le temps nécessaire pour préparer une repartie, alors que celle-ci me brûlait la langue tout au long de son discours.

« Père, répondis-je, tu m'étonnes par tant de clairvoyance Je t'avoue qu'en ce qui me concerne je suis sceptique, non pas sur l'évolution de nos monastères, puisque j'ai collaboré à l'édification de plus de cinquante communautés, ni sur la nécessité d'un plan et le tracé d'une trame. Je crains cependant qu'une discipline généralisée se réalise au détriment de la sensibilité et de l'art, de l'humanité et de l'originalité des formes.

– Veux-tu dire que tu préférerais un désordre harmonieux à un ordre sans génie ?

– Sans réfléchir longuement, oui.

– Pourquoi ? ne penses-tu pas que l'un et l'autre puissent faire bon ménage, comme des sensibilités dirigées ?

– L'imprévu aide souvent et participe à des effets plus aimables.

– Tu oublies de donner la condition essentielle de cet imprévu : la qualité soutenue ou exceptionnelle des architectures.

– Oui, pourquoi pas ?

– Nos monastères, reprit-il, dans leur trame élémentaire, tel celui du Thoronet, sont soumis à la Règle sévère qui détermine, dès l'origine, la forme de l'église, du cloître, ainsi que l'ordre des salles qui l'entourent : quelle gêne as-tu ressentie toi qui fus soumis ta vie durant à ce programme ? Cela t'empêcha-t-il de t'exprimer ?

– Non, père, bien au contraire, j'ai aimé la contrainte de nos plans, la liberté plastique reste grande ; mais le préalable est, seulement, un programme parfaitement défini, j'admets. Je crains de m'insurger contre un programme indéterminé, défini seulement dans sa forme, dans son épannelage. Si je m'élève contre les prolongements hideux et désordonnés de certains faubourgs, je t'avoue aimer les cités construites avec des éléments d'ordre et de désordre, dans une lente et harmonieuse évolution. Les monuments et les maisons, entassés par les siècles dans le cercle des remparts, me plaisent davantage que ceux et celles qui sont parfaitement alignés et dirigés dans leurs emplacements et leurs volumes.

– Ce que tu souhaites est, tu le sais, impossible : les décisions prises, les communautés poussent aussi vite que l'arbre et, comme pour lui ses rameaux, les formes s'étendent, se prolongent d'une surprenante façon. Dans la bonne terre le chêne prospère, sa silhouette prévue s'organise dans la variété infinie et imprévue de ses ramures. Nous devons, tu le vois, décider de l'essence, choisir la graine ou la pousse, entre le figuier poétique et le noyer, entre l'olivier à genoux et le candide peuplier. Nos villes de moines s'édifient en quelques années, prospèrent en moins d'un demi-siècle ; sans choix, sans décisions, sans formes, que deviendront-elles ? Nous ne pouvons nous soumettre aux fantaisies des maîtres d'œuvre qui, successivement, apportent leur pierre et leur qualité ; qui, trop souvent, choisissent leurs trames à tour de rôle, qui se tournent le dos, se méconnaissent et se jalousent.

– Père, je t'en prie, imagine un ordre sans âme, un ensemble sévère, stérilisé par trop de rigueur préalable.

– Fils, imagine à ton tour un désordre sans âme, livide et désolant.

– Certes tu as raison, mais cela je ne peux pas, je ne veux pas l'admettre ; des milliers de maîtres d'œuvre ont prouvé leur qualité !

– Qui te dit qu'il en sera toujours ainsi ? »

Sexte était passée depuis une heure. Le soleil du début de l'automne fait une lumière agréable, elle est moins crue, moins blanche, déjà elle prend la couleur qu'elle donnera, plus tard, aux vignes. Une tache de ce soleil qui traînait depuis un moment sous le cloître franchit l'appui de la baie des convers et les rayons vinrent tout à coup s'écraser dans la salle, sur le dallage de carrés roses de Salernes, le blanc des murs gagna de la gaieté. Cet incident joyeux suspendit nos paroles, changea nos pensées et nos idées inconciliables. Je regardais l'abbé, il s'était assis, avait ramené les pans de sa coule sur ses genoux, il réfléchissait. La coule d'un abbé sans être différente des nôtres a plus de noblesse, ce n'est pas qu'elle soit plus propre, ni moins rapiécée, non, mais elle est plus uniformément usée et salie ; elle exprime ainsi des fonctions supérieures, des soucis généraux, un travail de Père : Abbas.

Je regardais l'abbé, parti dans une méditation ou, peut-être, un rêve lointain. Sa vie est comme une légende : l'abbé de Clairvaux, s'il avait vécu, aurait à présent le même âge que lui. Amis d'enfance, Bernard de Fontaines essaya jadis de l'entraîner à Cîteaux, en compagnie de ses trente adeptes. Il ne crut pas à l'aventure, en choisit une autre. Il partit seul en Palestine, revint en groupe, le crâne rasé, vêtu d'une chemise ornée d'une croix, d'un lourd haubert et de ce grand manteau devenu depuis célèbre. L'an onze cent vingt-huit, cette troupe sous les ordres du comte de Champagne, Hugues de Payne : magister templi, se rendait au concile de Troyes pour retrouver Bernard devenu abbé de Clairvaux. Déjà infiniment puissant le jeune cistercien donna au Temple, au cours du concile, sa forme définitive. L'Ordre des chevaliers du Christ était fondé. Dans ce temps, personne n'avait encore vu, sur les chemins, ces étranges cavaliers brunis et poussiéreux sur lesquels aucun éclat d'or et d'argent ne faisait ressortir l'homme ou le cheval. Le maintien noble, prestigieux, étonnait. À cette époque nous concevions mal qu'un chevalier prononce des vœux de pauvreté, chasteté et humilité, et aille ensuite galoper dans les batailles ; contradiction formelle avec les écritures : « Celui qui se servira de l'épée, périra par l'épée. »

Peu après, le nouveau Templier fut réclamé par l'abbé de Clairvaux ; déjà ce dernier pensait à sa croisade et voulait avec lui un organisateur. Il vint à l'Ordre et y resta jusqu'à la mort du saint abbé. Pendant toute cette période, qui dura plus de vingt ans, il organisa et installa à Clairvaux près de cent copistes, moines ou novices, fit construire pour eux un véritable monastère, traduisit en langage courant de nombreux manuscrits. De plus il dirigea, mission capitale, la plupart des maîtres d'œuvre de l'Ordre. Enfin il organisa la malheureuse croisade, suivit Bernard dans cette aventure, en constata l'échec avec amertume. Il revint bien après l'abbé et eut la joie de l'assister dans sa mort. En onze cent cinquante-quatre il quittait la Bussière pour Florielle afin de diriger la construction du Thoronet.

Quel calme après tant d'aventures et de souffrances, que de souvenirs aussi. Dans cette simple salle voûtée et blanchie, gaie et sereine, venaient échouer des rêves d'actions lointaines et inachevées. À quoi pouvait penser mon abbé ? il m'avait oublié, il sembla tout étonné de me revoir assis à côté de lui. Ennuyé de ma présence, peut-être honteux de sa mélancolie, il reprit hâtivement mes dessins. Il critiqua durement la disposition des annexes qui empêchent, évidemment, d'agrandir l'abbaye vers l'Occident. Il m'ordonna de réserver une place importante à cet emplacement et de repousser plus loin l'hôtellerie et la ferme. J'allais me retirer, d'un signe il m'arrêta, son regard était triste, la voix sèche et sifflante il me dit : « Celui qui prévoit ne doit pas s'enivrer de mots et de fables. Que les désordres du siècle servent de leçon aux hommes de notre Ordre. »

En sortant, je me suis senti libéré. L'abbé comme moi avons ressenti l'inutilité de nos discussions. Tous les deux, nous nous sommes laissés aller, hier, à des confidences sentimentales, aujourd'hui nous avons encore parlé d'un métier que nous aimons, puis lui s'est perdu dans des rêveries. Il voulut avoir le mot de la fin et par là rétablir nos rapports, nous ramener à l'essentiel. Nous sommes ainsi les cisterciens, il est de bon ton de nous punir de nos faiblesses. Tant mieux pour eux s'ils peuvent diriger leur esprit, pour moi je ne veux pas essayer, l'édifice a trop besoin de mes sentiments, de ma tendresse.

Sainte Victoire, vingt-troisième jour de septembre
onze cent soixante et un.

> *À vrai dire Athéniens, pour vous convaincre que je ne suis pas coupable des méfaits dont Mélétès me charge, je ne crois pas devoir prolonger ma démonstration, ce que j'ai dit suffit ; mais comme je vous l'ai dit précédemment, j'ai contre moi de violentes et nombreuses inimitiés.*
>
> Platon, *Apologie*.

Le char lesté d'un stère de blocs était conduit et retenu par frère Luc. La manœuvre est facile, mais la pente est raide. Le frein est primitif, mais sûr. Benoît avait dit : « Je ne veux pas que le char descende sans un homme pour le frein de secours. » L'habitude sur les chantiers est un danger. Depuis longtemps l'ordre de Benoît n'était plus respecté, tous le savaient. On gagne tant d'heures de main-d'œuvre dans le mois, et ainsi quelques blocs supplémentaires. Il y a une grosse pierre à mi-côte, avec une ornière avant et une après. Chaque descente oblige tout d'abord à laisser aller le frein pour prendre de l'élan, et ensuite à tirer fort sur la barre afin d'éviter d'être gagné par la pente. Aujourd'hui, la roue est restée calée en amont du bloc ; la mule a soufflé, frère Luc a calculé. Pensant qu'en faisant pivoter le char il se dégagerait, il entreprit seul la manœuvre. Il passa devant, amorça le mouvement, et rapidement reprit le frein en main. Un coup sur le dos de Poulide, elle se cabra, tira, passa la pierre. Le mouvement était trop vif, la bête dans la position du char ne pouvait plus retenir. Luc força sur le frein, le bras pourtant solide se brisa. Poulide, un instant, essaya de résister seule à la charge désaxée. L'accident était devenu inévitable, la bête trébucha, tomba, se brisa une patte de devant. Le char dévala sur elle, la roue gauche se cala sur son ventre. La pauvre Poulide ne comprit pas, l'œil rond, affolée, tous ses mouvements aggravaient la blessure qui se déchirait, c'était affreux, pitoyable.

Aux appels de Luc, nous vînmes en trop petit nombre, quelqu'un courut pour sonner la panique. On s'attela en vain au char ; la bête, essayant de se dégager, se creva de plus en plus ; quel cauchemar !

Quand les renforts furent suffisants, le sang de Poulide coulait comme une grosse source. Ses tripes éclatées en maints endroits étaient répandues, mélangées à la terre et au sable. Frère Luc responsable de cette souffrance, à genoux, essayait de remettre les intestins dans la peau cisaillée par la roue, à pleines mains. Nous autres crûmes un moment que c'était ainsi qu'il fallait faire, et le laissions à sa besogne ; nous étions stupides, désolés. Enfin je compris malgré tout. Je ramassai frère Luc en le soutenant sous les aisselles : il se retourna le visage en larmes et me dit : « Ma Poulide, je l'aimais tant, elle était si courageuse.

– Allez, viens, lui dis-je, il y a autre chose à faire. » Il se laissa emmener. Edgar et Étienne venaient d'arriver : « Vite, dit maître Edgar, allez chercher une lame coupante, dépêchez-vous. » C'est Antoine qui courut, et revint aussitôt. Maître Edgar avait ajouté entre-temps : « Il faut couper la gorge, c'est ainsi qu'elle souffrira le moins. »

Luc, revenu, s'accroupit, posa la grosse tête sur ses genoux, l'entoura de ses bras, l'embrassa en pleurant. Poulide ainsi semblait trouver un répit, un réconfort. Tout au moins, épuisée, elle n'essayait plus de se relever. Ses tentatives pitoyables agitaient en d'atroces sursauts le tas de tripes fumantes. Elle devint calme et j'eus l'impression qu'elle pleurait, des frissons lui parcouraient l'échine, semblables aux réactions d'un long sanglot.

Tous étaient hésitants ; les convers se détournaient, les compagnons s'épiaient, qui allait agir ? J'eus honte pour les nôtres, nous ressemblions à des femmes, les hommes étaient les compagnons. Si j'avais eu l'adresse et la force, c'est moi qui aurais tranché la gorge, mais je craignais de faire une boucherie, et savais mal l'endroit préférentiel. Les compagnons se consultèrent, nous mirent délibérément en dehors de ce coup : ce fut à Antime, comme étant le plus capable, qu'échut la tâche. Tout cela se passa en un instant, quelques mots rudes, des coups de menton qui désignent en silence. Les mâchoires contractées, Antime s'approcha de la bête, tâta la jugulaire au-dessus de l'encolure, caressa affectueusement, ajusta la lame dans sa main. Mais Benoît était là ; je crois que, jusqu'au dernier moment, il espéra qu'un convers se proposerait. Il s'interposa, prit le bras gauche d'Antime au-dessus du coude, le tira vers lui, puis regarda l'homme bien en face, au fond des yeux. Antime tendit la lame, simplement. En un éclair Benoît l'enfonça profondément au bon endroit. Luc qui suivit ce manège se pencha en avant, cacha dans les plis de sa tunique l'œil de Poulide, les mains en avant pour faire un écran supplémentaire. Poulide n'eut plus d'autres réactions, elle creva tranquillement, sa bonne grosse tête dans les bras de son compagnon, de son ami, qui pendant son agonie, embrassait doucement les naseaux et le chanfrein, délicatement, comme on le ferait d'un petit enfant qui va s'endormir. Les pattes se tendirent, l'œil devint terne. Poulide avait fini de travailler et de souffrir. Nous étions tout bêtes, émus; les compagnons le comprirent, se retirèrent; Benoît se rapprocha, voulut me parler, s'expliquer.

Luc voulait qu'on l'enterre comme un être humain, je faillis lui donner raison, puis je me ravisai: la mule n'avait pas fini de servir, courageuse bête, elle devait payer sa mort après avoir payé sa vie. Frère Benoît emmena Luc qui semblait sortir d'un bain de sang, depuis les chausses jusqu'au cou, les mains, les bras dégoulinants. La barbe et le front avaient aussi reçu la giclée de délivrance. Benoît lui dit: « Viens Luc, c'est fini, allons nous laver maintenant, cela nous prendra du temps. »

Rentré chez moi, je rédige avec le regret de ne pas avoir donné satisfaction à notre frère Luc: « Le vingt-cinquième jour de septembre, à la première heure, on dépouillera la bête. Sa peau sera préparée pour être tannée. La meilleure viande sera salée et mise en tonneau pour l'hiver, dans un endroit frais, protégé de la vermine. Ainsi, elle permettra de nourrir notre main-d'œuvre de morte-saison. Une part sera donnée aux compagnons, partie salée, partie fraîche. Les bas morceaux, inutilisables pour le saloir, seront distribués aux pauvres. Les gros os seront débités, répartis en autant de parts. Ce travail sera terminé avant tierce. Frère Bruno, le petit, ira avertir à l'entour, se mettra en chemin dès laudes. Il annoncera la distribution pour la deuxième heure après-midi. Tous les déchets et raclures seront transportés, avant la nuit, à Florielle, pour les cochons. Les os seront calcinés pour faire le noir de notre encre à écrire et à dessiner. Frère Gabriel devra veiller sur ce travail qu'il connaît bien. Une longueur d'une demi-toise d'un tronc de chêne, sans fente et bien sec, sera évidée pour recevoir la poudre impalpable. Un couvercle très ajusté fermera, mais un orifice, laissé dans le couvercle, permettra le passage d'une grosse cuillère. »

Si tous mes ordres sont bien suivis, nous récupérerons la moitié du prix de Poulide pour notre communauté. Tout peut être victoire; la bête abattue par raison laisse sa peau, sa chair salée et le noir précieux de ses ossements: victoire dérisoire peut-être.

Saint Michel, vingt-neuvième jour de septembre.

> *Que ceux à qui le soin de l'intérieur fait mépriser et négliger tout ce qui est au-dehors élèvent pour leur usage des édifices selon la forme de la pauvreté, d'après le modèle de la sainte simplicité et sur les lignes tracées par la retenue de leur père.*
>
> Guillaume de Saint-Thierry.

L'église est définie dans ses moindres détails. Je puis dire que, telle quelle, il n'est plus d'aventure possible dans mes dessins. J'ai donné aux voûtes de la nef et du transept une forme légèrement ogivale, à peine sensible. Les raisons sont l'économie, la suppression des contreforts sur les façades. La forme des voûtes pour les nefs latérales est déterminée entièrement par la butée du berceau de la grande nef. Cette disposition architecturale est nette et sans regret. Les latérales sont des arcs-boutants continus. Les voûtes, en demi-cintres, ne laissent ni doute, ni la moindre possibilité de mensonge. Je ne me sens pas gêné par cette décision ; l'économie est belle en elle-même, ni regret, ni sacrifice, mais décision utile. De toutes mes recherches ce sera de la proportion de l'abside et des absidioles, du mur oriental du transept, des baies et oculi que je dirai : cette vision sera la plus émouvante de toutes les églises abbatiales. La déclivité du terrain m'a obligé à prévoir une pente vers le cloître. Je crois qu'elle ne sera pas sensible à l'œil.

Saint Jérôme, trentième jour de septembre.

Demain est le deux centième jour depuis notre arrivée, tous fiévreux, haletants de l'aurore à la nuit. J'ai promis une abside pour la fête de la Vierge, l'an prochain ; elle existera, c'est sûr. Une fatalité s'attache à tous les chantiers ; ils sont toujours entrepris à la mauvaise saison. Dans le nord, avec la neige, le gel, les travaux sont interrompus aux premiers froids. En Aquitaine, en Provence, nous pouvons bâtir toute l'année, et les chantiers débutent aux moments des orages et des vents. Toujours un accident retarde le commencement et le renvoie aux portes de l'hiver. Ici, l'avance prise eut les mêmes conséquences. Nous aurions dû être prêts l'été prochain sans avoir eu la sensation de traîner. Hélas, j'ai mis une telle presse, j'ai volé tous les convers de Florielle, leur ai fait rendre la graisse, si bien que leurs peaux sont minces et collent aux os, aux muscles durs comme du bois. Je ne veux pas dire que les moines sont paresseux et gras, non, mais ils ont un certain embonpoint, malgré les privations, qui tient à leur vie régulière, à la qualité de la nourriture, certains disent au célibat. Je dois avouer que nous ne respectons pas la Règle. Dans la soupe, à tous les repas, nous ajoutons de la graisse, de la viande, des œufs ou du lait. J'ai réservé sur les fonds de la construction suffisamment pour envoyer, en secret, maître Étienne à Carcès ou à Lorgues faire le marché et rapporter ce qu'il faut. Bien entendu, dès les premiers jours, le prieur s'en est aperçu. Je pensais qu'il l'avait oublié, quand samedi dernier il m'a dit très doucement entre ses dents :

« Je pense faire provision de vin pour l'hiver, c'est le moment !

– Il n'y a pas d'hiver ici.

– L'an dernier, tu sais il a fait très froid.

– À Florielle ? » ai-je interrogé avec innocence.

Il a souri et poursuivi :

« Cela est vrai, Florielle est dans la montagne, ici l'air est plus chaud, que penses-tu ? Si pour remplacer le vin nous mettions du lard dans la soupe dès lundi.

– Je loue ton idée, prieur, car le vin soutient sans donner de force ! »

C'est ainsi avec frère Pierre ; il comprend tout et la fraude lui faisait mal.

Nous avons tant travaillé que la peur de perdre du temps devient hantise. Même le dimanche, les heures de promenade, habituellement en forêt, se passent à visiter les chantiers. Les charpentiers vont aux carrières, les carriers aux fours ou à la forge, ils ne peuvent plus se détacher. Nous sommes comme soudés les uns aux autres, acharnés comme si nous avions fait un marché avec le diable. À ce propos, je pense qu'il est bon de le dire, Tiburce, le dernier venu, qui remplaça frère Philippe, m'a raconté un rêve. J'ai tout d'abord refusé de l'entendre, lui ai conseillé de le dire en confession.

« Non, m't-il répondu, ce n'est pas un rêve de pécheur, plutôt un avertissement qui a rapport au chantier ; alors le chantier c'est toi, non ? »

J'ai dressé l'oreille, fermé la porte, écouté :

« Tu le sais, je pense, je fais un peu tout ici, mais mon vrai métier est d'être maçon, poseur. Les murs étaient hauts, je travaillais seul, en haut d'un pilier à cinquante pieds du sol ; tous les jours je montais à mon échelle qui pliait sous mon poids tant elle était longue, un frère me servait en bas ; je me montais les pierres tout seul, et les bâtissais. Là-haut dès que j'arrivais, j'étais dans le vent qui soufflait comme cent diables. Chaque jour j'ajoutais trois assises et trois barreaux à l'échelle, je dominais tout le chantier. Un matin, oh là là ! je me dis, l'échelle dépassait les pierres de cinq barreaux, tu penses, il y avait de quoi, non ! Sans rien dire, je travaillai plus que d'habitude. Le soir en descendant je compte bien, il y en avait cinquante et un ; et le lendemain l'échelle dépassait encore. Ça alors !... Je compte, cinquante et un. Les jours suivants j'arrivais plus à rattraper la journée ce qui fondait la nuit. J'observais mes frères sur les murs. J'ai compris, eux aussi étaient dans les ennuis ; nous nous regardions, en sournois, inquiets d'abord, ensuite la vraie terreur, plus nous mettions de pierres, plus les murs se démolissaient. On se disait tous : s'il vient le patron, qu'il voit qu'on mange les pierres sans monter, quel sac ça va faire ! enfin, tu comprends. Un soir, on marque les pierres, on compte les barreaux ; le lendemain on avait les yeux comme des bols, les pierres étaient là, bâties comme la veille, et trois barreaux dépassaient. La nuit suivante, je viens, seul, je me cache, je prends deux repaires avec des fourches de branches, et d'instant en instant je vise ; c'était la nouvelle lune, j'y voyais à peine, mon pilier se détachait en sombre. Et vise, et revise, toujours rien. Alors ! j'entends quelqu'un qui monte à mon échelle, doucement, doucement, ça grinçait. Dire que j'avais pas peur ! mais enfin, je me dis : ça c'est pas du vent. Je ne le voyais pas, il était de l'autre côté, quand apparaissent deux bras, deux mains, un capuchon de moine, j'étais sans respiration : sans quitter l'échelle, il me semble qu'il pose des objets redescend, remonte et fait tout du long pareil. Je vise, rien de changé. Je me dis ; si j'attrape le moine, je tombe sur le patron, Benoît, Bernard ou le prieur, un sac de plus : « Que fais-tu là Tiburce ? » et je gagne la correction, alors je restais sans bouger. Le bâtard s'en va en riant, je me dis c'est pas possible, ou alors il a bu. À ce moment la lune disparaît derrière un gros nuage, j'entends comme un vol de mille oiseaux de nuit, des cris, une bataille comme autour d'une charogne, des bruits de becs, et de gosiers. Dans une échappée, je vois des choses aussi hautes qu'un clocher posées partout, même sur mon pilier, qui se battent pour manger les choses posées sur les murs. Te dire ce que j'ai senti me fait honte. Quand ils terminent, ils restent immobiles, et je vois sans viser tout descendre doucement, pouce par pouce. La lune se cache, un bruit d'envol et plus rien. Je m'approche et je comprends ; on avait tout compté sauf les assises, trois étaient rentrées dans le sol, j'avais les pieds de plomb. J'ai voulu courir chez toi, tout te raconter ; quand un bonhomme armé, tout en blanc, vient vers moi et dit : « Tu as enfin compris mon pauvre Tiburce, tu savais que c'était les démons et personne ne nous a prévenus ; tu sais pourtant que nous sommes faits pour ça. Demain vous prenez vos croix et vous les cachez en haut des échelles ; le reste, je m'en charge. »

Tiburce est jeune il travaille très bien, sans arrêt. Petit, de fortes épaules il a gardé sa bonne mine, un visage rond, plein, sans barbe ; on le dit issu d'un Barbaresque chassé de Malte et d'une chrétienne de la côte. Il chantonne toute la journée nos cantiques, s'arrête dans son travail pour s'écouter quand la mélodie présente des finesses ou des changements de tons. « Enfant, dit-il, l'abbé de mon village avait tout mis en musique, cela me plaisait tant que je suis rentré chez vous. »

« Est-ce ainsi que ton rêve s'est terminé ? »

Il m'avait amusé au début avec sa voix aiguë, m'avait fait un peu frissonner ensuite. Ce rêve était peu vraisemblable, trop parfait ; cependant des gouttes perlaient sur les duvets au-dessus de ses lèvres et sur son front. Le rouge de ses joues était devenu violacé, puis gris, ses épaules s'étaient affaissées ; il semblait accablé, sa sensibilité d'oriental lui fit deviner que je ne le croyais pas ; outragé il me dit :

« Je te jure que tout s'est passé ainsi ! Je ne t'ai pas raconté évidemment les images fausses ; les pierres étaient posées comme dans un rêve, tu comprends, pas comme dans la vie. Mais tout ce que je t'ai dit, c'est pareil à toi devant moi. La peur m'a réveillé, je me suis souvenu de tout, j'étais mouillé de sueur, peut-être fiévreux. C'est à partir de là, vois-tu que je ne suis plus tellement sûr : je tenais dans l'obscurité ma croix, bien serrée dans mes mains ; je me levais, sortais, montais à tâtons à mon échelle, tremblant de peur et de froid ; en haut, j'enfonçais la croix dans le trou d'un barreau cassé au niveau du pilier. J'étais encore sur l'échelle, quand je me suis réveillé ! Pendant que je croyais que c'était vrai, ça alors ! Enfin, arrivé là, je ne peux pas douter : la cloche tintait, mes frères se préparaient, j'avais tout oublié ; on rangeait les paillasses, tout l'habituel quoi. Puis les prières, la chapelle, et comme chaque jour : aux tuiles. Avec Antoine qui, lui, va à la forge, nous passons par le bas ; on s'attend pour partir. Je ne le vois pas ; je me dis : il est passé devant. Et je prends le sentier du ruisseau. En longeant le chantier, je me mis à rire de mon rêve, je tourne la tête à droite, regarde en haut : il était là mon pilier ! tout seul ! il se dressait en plein milieu à cinquante pieds de haut, avec un rayon de soleil qui éclairait juste la dernière assise. Les pieds comme dans la charpie, les jambes comme du linge, je vais voir : plus de murs. Des échelles, des échafaudages enchevêtrés en cataclysme ; seul mon pilier intact, bien propre autour, mais au pied de l'échelle, dans le jour ni chien ni loup, le moine allongé ; ça alors ! je le secoue, la coule me reste à la main, je la prends, elle se vide, et là j'ai grincé des dents : un paquet d'os tombe comme du vieux bois mort, j'ai crié, j'étais perdu… et je me réveille encore, oh, là là ! La cloche sonnait toujours, les frères sortaient un à un du dortoir. Un moment après Benoît, le moine passe, me touche le front et me dit :

« Tu as chaud, Tiburce, reste couché, je reviendrai te voir. Non, non je lui dis, j'y vais, attends-moi ». En un instant j'étais prêt, reprières, rechapelle, je lâche pas Antoine des yeux ; alors on y va, je lui dis. Comme il m'a vu pas bien, on est passé par le Champ, c'est plus facile, avec les autres. Heureusement cette fois le chantier était plat. « Quel jour on est ? » m'a dit Antoine j'ai répondu : « Vendredi, fête de l'archange Michel. » C'était le bouquet, j'ai cru que tout allait recommencer.

Tiburce s'arrêta, inquiet. Il avait parlé autant avec ses mains, sa tête et ses yeux ; j'étais songeur. Si le début m'avait paru imaginé, je savais que la fin ne pouvait l'être.

« Je ne doute pas de toi, Tiburce, dis-moi cependant ; es-tu bien sûr de ton histoire jusqu'à l'apparition de l'homme en blanc ?

– Je te le dis, plus sûr que de la suite ! C'était naturel, continu, comme sur un vrai chantier. À la fin, je devenais fou ; demande à Benoît comment il m'a trouvé, tu verras, moi j'ose pas.

– Ne t'inquiète plus, Tiburce, tu avais trop travaillé la veille ; la fatigue, ton envie de monter les pierres, la fièvre aussi. Moi, sais-tu, je ne crois qu'aux choses réelles. »

Je poursuivis ainsi. Puis la conversation vint sur la meilleure façon d'abreuver les pierres. Tiburce était lancé sur son sujet favori, il riait, tapait sur ses cuisses, le regard limpide, la conscience en paix. Pour parfaire, en le quittant, je le raccompagnai mon bras entourant ses épaules. Ce rêve est étrange, vrai, j'en suis à présent convaincu. Ce Tiburce a des dons d'imagination et de conteur : c'est beau, effrayant ; les symboles sont nombreux. Je vois à présent l'histoire peinte sur une longue fresque en noir et blanc.

Les travaux sont maintenant commencés ; les pics attaquent le rocher aux emplacements de l'aile orientale et de l'abside. J'ai dit souvent que le chantier était commencé. C'était vrai. Tout d'abord une partie des fondations était entreprise sous l'aile occidentale. Puis ce fut le débroussaillage et le ratissage. Enfin les travaux en bouche-trou, pour occuper, certains jours, la main-d'œuvre disponible, qui consistaient à dégager des rochers dépassant de toute façon les niveaux futurs. En réalité, seules les consolidations du sol argileux sous l'aile septentrionale pouvaient être considérées comme un chantier véritable, dont les raisons s'imposaient depuis longtemps, et permettaient aussi de dégager les carrières de tous les déchets qui encombrent le carreau. Depuis longtemps donc le chantier était commencé. Mais le vrai début est bien celui où, après avoir pris connaissance des plans, le chef de chantier terrasse à la bonne côte chacune des plates-formes qui vont figurer les délimitations, à des niveaux divers ou uniformes, des salles et de l'église. Je considère là le vrai commencement, et cependant je sais par expérience que le jour, le premier, sera celui où le matériel arrivera et où les premières assises seront posées. Aujourd'hui j'ai pu donner le dessin définitif des niveaux et des alignements, faire tirer les premiers cordeaux, placer les repères. Antime a fabriqué un niveau à eau. Étienne nous a fait un trépied, l'appareil est lourd mais excellent. Jean, avec avidité, s'est emparé des dessins, s'est retiré pour essayer de les comprendre seul. Demain il me posera de nombreuses questions, me demandera pourquoi j'ai prévu les choses ainsi, tentera d'obtenir des modifications pour faciliter la tâche, provoquer des économies. Je devrai dire non à tout.

Entre le Champ et le terre-plein du réfectoire il existe plus de deux toises d'écart. J'ai prévu d'enfoncer le sol de l'église, de surélever légèrement l'aile septentrionale. Ainsi les différences seront moins sensibles sur la largeur des transversales nord-sud, elles sont ramenées au plus à douze pieds. En conscience, je le dirai à l'abbé, c'est bien le maximum des possibilités. L'enfoncement de l'église atteint une toise, là est le travail le plus important : cinq cents stères de roches à arracher, pourries sans doute, dures, tout de même, après la découverte de trois pieds de profondeur. Il y a plus à enlever qu'à ajouter ; une fois les trous de l'aile orientale comblés, l'excédent pourra sans doute être utilisé comme matériau de remplissage et sable. Les axes longitudinaux n'ont pas de tels accidents, seule l'aile orientale chute, de très peu. D'une façon générale nous n'aurons pas de tranchées à creuser. Partout ou presque, le sol rocheux recevra directement les murs : là nous regagnerons. Lorsque nous attaquerons réellement l'ouvrage en élévation j'espère que, sur la moitié du terrain, nous pourrons voir ce grand escalier descendant vers le ruisseau, avec chaque salle entaillée, comme dans le bloc d'argile de frère Alfonse, en cent fois plus grand.

Le temps n'est plus aussi clair depuis la pleine lune, les nuages apparaissent menaçants. Il a fait trop beau ce mois de septembre, la brume se faufile ici depuis l'Argens dès la tombée de la nuit. Le prieur nous a réunis ce soir à la sacristie, il était joyeux de savoir le projet achevé, tout au moins dans son ensemble, et, pour lui, ce départ des travaux est un événement. L'abbé a demandé de nous tenir prêts à poser la première pierre. Le quatrième jour d'octobre, l'église et l'abbaye seront baptisées par l'évêque de Fréjus, Raymond Bérenger et Hugues Balz. L'organisation de la fête commencera dès demain. Quant à la pierre, elle est déjà taillée, creusée, sa fondation reste à préparer et à situer exactement ; tout est prêt.

Ma jambe très douloureuse m'a contraint à m'asseoir, Benoît et Bernard durent me transporter. Frère Pierre décida de prendre la collation chez nous : le cuisinier, deux convers installèrent des tréteaux, et le prieur vint avec des fleurs et un pot d'un excellent vin. La soirée se prolongea après complies, nous étions heureux, peut-être un peu ivres. Souvent je pense vivre ici longtemps, veiller en patriarche de nombreuses années sur ce chantier. Benoît nous rapporta des histoires, parla des uns, des autres, et aussi de Tiburce. « À propos de Tiburce, ai-je dit, si un jour après mon départ il se passait sur le chantier des faits étranges ou inexplicables, demandez conseil à Tiburce, n'oubliez pas, il a des idées. » Aussi détaché que fût le ton de mes paroles mes frères ont pressenti un mystère.

Saint Constant, quatrième jour d'octobre.

> *La pierre que ceux qui bâtissaient avaient rejetée a été placée à la tête de l'angle. C'est là l'ouvrage du Seigneur et cette merveille dont nos yeux sont témoins nous remplit d'étonnement et d'admiration.*
>
> Psaumes.

Depuis lundi, dès les premières lueurs de l'aube, nous avions préparé le chantier pour poser la première pierre. Il fallut être partout à la fois. La bonne volonté de Bernard, l'agitation de Benoît ne suffirent pas. C'est avec maître Paul et maître Edgar que je dus travailler sans arrêt. Nous n'avions pas mesuré ce que représentaient les multiples nécessités de la cérémonie : depuis le déblaiement du chantier, encombré de déchets de toutes sortes, jusqu'aux installations de cuisine, pour nourrir vingt moines et la suite des seigneurs, aux fleurs pour orner le chantier, aux torches et lampes pour éclairer.

Cependant que convers et moines, lavions, ravaudions nos vêtements, petites et grandes tâches se succédaient sans beaucoup d'ordre, dans un climat fiévreux.

Hier, à la tombée du jour, c'était le moment agréable où, tout étant prêt, l'on peut observer, l'esprit tranquille, le travail réalisé. J'étais sûr ; l'ordre, la propreté, les installations, le treuil et la chèvre, la pierre enfin prête près de sa fondation, le matériel de pose. Tout était parfait. Plus pour notre plaisir que par conscience, je voulus vérifier le fonctionnement du treuil. Les cordes se tendirent, la pince mordit les côtés de la pierre qui s'éleva doucement... Peu à peu je sentis battre le sang dans ma tête, de plus en plus fort, je découvris l'erreur sans y croire. La fondation préparée n'était qu'à quatre pieds de l'axe de l'abside ; je savais cette mesure fausse dans la proportion de un à trois. J'étais si las, je dus m'asseoir, fermer les yeux. De très loin, enfermé dans mon désespoir, j'écoutais la dispute entre Paul et Benoît ; violente, injuste, sévère pour mon jeune frère qui, je le savais, ne pouvait pas bien travailler dans la précipitation. Il était impossible, pendant les quelques heures de la matinée, réservées déjà à d'ultimes préparatifs, de déplacer cette fondation avec laquelle nous nous battions depuis deux longues journées. La querelle était vaine, laide, sans issue. Avec tristesse, je regardais depuis un moment les bouches tordues, les gestes de pitié à mon endroit ; il fallait que cela cesse. Debout, j'ai interrompu les discussions :

« Maître Paul, frère Benoît, vous tous, mes frères, je suis responsable : c'est donc à moi que s'adressent vos injures. Mais je vous l'affirme, la pierre sera posée demain à la bonne place ! Deux heures de crépuscule, onze heures de nuit, trois heures à l'aube, beaucoup de courage : nous arriverons. Préparez les torches, les lampes : dix frères avec Benoît, trois avec maître Paul, quatre avec maître Jean, les autres se reposeront jusqu'à minuit. Ensuite les équipes changeront. Éventuellement Étienne, Antime et Bernard remplaceront les chefs. À la sixième heure la première équipe se lèvera pour terminer. J'ai bien dit, pour terminer... » Seul le prieur ne fut pas convaincu : pour lui, nous n'aurions jamais fini. Contrairement à son habitude il parla, m'engagea à abandonner ma folle décision : « En laissant les choses ainsi, me dit-il, personne ne s'apercevra de l'erreur ; après la fête, nous déplacerons la pierre.

– Homme de peu de foi, ai-je murmuré.

– Cela est vrai, alors fais-moi travailler pour ma pénitence.

– J'y comptais bien, prieur !

– Et toi que vas-tu faire ?
– Moi ? comme toi, comme tous ! Avant la nuit, je vais reprendre le tracé avec Benoît. Je te demande de veiller au repas, à la constitution des équipes, d'envoyer à la paillasse ceux de la nuit, de faire préparer la soupe pour l'heure de la relève : ils en auront besoin. Je garde pour le moment avec moi Tiburce et Edgar qui installeront les lumières. Avertis le cuisinier de réserver leurs repas. »

Dire ce que fut cette nuit est impossible. Sans cesse, j'ai tout fait pour éviter les efforts inutiles, les fausses manœuvres. Le vent du levant éteignait les lampes, attisait les torches de résine. Dans ces moments, les flammes bleues n'éclairaient plus. Les convers frappaient de mémoire, les masses et les pics ne faisaient que des étincelles. Vers la troisième heure la fatigue eut raison. Aucun parmi ceux de la seconde équipe n'avait pu dormir : l'anxiété sans doute. Coup sur coup, la main de Victor et le bras de Marcel furent écrasés par les masses, puis brûlés par les soins de frère Gabriel, douloureux tribut de sang, de chairs meurtries. J'avais mal pour eux, pour Benoît qui pleurait, comme par le vent, devant sa faute. Pour occuper ma surveillance, je ramassai des éclats, en petits tas, puis les transportai dans un couffin à vingt pas, appuyé sur ma canne. Le prieur, lui, homme adroit et fort, fut aussi efficace que les meilleurs. Enfin nos torches pâlirent avec le ciel blanchi de brume. Le découragement ralentit le travail, l'équipe m'apparut lamentable ; visages gris de cendre, yeux rouges, gestes imprécis. Ces six heures d'efforts incertains n'avaient rien décidé quand les autres revinrent.

Peu après, les leviers dégagèrent quatre stères de roche, qui furent roulés à l'extrémité de l'aile orientale. Paul et Jean avaient déplacé treuil, chèvre et matériel. Les frères reposés, graves étaient ceux de la fin. Quand le soleil dégagé des brouillards commença à brûler la peau : Paul, Jean et frère Pierre, le convers, travaillaient seuls à la fondation bien plane, finie au ciseau comme en carrière.

Devant le prieur pensif nous tendîmes les deux cordeaux et traçâmes à l'équerre de fer l'angle où se poserait la pierre. Un à un les convers venaient voir, tondus de frais, lavés, très beaux ainsi : vêtus de leurs scapulaires serrés dans les ceintures de cuir. Sans regret, nous quittâmes la place, sans les regards complaisants de la veille, fiers, mais un peu tristes comme après une victoire sur soi-même qui laisse le goût de la tentation. À quoi bon évidemment ? Cependant, sans cette nuit folle, pour nous la pierre consacrée n'aurait plus jamais été la « première » à la tête de l'angle...

Ainsi je n'ai pas pu assister à la fête, tremblant de fièvre je suis tombé sur ma paillasse et depuis je n'ai plus bougé. J'aurais voulu dormir, ne plus penser, ne plus entendre. Bernard ne m'a pas quitté ; assis sur l'appui de la baie j'ai suivi grâce à lui la cérémonie. De mon absence obligée je ne fus pas fâché, bien au contraire. Je pense qu'un maître d'œuvre doit avoir fière allure ; me voir ainsi aurait déçu bien des spectateurs. Hommes entraînés à porter allègrement de lourdes armures, pour eux l'infirme délabré que je suis n'est pas le maître de pierre qu'ils imaginent.

Il y a quelque temps, je me suis demandé si l'abbaye ne se ressentirait pas de mes faiblesses, de ma maladie ; j'ai bien changé d'avis dès les premiers dessins. Je suis à présent convaincu du contraire, le projet exprime puissance, confiance : il est le plus fort de ma vie. Sans doute par mon sang qui coule, mon corps qui fond, tout en moi se vide pour que vive l'âme de l'édifice. Comment ces visiteurs généreux et inquiets pourraient-ils comprendre cette opposition ? Cette vérité leur apparaîtrait comme une contradiction. Il a mieux valu me cacher malgré la peine des miens.

Comme un crieur, Bernard disait : « Les coules blanches, les scapulaires noirs, l'évêque rouge, l'or des crosses ; notre abbé est imposant... les seigneurs apparaissent, le vallon devient vitrail, les haubergts argentés comme écailles de vifs poissons... » J'entendais les cavaliers qui montaient vers le Champ :

« Ils ont de grands manteaux retenus au col par de lourdes chaînes, les écus sont magnifiques, hauts ; ils couvrent le corps depuis l'épaule jusqu'aux pieds. »

Je souffrais, je n'écoutais plus, je pensais à Raymond Bérenger, à Hugues. Plus tard Bernard poursuivait :

« Les coffres sont ouverts, les feux s'allument, les barons s'installent. Des tapis se déroulent, les tentes se dressent sur le Champ...

– Bernard, as-tu vu mon frère ?

– Comment le reconnaître dans cette foule ?

– Son écu ! Une étoile d'argent ! »

Hugues n'est pas venu, pensais-je ; en guerre avec Raymond, la trêve n'a pas eu lieu, cela est bien triste...

« Je vois un grand chevalier qui te ressemble, tout de noir et d'argent, il s'installe près de la source, il porte l'étoile... »

Par tout ce tintamarre, les cigales arrêtèrent leurs froissements persistants ; quelques-unes, hésitantes, reprirent avec colère ou se répondirent timidement. J'ai pu enfin m'endormir.

Quand je me réveillai, le soleil avait changé de côté. Bernard n'avait pas bougé, il m'entendit et m'apporta du lait, ensuite il reprit sa place :

« La pierre est suspendue au-dessus de la fondation, les seigneurs entourent l'abside ; plus à l'écart, les petites gens sont en groupe, masse brune, rouge sombre et grise. Les compagnons sont à côté des convers, on les distingue à peine malgré leurs attributs colorés. Nos frères suivent l'évêque, s'installent à leurs places futures... Au mitan, presque sous la pierre, le comte et son porte-bannière aux côtés de l'évêque et de l'abbé sont maintenant assis.

– Que font Paul et Benoît ?

– Ne t'inquiète pas, ils sont bien à leur place pour diriger la manœuvre. Tu sais, tout ressemble au jugement dernier...

– « Les premiers seront les derniers », disent les Écritures.

– Le parchemin aux trois sceaux est lu par l'abbé... ils le posent dans le coffret de métal... l'évêque le bénit... un diacre le met dans le logement taillé... maître Paul ferme et scelle la petite dalle... l'évêque s'avance, confie la truelle à un diacre, bénit la pierre, l'abbé vient aussi bénir... le comte à genoux est en oraison... tous se lèvent... »

J'entendais immense : « *Te Deum laudamus* » ; Bernard continuait, la voix étranglée :

« La pierre descend, maître Paul présente l'auge, l'évêque se penche, étend le mortier... il passe la truelle au comte qui fait de même... l'abbé s'approche, prend la truelle des mains du comte, s'agenouille devant la fondation, étale avec conscience le mortier... la pierre descend lentement, très lentement, frères Pierre et Tiburce aident à la pose... C'est fini, la pierre est en place !... Le cortège se forme, descend dans l'axe de la nef... remonte par le bas-côté septentrional... à tous moments l'abbé s'arrête, montre à l'évêque et au comte la place des piliers sur nos tracés à la chaux... ils passent par la porte du cloître... suivent les galeries... »

Je pouvais ainsi tout voir, cloué sur ma paillasse. Bernard, inlassable, racontait toujours. Les yeux fermés, j'écoutais les bruits, les chants. Vers le soir je me sentis mieux. J'ai rejoint Bernard. Les torches, les lampes éclairaient le fond du vallon, le vent était tombé, une brise tiède du midi entraînait l'épaisse fumée des torches sur l'autre versant. Assis côte à côte, nous avons contemplé la fin de la cérémonie, désormais semblable aux tragiques aspects des sacrifices païens de la Rome antique. Incendie des soies et des tissus, éclat scintillant des armures et des pierres précieuses qui tourbillonnaient dans la vallée. Bannières et flammes agitées doucement s'envolaient, et apparaissaient tout à coup les animaux fantastiques sortant de la nuit pour se fondre en d'étranges convulsions.

Pour le repas, Bernard m'a quitté. Plus tard, alors que je suivais du regard le halo des coules blanches éclairées de lumignons qui serpentaient sur nos terres, pour les bénir, une grande ombre est venue me rejoindre. Trente années d'absence furent comblées en un instant. Deux enfants sortis de la même mère ne peuvent connaître l'oubli. Nous nous sommes raconté nos vies et celles des nôtres avec la confiance de ceux du même sang. Hugues endormi sur ma paillasse dans les plis de son grand manteau, j'écris depuis des heures. J'aperçois encore les lanternes de mes frères qui, par les raccourcis, cheminent vers Florielle. J'entends les barons continuer leur festin, chanter accompagnés de musiciens, jouer et se battre. Mon seigneur, noir et argent, respire doucement...

Saint Serge, septième jour d'octobre.

Les journées sont trop pleines ; aujourd'hui tout allait de travers : Paul est tombé sur un banc impossible, après un mois de travail harassant passé à la découverte. La pierre est, paraît-il, trop dure, gélive, pourrie : « toutes les pestes et lèpres réunies » d'après lui. Nous avons bien examiné : cette pierre sera, à mon avis, utilisable ; nous l'emploierons pour l'intérieur des salles secondaires, ou bien pour le moulin. Paul en colère était contre avec foule d'arguments. Il fallut lui donner raison : nous abandonnerons donc ce banc et attaquerons ailleurs, nous avons heureusement de l'avance.

Il a plu deux jours en trombe. Le vent d'est, qui passe comme chez lui, a arraché une partie des couvertures en mauvaises planches, argiles et branches de pins. Il pleut partout. J'ai essayé un mélange de chaux, de sable et d'argile pour colmater les toitures, passer l'hiver ; je crois que cela tiendra. Sinon, deux convers, perdus pour des mois, ravauderont les toits.

Benoît est venu me tourmenter, l'eau monte dans le ruisseau si gentil d'habitude : d'après lui des traces anciennes laissent supposer que la crue peut atteindre le niveau haut du cloître. C'est incroyable, cependant j'irai voir. Nous avons à peine travaillé quatre heures. Les ateliers sont désorganisés, inutilisables à cause des réparations. Dans le dortoir les paillasses sont trempées, la boue envahit tout, nous sentons les chiens mouillés tremblant sur leurs pattes.

Sainte Brigitte, huitième jour d'octobre.

La pluie s'est arrêtée, tout était frais et lavé, notre forêt est toute neuve. Vers midi, le soleil était si chaud que des cigales d'arrière-saison ont cru l'été revenu. Ma jambe, j'ai peur qu'elle éclate tant elle est marbrée, violacée, enflée : la douleur est intense au-dessous du genou, là où j'ai brûlé.

Saint Denis, neuvième jour d'octobre.

Mon travail avance, les plans se terminent. Le grand vent tiède traîne de vilains nuages, sales, déchiquetés, sans rondeurs bienveillantes de crème fouettée. Le ruisseau ? Les couvertures ? Je crains un nouvel orage, nous sommes encore en plein équinoxe. La chaleur est étouffante, les mouches piquent et les bêtes sont nerveuses.

Un jour j'espère, l'autre m'abat : un sursis d'un mois pour ma jambe. « Après, tu feras tout ce que tu voudras. »

Matines : le soir, les gros nuages ont disparu, laissant la place à un plafond noir à tonnerre et éclairs, qui a écrasé et dévoré tous les reliefs. Le chantier n'était plus au fond du vallon mais au milieu d'une grande plaine. Si le clocher avait été fini nous n'aurions pas vu la cime. Le désastre a commencé après complies. Mon mélange de chaux et d'argile encore trop frais tombait en plaques de boue partout autour des bâtiments, peu après il n'y eut plus d'abri. Les convers fourbus dormirent en grelottant. Après une heure ils allèrent s'asseoir contre les murs à l'abri du vent, puis se serrèrent. Certains, protégés du froid entre deux corps, dormaient lourdement. Tas de chairs boueuses et fatiguées, tour à tour délavées et engluées.

Nous trois luttions dans l'atelier. Après avoir protégé les plans, nous collâmes des toiles avec de la résine sur les planches du toit ; nous avons fini juste à temps. La moitié de la cabane était protégée quand le gros de l'orage arriva sur nous. Tant pis pour l'argent et pour l'abbé, mais la toile collée à la résine est finalement le seul moyen.

Laudes : dès matines, Benoît réunit tous les convers, dépêcha Bruno pour réveiller les compagnons. L'eau montait, toutes les consolidations étaient en danger : des mois de travail, trois cents stères de bons déchets de carrière. Le ruisseau est devenu torrent, vallon maudit ; pas d'eau l'été, inondation l'hiver. J'ai oublié ma poitrine, ma jambe, tous mes maux. Dans ce cataclysme j'ai constaté ma marche rapide, mon énergie inespérée. Je viens d'en bas les voir travailler. Ils luttaient contre le courant, contre les arbres déracinés qu'il faut guetter d'un éclair à l'autre, car ils arrivent sournoisement et emportent l'homme assommé par la tonne qui dévale. Ils capturaient ces matériaux avec des cordes, les débitaient, les débranchaient : providence du malheur. La bataille est inégale, mais j'espère encore. Une protection d'une demi-toise suffirait. J'ai fait descendre tous les bois disponibles. Les mules affolées par le tonnerre se cabraient et se blessaient dans la nuit totale qui succède à la clarté hallucinante ; alors le sang coulait, ruisselait des poils arrachés, aux flancs et à la croupe. Comment leur faire comprendre, à ces folles, pour qu'elles ne se déchirent plus avec leurs fardeaux ? Je veux attendre, écrire pour patienter, pour ne pas descendre et ordonner la démolition de notre chapelle ; encore une heure. Au jour je verrai mieux.

Saint Florent.

Frère Simon a fui cette nuit, c'était une tête dure mais il travaillait comme personne. Depuis la révolte des convers, l'homme des cent coups de discipline s'était attaché à moi comme un animal. Il entretenait notre atelier, passait la chaux, apportait l'eau, retournait ma paillasse ; tout cela en plus de son travail. Il n'avait plus confiance en ses frères et vivait dans la cruelle solitude qu'il s'était imposée. Il a dû nous quitter au moment où les convers abandonnèrent le dortoir. Je ne me souviens pas l'avoir vu cette nuit dans la fulgurante lumière verte. J'avais fait le projet de le ramener à Cîteaux un jour. Hélas, personne n'est surpris ni peiné ; je serai donc le seul à le regretter, à l'aimer pour sa pureté, son orgueil de borné.

L'eau monte toujours. Aux rafales a succédé une pluie dense, verticale, bête ; elle semble installée comme après le décret du déluge. À vêpres je déciderai la démolition de la chapelle, pour le moment, nous contenons le torrent. Le lit s'est légèrement déplacé grâce à nos travaux, mais nous avons perdu la fouille creusée sous le mur septentrional du réfectoire. J'avais donné depuis longtemps les ordres pour étayer cet ouvrage ; cette nuit j'ai encore crié, c'était trop tard, tout a dû s'effondrer. Si nous pouvions sauver le haut sous la galerie du cloître il y aurait demi-mal ; entre la chapelle et ça il n'y a pas d'hésitation, ce sera la chapelle. En écrivant je me désennuie. Que faire ? Aller voir courir les convers d'une brèche à l'autre, contempler ces efforts dérisoires ; je sais qu'il suffit de quelques pouces de plus pour tout emporter.

Sexte : après tierce ce fut la bataille pour la soupe, nous l'avons perdue. L'eau n'a pu prendre son bouillon. La pluie gagne sur le feu : le prieur dut distribuer tout son lard, tout son vin. Nous avons dévoré les légumes crus, tièdes, avec le pain mouillé. Et ce soir ? Si nous avons tout perdu nous viendrons nous réfugier ici, on tiendra tout juste debout, mais au sec. Je ferai allumer un grand feu.

Benoît vient de m'annoncer que la pluie cesse, le vent tourne au nord ; l'eau ne monte plus, tend à baisser au contraire ; le courant est moins fort. Le prieur nous invite à descendre à la chapelle où tous les compagnons sont réunis.

Minuit : dans la nuit, je suis tombé, ma jambe est ouverte, éclatée, je suis soulagé mais c'est affreux à voir !

Saint Placide.

Le mistral a chassé pluie et nuages, a séché en quelques heures le gros de la boue, les compagnons charpentiers sont sur les toits, collent les toiles. Luc est parti pour Florielle mendier le précieux tissu. Le prieur l'a chargé d'une lettre qui sera bien utile pour décider l'abbé. Benoît est à Fréjus pour la même raison. Couvrir les ateliers d'abord et finir par la chapelle, tel est notre programme. Après, nous protégerons la toile collée à la résine par des planches à recouvrement. Nous n'espérons pas terminer avant la fin de l'année ; cependant, dans peu de jours, il sera possible de dormir, manger et travailler même sous l'orage le plus violent. La douce Provence a aussi ses colères. La leçon fut dure, elle sera utile. Le torrent s'est vidé dans le ruisseau à peine plus haut que d'habitude. Comme il semble lointain le jour où tout ce monde est venu poser la première pierre ; à peine sept jours se sont écoulés !

Le chantier a repris après sexte. Nous nous sommes levés très tard ; maintenant, les muscles se réchauffent, nous continuons à creuser la roche. Ce travail est lent, personne ne pourra imaginer le nombre de coups donnés à cette place. Le mur méridional de l'église est encastré sur toute sa longueur sur une moyenne de cinq pieds de haut ; la poussée des voûtes sera ainsi absorbée, annulée à l'endroit dangereux. Le transport des déblais à l'aide des bards fait perdre du temps. J'ai cherché la solution pour déplacer ces pierrailles, j'enrage de n'avoir pu trouver : la pente est insuffisante pour installer un plan incliné.

Jean a fait creuser une tranchée tout au long de l'alignement des piliers méridionaux de la nef. Les convers renâclaient à ce travail qu'ils n'avaient pas compris.

« Au lieu de taper, me dit-il, de racler en surface, je procède comme Paul aux carrières, une tranchée d'abord, après, j'attaque sur deux fronts au pic et au levier.

– Fais-moi une démonstration. »

Il attendait depuis longtemps ce moment, n'était pas très décidé à l'entreprendre avant que toute la tranchée ne soit terminée. J'ai insisté. Il donna des ordres, le matériel fut amené en hâte. Les hommes cherchèrent les failles, enfoncèrent les outils, prirent appui sur des rondins calés entre les parois, et d'un coup, en forçant ensemble au commandement, soulevèrent un demi-stère de roche. En moins d'une heure tout un côté fut ébranlé, les pierres dégagées et roulées vers le bas.

« Pourquoi, ai-je dit, n'as-tu pas expliqué ton plan aux convers ? ils auraient travaillé plus volontiers.

– Je préfère les étonner ; sur d'autres chantiers j'ai observé que ma méthode a du bon. Après, je peux demander les pires efforts, ils s'imaginent de confiance qu'au bout il y a une astuce de récompense. Elle existe souvent, mais quelquefois il n'y a que la peine sans satisfaction. Je préfère, dans tous les cas, garder pour moi mes mystères ; le rendement, dans l'ensemble, reste meilleur, le commandement plus facile. L'homme respecte davantage nos décisions s'il n'en connaît pas la fin.

– Peut-être as-tu raison ; pour moi, je préférerais ne pas étonner, donner l'impression que ma science et mon expérience sont d'abord nôtres, ensuite deviennent leurs.

– Chacun fait comme il l'entend. Tu me donnes une leçon, crois-tu qu'elle soit si bonne ? Je ne suis pas un grand, moi, je suis un petit chef, toujours près des hommes ; si je ne me garde pas un peu, je me perds dans leur esprit. »

Saint Édouard, treizième jour d'octobre.

> *Homère pensait donc qu'un homme véridique est différent d'un menteur et qu'on ne saurait les confondre.*
>
> Platon, *Hippias mineur.*

Ma paillasse est propre, bien rangée chaque jour contre le mur oriental, la tête au septentrion. Le sol de chaux et de terre est net, je le fais passer chaque matin au blanc pour augmenter la luminosité : une baie au nord, trois au midi. Dans le mur occidental la porte, rarement fermée, laisse pénétrer, le soir, la plus réconfortante des lumières. Nos tables sur tréteaux sont orientées midi nord. Les murs, tout d'abord en pierre apparente, sont maintenant enduits et blanchis, nous pouvons y dessiner toutes choses utiles au chantier. Le foyer d'angle me permet de chauffer l'eau pour mes soins... et ma toilette ! Je mène la vie d'un bourgeois aisé, avec de nombreux serviteurs. Lorsque mes reins, ma poitrine et ma jambe me font tourner en rond, je m'allonge sur ma paillasse. Alors je ressens un grand bien-être.

J'installe la maudite sur un coussin qui soutient le jarret. Il se passe quelque chose dans mes reins qui me fait chaud. Quant à la poitrine, je feins, par petits mouvements qui limitent et esquivent les contractions, calment les brûlures trop intenses. Dans ces moments, je m'attends et me dis : « Calme-toi, j'arrive. »

Les petites pensées, les bons ou mauvais souvenirs, me font sourire ou excitent une angoisse, un appel du vide impressionnant. Je me dis : « Ce n'est pas aujourd'hui que tu trouveras. »

Heureusement le plafond est là, panorama de paillasse pour me distraire ; fruste, désordonné, primitif, plein de chimères, de formes, de trous. Ce complexe de planches épaisses, de giclures de mortier, de paille, de branches, est un monde échevelé propice aux découvertes de l'oisif. Du rapace à l'homme, de l'homme au monstre, du monstre au labyrinthe, du labyrinthe aux grottes, des grottes à l'abstraction et aux rêves. Je ne vois plus qu'une mosaïque imprimée, sur mes paupières baissées, dans des colorations violentes, lumineuses d'étincelles et de diaprures. Les renouvellements, les « translations », finissent par s'épuiser, par manque d'imagination, en de fades figures géométriques ou de tristes semis. J'ouvre les yeux et je sais que j'ai gagné une paix immatérielle.

Dans mon enfance, ma grande sœur Joséphine dessinait ainsi. Cela commençait par un cheval, se terminait en roches abruptes, grottes, hauberts et heaumes, arbre mort, gemmes, améthystes en cristaux, piques, fourrures, manteaux de drap de soie. J'aimais voir ces formes réelles devenir méandres, arêtes, abstraction. Tous sujets disparaissaient dans un décor fabuleux, superbe anéantissement du réel. Le spectateur, guéri d'obsessions, parcourait alors le chemin inverse. Cette vision recréait à loisir, dans le choix de ses sentiments du moment, heaumes, piques, grottes, cheval... à l'infini. Ces œuvres aux dessins marmoréens sont restées un rêve dans ma vie d'adulte.

Suspendu, le dos collé à ma paillasse, face à ce sol impossible, léger comme une ombre, la lassitude m'envahit enfin : le repos de la douleur. Je sais que le moment est là. Je feins encore et me dis : « ne t'inquiète pas, attends, tout arrive puisque tu as tout réfléchi ; tu sais ce que tu veux, tu connais la forme. Donc, attends la sensation, tu vas l'atteindre. » Au milieu de détails infimes qui reviennent, de cheveux pareils à des écheveaux de soie aux apparences translucides, de reflets d'eau déformés par des ondes concentriques qui tendent vers le calme du miroir parfait : je me vois arriver. Une joie sauvage me parcourt des pieds à la tête, joie du félin qui bondit sur une proie certaine. Je m'attendais et je viens. Le miracle dans mes embarras de chaque jour. Soumis à ma nouvelle vigueur j'oublie mon mal, je tombe sur mon dos dans le retournement du concret. Je vais à ma rencontre vers la table : nous nous rejoignons et vivons notre joie commune.

Saint Luc, dix-huitième jour d'octobre.

> *Je suis l'Alpha et l'Oméga, le premier et le dernier, le principe et la fin.*
>
> Saint Jean, *Apocalypse*.

Et dans ce cloître il y a le Christ.

Le plan est réglé par un tracé : l'origine est la source et celle-ci en est le résultat. Les échos du pavillon du lavabo se répercutent sur la composition. L'hexagone, la construction des tracés, les axes et les diagonales, les modules et les arcatures sont le principe et la fin. Le cloître en est l'origine mère et aussi l'aboutissement.

Le pavillon de la source est complément, matière ajoutée, mais la liberté de sa forme et de sa dimension ont réglé toutes les proportions. Alpha et Oméga : le thème était arrêté depuis longtemps. J'ai voulu que le tracé, à l'origine inquiétant, soit purifié, inspiré. Depuis l'hexagone, enfant des angles irréguliers, trouvé et provoqué grâce à l'anomalie de base j'ai, d'échos en échos, multiplié les correspondances, répercuté les unes sur les autres les considérations jusqu'à ce qu'elles soient unité. Je veux que dans les siècles le symbole de Dieu et du Christ soit le cloître. Il est sûr qu'un jour une colombe…

Bernard ! rappelle-toi bien et ne change jamais le moindre tracé dans l'exécution. Sois rigoureux et scrupuleux à l'extrême. Si un jour nos plans sont détruits ou notre atelier pillé, apprends par cœur :

Le cloître est composé de deux angles droits et de deux complémentaires. Les diagonales sont parallèles à deux côtés de l'hexagone. La droite, qui a son origine dans l'axe de la baie méridionale du lavabo, qui rencontre le croisement des diagonales, primo : est parallèle à la galerie orientale, secondo : aboutit dans l'axe de la troisième arcature de la galerie méridionale en comptant de l'occident vers l'orient.

L'axe de la même baie méridionale et du pavillon, primo : est parallèle à la galerie occidentale, secondo : aboutit dans l'axe de la troisième arcature de la galerie méridionale en comptant de l'orient vers l'occident. Les deux droites, traversant le pavillon dans l'axe des baies méridionales-orientales et méridionales-occidentales, aboutissent dans le mitan des quatrièmes arcatures des galeries levant et couchant en partant du septentrion. Les positions des quatre arcatures de la galerie septentrionale, de part et d'autre du lavabo, sont définies par des tracés symétriques se projetant, depuis les deux baies à colonnettes du lavabo, dans les directions septentrionale-occidentale et septentrionale-orientale ; et, plus précisément, les axes de chacune des baies à colonnes aboutissent dans le milieu des arcatures situées de part de d'autre du lavabo.

Et surtout n'oublie jamais : le cloître sera la dernière partie construite comme la moins indispensable. Si tu sens la mort s'approcher lègue à un autre ce que je te laisse. Les autres tracés sont bien connus de toi et je suis sûr que ta mémoire, notamment pour l'église, saura toujours les reconstituer.

Chaque regard partant de la vivante source, reconnaîtra la présence de Dieu et du Christ. À cette grotte lumineuse et scintillante, aux seize fontaines bruissantes, les galeries sont atrium de lumière violente opposée à la sombre pénombre. Le mystère du soleil précède celui de l'eau. Les colonnes massives, les épais piliers, les oculi du symbole, filtrent et découpent la variété infinie des taches ensoleillées. Ces lourdes dentelles cycliques au réalisme douloureux, aux abstractions multiformes sont représentation de la Passion.

Sainte Lydie et Saint Magloire, vingt-deuxième et vingt-troisième jour d'octobre.

De l'aube jusqu'à la douzième heure, j'ai soif de vivre, de travailler, d'aimer à tout vent. Les chantiers, même sous la brume, sont gais ; les compagnons et les convers jeunes, frais après la mise en route. À sexte, les heures mornes commencent, la lumière tourne le dos, les ombres courtes sont violentes, gris de plomb. Dans l'atelier ou la chapelle j'attends que le temps soit passé. J'attends la lumière du soir, prélude de la nuit qui jamais ne finit. Ce soir, c'est grande lune, ma promenade sera claire ; je ne risque pas de tomber ; je pourrai aller imaginer, sur l'aire à moitié déblayée, le commencement des murs, des colonnes, des piliers. Pour tous les chantiers, il existe des moments visuels. Ils sont d'autant plus sensibles que s'ils se prolongent, s'immobilisent dans un arrêt définitif, les pans de murs, les colonnes sans arcades deviennent désolants. Une ruine n'est belle que si elle présente les restes d'une existence jadis complète. Le bâtiment inachevé ne peut prétendre à la beauté des ruines. Les moments du chantier ne sont donc exaltants que dans le progrès, dans la continue et sûre évolution. Ces multiples aspects commencent dès la pose des premières assises, se terminent aux voûtes, quand elles ferment le ciel à jamais. Rien n'est plus chaud au cœur du maître d'œuvre que l'époque de la pose des premiers cintres, charpentés sur les dernières assises verticales. D'un seul coup, ces supports tracent la courbe, définissent la volonté du dessin qui, durant des mois et des années, ne fut qu'une figure de géométrie.

Cent nuits, je me suis promené sur les chantiers avant qu'ils ne commencent. En général le ciel était maussade, le sol détrempé ; c'était une joie de rentrer à la cabane pour boire chaud et rêver aux choses qui seraient. Ce soir, ciel et nuit sont sereins. La chaleur et l'humidité sont si harmonieusement combinées que le corps ne ressent rien d'autre que d'exister légèrement. À la grande lune je me prépare à veiller avec un incomparable plaisir. Pourquoi ? je crois le savoir : ce soir-là elle se lève à une heure raisonnable, sa lumière est la plus claire. La veille n'était pas assez, le lendemain apporte un commencement de regret. J'attends, assis à ma table, que Bernard et Benoît soient endormis. J'épie, puis j'écoute comme un voleur. Quand je suis bien sûr de ma solitude, j'ouvre toute grande la porte et guette la lumière. Il n'y a pas d'aube de lune, elle vient d'un seul coup. Je vais partir visiter le chantier la nuit.

Je me souviens avoir buté dans la porte, cela fit grand bruit. J'ai pensé : mes frères ont le premier sommeil lourd et n'auront rien entendu. Je rejoignis le terrain sans passer par le raccourci. J'avais tout mon temps. Il apparut comme une grande clairière de clarté dans la forêt. La roche affleure, trace des traînées blanches. Le sol gratté, piétiné, rugueux, sablonneux, attend les coups qui, demain, vont une fois de plus lui exprimer la raison supérieure des hommes, et rien, il le sait, ne pourra les arrêter. La matière résistante ne l'a pas protégé : « Ce sera ici » ont décidé les hommes, et les arbres furent abattus, les tousques brûlées, la mauvaise terre piochée, puis la roche mise à nu, sculptée au pic. À présent les niveaux se dessinent. Je pus sans erreur parcourir la nef, m'asseoir au milieu du transept face à l'abside, m'arrêter en contemplation dans cette lumière qui simplifie et isole l'espace réservé aux volumes futurs. Ceux qui enfermeront, fragmenteront l'existence conventionnelle de notre Ordre. C'est bien dans ce vallon que nous avons choisi d'établir l'intensité de notre vie sédentaire.

Plus tard, cette aventure paraîtra naturelle. Une maison d'hommes ou de prêtres a sa place dans la nature, se compose avec la forme du sol, la forêt, la plaine ou le vallon, se justifie par le chemin qui serpente depuis loin. Elle règne sur les champs, abrite hommes et bêtes. Elle est à l'image de la loi établie depuis des millénaires : l'homme vient, cultive et s'abrite avec sa femme, ses enfants, ses gens et ses animaux domestiqués. Cependant, comme ici, chaque établissement humain eut son début : le choix. Le tracé du chemin volontaire ou fortuit nous amène en un lieu particulier, qui fait partie d'un site, et nous disons : c'est ici. Nous allons enfermer une parcelle de l'espace dans des murs, nous organiser dans l'intérieur, nous astreindre, entretenir, polir chaque jour ce petit vide soustrait à la nature. Dans ce vallon, cette plaine, sur ce sommet, l'homme occupe, recouvre un morceau de terre ou de roche, enferme l'impalpable. Ce sera l'intérieur, un monde différent, important, un lieu que l'homme recherche pour se défendre, se concentrer, se protéger. Après la grotte providentielle, le trou creusé dans l'arbre, l'abri de peaux de bêtes où il a exhalé ses relents de fauve, il construisit les refuges artificiels. Puis il voulut qu'ils soient beaux, puissants ou monumentaux. Ainsi la maison prit une si grande importance qu'elle absorba sa vue en esprit. De très loin, il la voit encore et dit à un compagnon : « Regarde, derrière cette colline, cette petite fumée bleue qui s'élève : c'est ma maison. » Il y est déjà, derrière ses volets, près de son lit, assis à sa table. Dans la diverse et passionnante nature, le lieu qui compte pour lui est ce voile transparent : une illusion. Après avoir parcouru la terre, mesuré grandeur et diversité, il pense au retour, au repos, au bonheur. Ce qu'il espère a cinquante pieds de long, trente de large et quinze de haut. Dix ou vingt fois plus s'il est roi. Peu de toute façon dans l'espace, presque tout dans son cœur.

J'étendis mes jambes, reposai ma tête sur le sol de sable tiède et, dans ce ciel trop clair qui effraie toutes les petites étoiles, je vis, comme tracés avec du feu, des arêtes, des piliers et des arcs. Une fois de plus, j'ai vécu l'histoire d'un terrain à bâtir, tout nu, tout simple. La destinée de cette aire sera de supporter l'âme et le corps de l'instrument qui nous relie à Dieu. Où le passage de coules blanches qui se croisent, se pénètrent, s'accumulent pendant si longtemps que, si l'épaisseur de ces lainages s'entassait, ils pèseraient plus lourd que les murs. Les sons contenus de nos chants, éclatant tous à la fois, après un siècle, feraient s'écrouler les voûtes. Et les prières murmurées seraient comme le bruit du tonnerre. J'étais à ces idées, quand je vis tout près de moi deux coules tombant du ciel. Après un instant de terreur j'entendis les voix familières : « Viens, grand frère, tu vas avoir froid, ce n'est pas raisonnable de te coucher sur ce sable humide avec ta jambe malade. »

Je fus honteux d'être surpris ainsi, le mieux était de ne rien expliquer, ils m'aidèrent à me relever. Insensiblement, par phrases courtes et petits mots, je les convertis à ma folie : jusque tard dans la nuit, nous traçâmes l'abside, situâmes les piliers de la nef et les murs. Benoît, à grands pas, mesurait, définissait des repères, tandis que Bernard, les bras en croix, criait : « Je suis l'alignement du mur du fond. » Un à un, pour la vraisemblance, nous pénétrâmes sur le plan incliné du cloître. Nous savions nos suppositions inutiles, nos mesures imprécises, mais nous allions d'une salle à l'autre, tracions à l'aide de grands gestes, ou par traits dans le sable, entailles de clous sur la roche : tel angle, telle porte, tel pilier. Je leur appris à jouer. Fatigués, nous nous étendîmes côte à côte, le capuchon rabattu, les mains dans les manches, comme des gisants de pierre.

Ciel blanc mat, à moins de cent pieds, une nuée de formes noires immobiles, figées, était suspendue. Grandes ailes étendues, découpées à leurs extrémités comme de longs doigts, cous épais, têtes et becs aplatis et aigus. La vue blessée autant par le noir que le blanc, je balançai dans l'espace comme une feuille qui tombe, s'élève, tourne, frémit : affolé de vertiges. Je fis un effort pour me retenir. Au moment où j'enfonçai mes doigts dans le sable, le vol de corneilles s'anima tout à coup. Je tombai dans l'immobilité. Je sentis mon dos courbatu, j'entendis la cloche grêle de laudes. Le froid nous réveilla complètement. Pendant que le vol des oiseaux de l'hiver, d'autres disent du malheur à cause des charognes, s'éloignait en cris aigres, portés par le vent.

Trois moines plus vieux d'un jour redevinrent les maîtres du chantier. Sévères, nous allâmes au-devant des premiers arrivants. Par deux ou par trois, les traits tombants, la démarche lourde, les membres raides, ils rejoignaient les postes désignés. En nous croisant, les Antoine, les Tiburce, les Nicolas, les Pierre nous adressèrent un discret salut ou un sourire résigné. À l'aube on ne comprend pas la vie dure, on oublie pourquoi nous devons travailler. Les visages expriment la fatalité de la condition d'esclave. C'est ainsi chaque matin, nos convers ne sont pas des hommes, mais de tristes marionnettes agitées par des fils tenus d'en haut, vêtus de tuniques humides, froissées, raides de crasse, grises de boue. Vêtements de convention usés et flétris, autant que les âmes encore endormies. Les nez gouttent, les cous sont emmitouflés de chiffons, les mains se cachent, dissimulent les doigts gourds marqués de cicatrices rouges ou grises, ou de plaies qui ne guériront qu'au printemps prochain. Pour moi, mes doutes et mes plaies sont comme celle de ma jambe : affreux, mais recouverts des plis de la coule. C'est pour cela que je suis le maître, c'est à cela qu'ils le reconnaissent. Comme eux, je subis le désarroi de la mise en route, j'ai seulement le devoir de le dissimuler.

Plus tard, notre escapade oubliée, nous avons retrouvé des tailleurs, des charpentiers, des carriers, des manœuvres : Antoine, Nicolas, Bruno, Pierre et tous les autres, agiles, souples, adroits, du muscle et de la tête, habillés de peau brune et saine. L'action chaque jour les reprend en main. Nous avons couru partout tous les trois, sans nous quitter. Nous avons pris maintes décisions, apporté cent perfectionnements, décidé des problèmes en suspens. Il est ainsi des heures où tout semble faire un grand pas, dont on parle longtemps après : « Tu sais, grand frère, c'était le lundi où tu décidas d'abandonner la carrière moyenne, où tu arrêtas la coupe trop lointaine, où tu sacrifias les deux grands chênes, où tu convins que le niveau du réfectoire était encore trop haut. » Je sais que, sous-entendu, ils voudront dire : « Tu sais, c'est après la nuit où nous avons joué à construire sous la lune. »

Saint Antoine.

Avant-hier était un jour comme les autres, le soleil se leva à sept heures, sans vent, sans pluie ; un temps froid assez sec pour qu'il tienne. Les hommes commencèrent avant sept heures, l'aube naissante permet tout juste de voir les mains, cela suffit pour reprendre les tâches interrompues.

La réunion commença peu après dans notre atelier. Je m'étais fixé le premier jour de novembre, puis à la réflexion, avec ma jambe très laide, je pensai qu'il n'y avait plus de raison de tarder. Ils arrivèrent un à un sans demander d'explications, s'installèrent en bâillant autour de la table : Jean, Paul, Étienne, Edgar, Antime, puis Bernard et Benoît, enfin le vieux Gabriel qui ressemble le matin à une chouette en plein soleil. Les plans furent posés devant moi. C'était la première fois qu'un tel événement se produisait, et aussi solennelle que fût mon attitude, je sentis que la position assise, au début d'une journée, rendait les compagnons nerveux et sceptiques. J'ai parlé une bonne heure. Chaque mot, chaque phrase, adressés aux uns et aux autres, pesaient lourdement. Ils comprirent vite, essayèrent de suivre mes pensées, mes mains qui traçaient des flèches, indiquaient des poids, des quantités.

C'était l'attaque du chantier : la discussion s'engagea pour chaque spécialité : « Pas possible ! difficile ! on verra ! » Les problèmes étaient posés, chacun devait y répondre ; Bernard et Benoît constituer des notes, Gabriel suivre l'inventaire. Dès le lendemain, à l'aurore, étaient décidés l'installation du matériel et l'approvisionnement du chantier. Les compagnons s'exprimèrent enfin. Certains allèrent au-delà de mon espérance. Je fus satisfait ; car je sais que dans ces actions les scrupules sont grands, les idées arrêtées. Ces hommes habitués à agir dans leur domaine sont peu enclins à se soumettre à ces plans où tout est mis en commun. À none la réunion finissait, le temps ne parut long à personne, et l'ennui du début fut remplacé par des bâillements de faim. Nous n'ouvrîmes les baies et la porte que lorsque tous se précipitèrent à leurs postes. L'atmosphère, épaisse d'odeur d'hommes, s'échappa comme le symbole de la concentration allant animer l'action. Accompagnés du prieur, nous fîmes la tournée à la tombée de la nuit : les convers renfrognés mettaient de l'ordre, classaient. Le secret était bien gardé. Je crois qu'ils imaginèrent que cette réunion avait défini une discipline plus stricte dans le rangement des matériaux, souvent négligé, la propreté de l'entrepôt, toujours renvoyée. Le départ de Luc et Antoine, qui eut lieu vers midi, sans leurs bêtes, surprit. Arrêter les mules même une demi-journée est un événement. Vers minuit Bernard et Benoît finirent de rédiger les aide-mémoire des compagnons et les nôtres. Les trois équipes des grands coups étaient constituées avec l'effectif total de trente et un, trente sans le frère cuisinier. Paul devait rester aux carrières pour veiller à l'ordre et au choix, Antime à la forge, quant à Joseph il ne fut pas prévenu. Gabriel avait de rudes journées en perspective. Je pensais à lui, couché dans sa trop longue tunique, ne pouvant pas s'endormir, occupé à compter, se perdre, recommencer : la vraie torture. J'envoyai coucher mes jeunes frères, et, dans la nuit qui fraîchissait, mes oreilles tendues comme un regard sur la baie qui domine le chemin, attendirent ce qui devait tout décider. Comme toujours, ce sont les roues que l'on entend en premier, ensuite les voix, et longtemps après les sabots. J'en comptai d'abord deux, ensuite quatre. Par la suite je compris : il y avait huit roues, les deux chars et le binard. Tremblant de joie j'appelai Luc quand j'aperçus les lanternes sur le Champ. Il monta directement, glissa, tomba, il courut en force sur la pente raide, traçant sa voie dans les tousques d'argeras pourtant épaisses et hautes. Ses chutes nombreuses ne le ralentirent pas ; sur ses mains il reprenait un irrésistible élan qui le projeta devant ma baie. Son long visage chevalin apparut plus rouge que d'habitude, et sembla prendre pour lui toute la clarté de ma lampe posée sur l'appui. Je parle rarement aux convers, ce n'est pas l'envie qui me manque, mais, normalement, je ne suis jamais en rapport direct avec eux.

« Alors Luc, ça a marché je vois ! raconte ? »

Essoufflé, il me dit en phrases coupées :

« À Florielle... j'ai donné ton billet au cellérier... il m'a laissé... je commençais à avoir les fourmis... quand... j'ai entendu qu'on attelait... rassuré, j'ai laissé Antoine... "Viens me rejoindre à Tourtour chez les Jullien, eh ! dépêche..." là, ça a encore marché... Ils nous ont même prêté le charretier pour deux jours... puis nous avons attendu Antoine en buvant le coup... Il est arrivé à nuit noire, un tas de questions qu'ils lui ont posées nos frères, paraît-il... lui, il savait rien... ils sont restés sur leur faim de curieux... Puis j'avais peur d'arriver trop tard, nous avons marché comme des voleurs, les bêtes fumaient, en route nous avons rattrapé les Mathieu qui rentraient à Saint-Antonin... justement ils menaient le binard... d'un coup d'œil j'ai regardé les mules, elles venaient de faire leur journée mais elles étaient encore propres, je me dis : ce sera dur mais ça ira... Alors on a commencé sur le bord du chemin, ils nous regardaient, nous, puis nos bêtes : blanches comme s'il avait neigé... "Tu les mènes vite Luc..." et ci, et là... aïe, aïe !... enfin, pas fiers, on les a suivis à la ferme... là on s'est mis à table, mange que tu manges, bois le coup et recommence, quand j'ai pu les faire rire, je me dis : "C'est gagné"...

– Comment ? avec quoi les as-tu fait rire ?

– Oh tu sais, c'est pas difficile, en parlant de nous, il en faut pas plus... on a bu, pas mal. Comme l'heure s'avançait, le vieux a commencé un long discours, moi je m'en faisais pas ; on avait pas dételé, tu comprends, je me suis dit : "S'il était pas d'accord il aurait rentré les bêtes." Et puis sa femme est de Carcès, elle m'a vu naître. Seulement, il voulait nous faire bader, on commençait à déraisonner, ça le mettait en joie, mais il a été brave. "Combien de temps ?", il a fini par dire : "Quatre jours", j'ai dit ; ça a marché. Après il voulait tout donner, la paille, le fourrage : "Va Luc, prends encore, t'en fais pas, mais ce soir, attention ! pas trop vite, ne les crève pas, et demain pas avant neuf heures, je veux pas que tu en fasses des moines du Thoronet." C'est à cause de toi sans doute.

– Bien sûr ; bien, Luc ! Dételle, soigne, range ; dormez jusqu'à huit heures, car demain il ne faut pas promettre. Garde une bête pour moi, la plus calme, j'aurai besoin de me promener. »

Oui, il avait bien bu, Luc, sans cela ils n'auraient sans doute pas eu le binard des Mathieu : où est le mal ?

C'était hier qu'il fallait voir le chantier. Celui qui ne savait pas aurait pensé que nous étions plus de cent. Les chargements descendaient des carrières, de la scierie, remontaient de la forge, de l'entrepôt. Une équipe sous les ordres de Jean mettait en place aux endroits prévus. Lui, ses plans en mains, mesurait, traçait au sol les emplacements des tas de pierres, des appareils, des bois. Le chantier commence par le mur septentrional de l'église et le retour des absidioles au levant : là sont répartis les deux chèvres, les mâts, et tout le long, au plus près, la pierre. Les chargements arrivaient sans cesse. Gabriel courait après, son livre à la main, regardait s'il n'avait rien oublié. Edgar montait les mâts, préparait la pose de la première étagère : c'était dix jours trop tôt, mais nous avions décidé de montrer ainsi la nouvelle direction des efforts. Sept mois de préparation dévalaient sur le chantier : la chaux fumante remplissait les bacs, les outils étaient rangés sous abri, marqués au fer rouge sur les manches tout neufs. Le bois arrivait : madriers, mâts, planches, échelles, leviers, charpente de la chèvre de cinquante pieds. De la forge, des chars paraissant vides montaient péniblement, se vidaient lentement, les plateaux affaissés se redressaient peu à peu. Les casiers préparés se remplissaient de clous, de colliers, d'attaches, de barres, de seaux, de truelles, pioches, pelles. Tout le fier travail d'Antime de six mois : après trois transports il y en avait encore autant, paraît-il. Des ateliers : la corde, les lanières, les poulies, les auges, les bards, les roues, les rouleaux.

Luc et Antoine faisaient tourner les bêtes quand les chars ou le binard immobilisés les rendaient inutiles : ainsi les transports légers remplissaient les vides. Sept mois de travail sont encombrants et lourds, ce n'était pas en quelques heures que nous pouvions les déplacer. Mais le chantier se garnissait, prenait sa forme. Dès la fin du jour, les dix mâts d'Edgar pointaient vers le ciel. Les équipes en avance donnaient la main partout. Cependant que la pierre arrivait lentement, là encore elle résistait, plus dure que le fer : elle arrache la peau, écrase les doigts. Certains blocs réclament quatre hommes, et autant au chargement qu'au déchargement, au bardage qu'au rangement. Elle commence à peine et elle a déjà blessé deux convers à l'os, tué une mule : elle veut du sang, s'attaque aux yeux des tailleurs, épuise la force, ôte l'eau du corps, tue mes frères. Le premier tas n'était pas haut hier, ni long, ni épais. Elle avait pris cependant plus de la moitié des hommes, et si les bêtes, au soir, n'avançaient plus, elle en était la seule responsable. Tout fut un jeu dans cette première journée. Au gai désordre du déménagement succédait un ordre encourageant, qui tenait de la place, faisait bonne figure. La pierre ne l'entendait pas ainsi : elle prit Paul, mit le prieur en esclavage, occupa les plus forts, découragea les plus adroits. Les mules inquiètes réfléchissaient dans la descente, s'impatientaient à la carrière et au chantier, pendant que les hommes basculaient péniblement les blocs, en gestes prudents, concertés à l'avance. Décidément, elle n'était pas comme les autres pierres. Paul et moi, malgré notre expérience, étions bien déçus après cette journée ; notre prévision ne fut pas atteinte de moitié. Puis ce fut l'heure de la soupe et du sommeil qui prit tout ce monde dans la dernière bouchée. Ils tombèrent sans dernière prière.

La ronde a recommencé ce matin, je dus rendre ma mule, traîner à nouveau la jambe, ma présence n'était plus autant nécessaire. La fête se termina en lents arrivages de pierres. Mais une autre commence : les cordeaux sont tendus par paires, un par face de mur. La chaîne toisée se tire entre deux convers accroupis. Au milieu, Jean plombe l'angle, l'axe ou l'arête. Sur la chaux fraîche proprement étalée et lissée, un trait, une croix sont tracés : attention ! ce n'est plus un jeu à présent. Ces gestes sont inquiétants. Les compagnons, hier si fiers d'apporter leur butin, leurs provisions, regardent en dessous ce petit homme sérieux. Ils préparent sa baraque, fixent le pupitre des plans, aménagent le petit édicule qui sera demain leur confessionnal et leur cage de torture. Jusqu'à présent Jean était le petit compagnon qui traînait sur le rocher avec trois cordes, un niveau, une poignée de manœuvres, à faire un travail de brute ou de bête. Eux, les maîtres des arbres, le maître de forges, le maître de pierre, et moi le maître d'œuvre, méprisions celui qui dirigeait les plus maladroits. À l'avenir les ateliers perdront leurs prérogatives, un à un, ils deviendront servants, se soumettront à l'ancien petit maître. « Demain, dira-t-il, je veux vingt longueurs de planches, douze mâts, des clous, des colliers et dix toises de corde. » À cet ordre il faudra courir. La taille non plus ne pourra faire attendre la pierre au gabarit qui arrête le mur ou la voûte. Débuts difficiles, peut-être, pour Jean habitué à respecter les autres. Mais je sais qu'il changera très vite : l'entraîneur des poseurs, des maçons, sera le chef autoritaire, responsable du chantier. Le fier Antime, l'orgueilleux Paul, le digne Étienne s'inclineront, car ils auront promis et n'auront pas tenu. Leurs soucis, leurs difficultés n'intéresseront plus personne, désormais ce sera le chantier qui commande. Attention à la colère, à la révolte devant le méprisant maître Jean quand il dira : « On te connaît maintenant, des promesses toujours des promesses, c'est facile ! je me demande ce que vous foutez ! »

J'attendais ce moment. Phase nouvelle, tous mes efforts ont tendu vers ce but : démarrer le chantier. Moi aussi je passerai un mauvais quart d'heure dans la baraque de Jean quand il dira : « Ce détail, maître, il me le faut, tu m'arrêtes ! » Mon aveu d'impuissance ou d'indécision lui fera ajouter : « Alors, tu te rends compte si je dis demain à mes bonshommes : le patron il a pas fini son image ! vous pouvez croiser les bras ou aller à la paille ! J'en dors pas de honte. » Mais cela n'est rien, petites peines et petites blessures d'amour-propre : un instant de mélancolie. Le chantier est parti pour ne plus s'arrêter, le jour espéré est enfin arrivé !

Ce soir les bêtes ne tenaient plus, nous finîmes après vêpres, au grand jour pour contempler notre œuvre. Heureux comme des villageois déambulant sur la place, nous nous promenions sur le Champ, fiers de regarder le premier rang de pierre assemblé pour toujours. Le beau jour ne pouvait se terminer sans un drame. Le pas maladroit d'un cheval aborda la montée. Nous nous retournâmes tous vers l'arrivant, satisfaits déjà de voir apparaître le voyageur qui en raconterait tant et plus dans le pays. Ce n'était qu'un âne chargé à ne plus savoir où il posait ses pattes. Plus loin, un vieil homme courbé sous son fardeau : « Joseph ! » Ce nom courut sur toutes les lèvres en frissonnant, comme un soupir. Joseph, oublié depuis trois jours, que nous imaginions heureux à fabriquer ses tuiles, à tourner et à cuire ses pots. Mais non, il n'avait pas l'air content, Joseph. Il passa devant nous sans saluer, sans dire un mot, contourna le talus, amena l'âne près du tas de pierres, déchargea des pains d'argile entassés dans les deux paniers. Puis il ramassa une planche, deux madriers, qu'il installa, rangea par-dessus ses pains, comme un mur. La charge, d'après leur nombre, était d'au moins deux cents livres ; la pauvre bête reprit une forme d'âne. Ils descendirent au ruisseau. Joseph jeta dans l'eau son fardeau, le dénoua, mouilla les toiles, rechargea l'âne, remonta au chantier, enveloppa avec soin son mur d'argile. Enfin il sortit du fond des paniers une trentaine de tuiles et les assembla en forme de toit, protégeant ainsi l'argile du soleil et de la pluie. Nous n'eûmes pas envie de rire, moi j'étais malheureux. Quand il partit, sans arrêter son âne qui trottinait déjà vers un idéal de mangeoire, il me jeta : « Des fois que vous auriez besoin avant longtemps de mon argile... J'ai pensé que peut-être, le Joseph, il ferait aussi bien de venir aussi pour... » Personne n'entendit les dernières paroles qui se perdirent dans un sanglot.

Saint Simon, vingt-huitième jour d'octobre.

L'abbé voulut voir ma jambe, je découvris la plaie, il regarda longtemps. Je lui parlai de l'origine, il haussa les épaules. Je compris qu'il avait été alerté par le prieur. La visite du chantier parut l'ennuyer, en me quittant il me dit :
« Tu ne peux pas rester dans cet état, cette plaie sent mauvais, je préférerais que tu sois atteint de lèpre, le danger immédiat serait moins grand. »
Je me suis excusé, j'expliquai que je n'avais pas eu le temps de me soigner : l'étude, le projet, le chantier.
« Maintenant, tout est en place, je peux m'absenter un mois sans crainte.
– Fou, répondit-il, à bientôt. »

Saint Narcisse, vingt-neuvième jour d'octobre.

Florielle a reçu un chevalier du Temple, il doit venir visiter le Thoronet, et me consulter pour la commanderie qu'il désire édifier à quelques lieues d'ici. Cette nouvelle est bonne.

Saint Quentin.

Le Templier n'est venu que pour soigner ma plaie, il m'a examiné, et, d'un drôle d'air, a dit :
« Ton abbé est convaincu que tu t'es donné volontairement ce mal, je veux savoir pourquoi ? Explique, comment cela a-t-il commencé ? qu'as-tu fait ? »

Je lui racontai tout depuis le début, lui parlai de ma négligence. Il ne me crut pas, insista. Je n'avais rien d'autre à lui dire. Ce n'est que pour cette raison qu'il est venu jusqu'ici. M'interroger ? l'abbé aurait pu le faire aussi bien. Il ne m'a pas soigné, ne m'a pas soulagé. Il me faut partir, rentrer à Cîteaux, je ne veux pas mourir sur ce chantier.

Fête de la Toussaint.

Demain après prime le Templier me coupe la jambe.

Fête des Trépassés.

Offrir ma souffrance...

Saint Hubert, troisième jour de novembre.

Le sommeil contre des chiens féroces, des renards cruels toutes bêtes hargneuses. Elles mordent sans cesse ce membre que rongent déjà des insectes voraces.
Faiblesses, songes, se disputent ma vie incertaine : balançoire qui soulève le cœur, vide le cerveau, dans son éternelle relance. On me gave de lait au miel, de sang tiède.

Sainte Catherine, vingt-cinquième jour de novembre.

Le Templier est venu ce matin : fort, drapé dans son grand manteau. J'aimerais voir ainsi tous les seigneurs : du fer, du drap, une croix et des armes. Sa monture est maigre, un cheval arabe qui peut, dit-on marcher vingt lieues sans boire.

Je me sens si faible devant lui que je le crois mon aîné de vingt ans, drôle de jeunesse. Après avoir examiné mon affreux moignon il m'a parlé. Depuis que je recommence à exister, les conversations dans ma cabane résonnent longtemps. L'esprit avant le corps y cherche son envie de vivre dans un élan qui fait penser à ces plantes, venues dans l'ombre, projetant des tiges impatientes et démesurées vers la lumière du soleil.

Saint Séverin, vingt-septième jour de novembre.

Depuis que je reviens à la vie, elle me recherche. Après un mois d'isolement presque complet, où les bruits du chantier et des carrières me tenaient compagnie, où les visites apitoyées de mes trois frères et de Jacques le Templier, n'avaient lieu que pour parler de mon âme, de mon corps et de ma vie précaire, les hommes reprennent le sentier de la cabane. La mort, qui a manqué son coup, s'éloigne. Les compagnons reviennent. L'action entre à nouveau avec son odeur saine. La porte s'ouvre, un souffle de mistral fait voler nos dessins. Un homme est devant mon lit, un peu emprunté. Il souffle dans ses mains, convoite le coin du feu, prononce les mots convenus pour la bonne mine, le rétablissement. Aucun n'évite le « Bientôt tu seras sur pieds » ou le « Tu n'as pas fini de courir sur les chantiers » : ceux qui s'en aperçoivent sont confus. Je trouve les mots, toujours les mêmes aussi, pour les consoler de leur maladresse. Après l'obligatoire préambule, les soucis reprennent le dessus, je ne compte plus sur le moindre ménagement, l'accident a été trop long. Il est temps pour eux que je vive le chantier, que je participe avec le seul effort dont je sois capable, celui de l'esprit. Pour eux il n'a pas valeur de fatigue. Ils le considèrent comme un jeu puisqu'il se pratique allongé dans un lit, et ne donne pas faim. Le casse-tête ne s'admet que pour le dessin, seulement pour cela ils conçoivent un effort très relatif : la patience dépensée dans ces fins tracés les force à l'admiration. Pour le reste, ils considèrent qu'ils viennent chercher leur dû, le patron donne des conseils ou exprime des désirs. N'importe qui peut être patron mais celui qui l'est devenu, par chance ou par hasard, ne doit pas se démettre. Ce cerveau est un besoin, certes secondaire et méprisable, mais nécessaire. Le maître d'œuvre a des manies, fait des caprices, ne pense pas comme tout le monde ; les compagnons ont choisi de le satisfaire, chacun son métier. Quand l'édifice est terminé, dévouement, indulgence et soumission deviennent fierté commune. C'était bien ainsi qu'il fallait s'y prendre, c'est ainsi qu'ils s'y sont pris. Le nom est sur l'étendard, mais qui l'a tissé, brodé ? Qui a dégrossi la hampe ? Les compagnons. Rappeler ses raisons, confondre les anciens sceptiques serait alors, de la part du patron, infliger une cruelle humiliation, ternir l'éclat des lettres brodées avec amour.

Assis maladroitement sur un angle de tabouret, les palabres placés, l'interrogatoire pratique ou technique terminé, le bavardage commence. Ils racontent leur histoire, disent trop de mal de l'un, trop de bien de l'autre. C'est dans les petits riens d'un chantier que, bien souvent, nous puisons la vérité. Combien de rapiéçages doit-on faire, quelle prudence aussi dans leur assortiment. Les paroles excessives de Paul inspirent une crainte de crise imminente, s'y fier sans délai empêcherait d'assister, dans l'heure, à l'embrassade, aux rires éclatants. Comme négliger un haussement d'épaules d'Edgar provoquerait une mésentente fâcheuse de plusieurs semaines.

Ils espèrent mon retour sur le chantier. Pour tous, les souhaits de courir bientôt ne sont pas des mots en l'air. Les phrases passionnées, les colères, les louanges, les silences leur manquent. Ils ont constaté que duretés ou tendresses avaient du bon. Un chantier ne s'arrange pas en indulgence ou compréhension, il se pourrit très vite. Craindre de maudire, de blesser, d'exiger, entraîne toujours le malheur du bâtiment. Malheureusement, pour le bien faire, le patron devra tourner longuement les idées dans sa tête, peser les conséquences, avant de se donner à la colère. Jeune, ou nouveau, sa prudence sera extrême. N'oublions jamais qu'un maître d'œuvre est suivi de sa légende. Les gens des chantiers forment une confrérie quasi universelle, le bouche à oreille à travers le monde transmet la réputation, les manies, les faiblesses. Si bien que nous croyons gagner ou perdre, alors que c'est le bruit, toujours amplifié, de nos mérites ou de nos vices qui nous poursuit à deux cents lieues de distance. Réussite ou échec s'appelle en réalité Pierre ou Jacques, frère de lait de Paul, ou cousin de Joseph, compagnons de la pierre ou du bois. De toute façon, il est difficile à ceux qui ne « transpirent que des méninges » d'être aimés ou respectés des hommes aux mains calleuses. Quant à provoquer l'admiration, n'y comptons pas sans les vingt flammes des porte-légendes et leurs trompettes. D'une façon générale se contenter d'une aimable tolérance est plus prudent.

Les bavardages de ces deux derniers jours m'ont engagé, après réflexion, à converser avec Benoît et Bernard. Le premier est depuis longtemps majeur dans sa spécialité, mais il n'avait jusqu'ici jamais agi tout seul. Les paroles insignifiantes échangées chaque jour corrigeaient, à notre insu, maintes maladresses ou hâtives initiatives, lesquelles, dans ce mois d'absence, ont provoqué des tenaces inimitiés. Bernard, excellent dans le dessin et les tracés, est trahi par le mépris qu'il eut toujours pour la pratique des métiers ; il exige la chose impossible, si proche pourtant d'une technique facile. De plus, il pense être le dépositaire d'imaginaires secrets, en fait des mystères. À l'humble explication, il substitue un prêche au vocabulaire abstrait, qui agace ces gens épais, certes, mais pleins d'un subtil bon sens et d'un esprit prompt à la moquerie. Lui si bon, si simple, fait de sa naïveté une robe grotesque dont il se drape avec arrogance dans la crainte de trahir mes pensées. Benoît l'écoute, et, dans un but que je comprends mal, surenchérit, transforme ainsi une intention souvent claire et simple en un obscur dilemme.

J'eus peut-être tort de les réunir en présence de maître Paul ; je pensais que ses critiques frustes, honnêtes, de bon sens, aideraient mes jeunes frères dans la compréhension de leur mission. Cette confrontation fut utile. Si, au cours de la réunion, j'ai malheureusement entendu des sons discordants, nous avons tiré cependant un enseignement et une méthode de l'expérience faite durant mon absence.

Pour conclure, j'ai décidé que, dès mon départ, une assemblée des sages aurait lieu chaque matin sous l'autorité de Bernard et Benoît, groupant les compagnons laïcs ou convers. Leur temps viendra vite. Comme dans un chapitre, il sera décidé des tâches à accomplir, de leurs difficultés. Il sera traité des différends qui seront aplanis, soit par raisonnement, soit par autorité. Tout mal et bien seront dits sans tolérance d'apartés, même dans une bonne intention.

Maître Paul joua admirablement son rôle de critique, dans un langage sincère, mais non dépourvu de déférence envers mes disciples. Après son départ, une discussion édifiante, sévère, eut lieu. Elle me permit, je l'espère, de régler définitivement le problème de ma succession. Le premier, Benoît, exprima ainsi son mécontentement :

« Pourquoi avoir convoqué Paul en conseil ? Après, il ne voudra plus m'obéir.

– Avons-nous toi ou moi commandé Paul ? Pour ma part j'ai toujours plié devant sa réelle volonté. Depuis le début, Paul n'a fait qu'à sa tête ; les ordres, que je sache, ne lui furent donnés que pour satisfaire ses utiles exigences.

– Un compagnon est un compagnon, dit Benoît, le front plissé, il est fait pour servir, non pour conseiller. Je maintiens que son ingérence est fâcheuse, sera néfaste et humiliante, nuira à l'autorité que tu as instaurée ici avec tant de force exclusive. Trop de dos se relèvent sur ce chantier, trop de voix se font entendre. Dans ton lit tu deviens bon, indulgent, tu penses pouvoir te remplacer par une assemblée ; essayons ! et les scarabées que nous sommes seront rapidement papillons fous.

– Je voudrais retourner la fable Benoît, n'oublie pas ta propre insuffisance et celle de ton compère. Vous ne resterez scarabées qu'en attelage, le meilleur que je connaisse. Et pour parler à ta manière : ne néglige pas qu'une paire de mules doit savoir ce qu'elle traîne ou ce qui la pousse, et pourquoi ? Sinon la charrette passera devant et vous écrasera. Le conseil des compagnons est votre chargement, il remplacera les années qui vous manquent, le frein qui casse. Sans qu'ils le sachent, je t'affirme que, ma vie durant, les hommes me dominèrent. Après les avoir observés, m'être assimilé à eux, je devenais exigeant. Je recevais leur ordre, et, après analyse, ne faisais que le leur signifier. Mon seul mérite fut de choisir le moment, si je l'eus. Quand à l'assemblée, elle exista à toute heure, vous le savez mieux que personne : vous ai-je empêché de parler, de critiquer, de vous mêler à toutes mes affaires ? Je fis toujours la place la plus grande à la discussion pour obtenir la conviction, plutôt que de donner l'ordre imbécile et brutal. Je n'eus recours à celui-ci que pour continuer la chose décidée, acceptée, pour donner raison à la persévérance indispensable dans toute action entreprise. Tu confonds, Benoît, autorité et tyrannie. L'une est issue d'un conseil souvent demandé humblement à celui qui, ensuite, accomplira. L'autre correspond à exiger l'exécution d'un ordre impossible : ceci trois fois répété, tu perds à jamais le respect des hommes. Une équipe de chantier est comme une société anarchique. Elle reconnaît pour chef le plus excessif. Celui qui défend la théorie de l'homme libre, celui qui est capable d'abattre l'astreinte, qu'elle vienne de l'incapable ou de la tutelle naissante. Comment est-ce possible ? N'avez-vous pas remarqué que, chez nous, l'ordre est un service exigé par l'obéissance ? C'est elle qui commande, qui oblige, qui contraint : le maçon se tourne vers le poseur, le poseur vers le manœuvre, le manœuvre vers le transporteur, le transporteur vers le tailleur, le tailleur vers le carrier. Y sommes-nous pour quelque chose quand un maillon de cette chaîne manque ? Cependant dix regards menaçants sont braqués sur nous, ils imposent de réparer sans délai le maillon déficient. Pourquoi cette discussion aujourd'hui à votre sujet mes enfants ? Depuis que la souffrance ne me coupe plus la parole, ne m'obscurcit plus le cerveau, Edgar, Paul, Jean, Étienne, Joseph, Antime sont venus se plaindre. Pourquoi ? Parce que Thibault, Luc, Pierre, Tiburce, Antoine, Nicolas et les autres, ont posé sur eux des regards sceptiques ou méfiants. Ces anarchistes du bâtiment réclament, exigent ma rentrée en servitude autoritaire. Benoît, mon frère, pourquoi transformer ta méthode dont tous étaient heureux ? Depuis longtemps tu étais seul à répercuter ce que tu appelles l'autorité instaurée. Ta délicatesse avait réussi pleinement. Être le chef t'a tourné la tête. Sache qu'un chef ne l'est pas pour le titre qu'il porte, mais pour la fonction qu'il exerce : nul ne s'y trompe. Quant à craindre Paul, ses critiques familières, apprends qu'elles n'auront que la raison pour les porter. Sois donc tranquille puisque tu juges la tienne supérieure à la sienne. N'ai-je pas subi, durant les quatre années passées ensemble, de multiples attaques ? Ici, nous avons connu la révolte des convers, les quolibets de Joseph, les doutes du chapitre. Suis-je méprisé pour cela ? Ai-je perdu ma place ? Que redoutes-tu, Benoît ?

– La fin de ton règne, grand frère. Malgré ta leçon de bonhomie, ta leçon de générosité, j'ai l'impression d'être devant une porte à trois serrures. Bernard a la clef de la plus basse, moi de la plus haute, tandis que toi, tu nous quittes en emportant la clef du milieu.

– Parabole pour parabole, cassez ma serrure, ouvrez la porte, et pendez vos clefs au même clou, tout ira aussi bien. »

Je ne m'inquiète pas : ces deux jeunes hommes ne sont heureux qu'ensemble. Je crois qu'ils ne pourront jamais se quitter. Ce soir je les ai entendus se coucher, ensuite parler et rire, mais je n'ai pas frappé contre le mur comme d'habitude.

Saint André, trentième jour de novembre.

> *Je connais tes œuvres, ton amour, ta foi, ton fidèle service, ta constance, et tes dernières œuvres, plus nombreuses que les premières. J'ai mis devant toi une porte ouverte que personne ne peut fermer.*
>
> Apocalypse.

Réguliers, les sabots du cheval arabe frappent le chemin. En empruntant la sente, les pas hésitent un instant, prennent de l'élan, se précipitent, gravissent le talus. Les fers raclent terre et pierrailles sous l'effort des jarrets. Les sons parviennent amortis dans la traversée des taillis, s'éclaircissent après le premier lacet. L'écho double le petit trot dans la descente. Nouvel élan, nouvel effort, c'est le passage de la source. Silence : le remblai détrempé absorbe les sabots alourdis. Puis les pas irréguliers escaladent la dernière côte, imprécis ils abordent la ligne droite à grands degrés, plus rapides, scandés, arrivent sur l'aire, s'approchent, s'arrêtent. Glissements, cliquetis, frottements de cuirs, piaffements secs et espacés de chasse-mouches, ronflement de naseaux. Anneaux, mors, gourmettes, mouvements vifs d'encolure, tintinnabulent en sons clairs ou éteints. L'homme engourdi traîne ses jambes maladroites. La porte s'ouvre, le cavalier apparaît décapité, le cou plié vers l'épaule, le visage se penche, regard clair, teint mat : Jacques, chevalier du Temple, entre.

Depuis un mois, j'attends chaque jour sa visite ; dans mon délire, au début, je croyais entendre, je voyais la porte s'ouvrir. Ce n'était que la fièvre. Seul l'odorat ne m'a jamais trahi : quand je sentais la graisse de cuir, la laine, le poil d'un cheval chaud, je savais que je pouvais ouvrir les yeux sans que mon impatience soit déçue.

« Salut frère, je suis venu bavarder ! fais voir ta jambe. » Nous avons discuté en amis. Plus tard, Benoît est entré, il attendit que mon regard l'interroge.

« Quatre paysans sont arrivés, dit-il, le prieur les a reçus, a discuté leurs conditions et me les a confiés.

– Que savent-ils faire ?

– Rien pour le chantier, pas grand-chose pour nos travaux d'hiver qui consistent à construire des bancaou.

– Tu as bien une idée Benoît ?

– Je propose d'en envoyer un à l'argile, deux aux coupes, le quatrième le donner à Antime ou à Joseph.

– Pourquoi te débarrasser d'eux ?

– Pour éviter le désordre.

– Non, Benoît, je préfère les mélanger aux convers. Isolés, leur rendement sera nul, et ils coûtent. Je désire les confier à Paul et à Jean, ils suivront ainsi nos hommes. Veille à ce que rien ne les sépare de notre vie dans le travail et la discipline. Je pense que frère Pierre les obligera à la prière, ainsi ils se sentiront nos frères.

– Mais ils sont laïcs !

– Ils sont chrétiens aussi ! la chapelle apaise si elle n'exalte pas. Va. »

Benoît parti, Jacques me dit :

« En maître d'œuvre tu es parfait, tu redeviens simple. En moine, tu compliques tout. Laisse-moi te dire que je n'aime pas Benoît, il ressemble trop à certains de nos sergents qui n'ont que le bon ou le mauvais côté de leur chef ; livrés à eux-mêmes ils sont odieux.

– Tu te trompes ; Benoît est le meilleur chef de chantier que je connaisse. Je l'observe depuis trois ans : à part certaines maladresses, commises récemment, son commandement est très apprécié.

– Je ne dis pas ; il ne me semble pas droit ; il est jaloux, orgueilleux. Quand tu n'es pas là il regarde drôlement son monde, avec mépris. Ce bon Bernard en connaîtra de cruelles si tu persistes dans ton idée de départ.

– Parlons d'autre chose veux-tu ? ai-je dit, agacé.

– J'ai visité le chantier hier.

– Quels changements as-tu constatés depuis un mois ? Tous me parlent de leurs ennuis, et personne ne me raconte les travaux.

– Il n'y a plus de ballets d'hirondelles autour des mâts d'échafaudage.

– C'est évidemment important... merci.

– Je n'y connais rien, tu sais. Ça va vite il me semble. Un pan de mur monte à plus de quinze pieds, mais quel travail ces pierres ! Vous n'aurez pas fini avant des années. Un convers très adroit, Tiburce, a commencé, au levant, une chapelle arrondie ; chaque pierre est retaillée sur place, ce sera long.

– Nous avons le temps. L'an prochain nous récoltons ; nous ne serons déjà plus à charge. Dans deux ans nous pourrons venir en aide à Florielle.

– Et les compagnons à payer, à entretenir ? Le matériel indispensable à acheter ? Au train actuel, Jean m'a dit que sept ou huit années sont un minimum.

– Nous aurons l'an prochain la ressource d'échanger nos tuiles, de tirer ainsi un revenu. Les compagnons ne resteront pas, ils seront remplacés par les convers les plus adroits. Quant au délai, Jean se trompe. Nous avons une avance de pierres importante, mais d'ici à quelques mois nous serons réduits à la production journalière de la carrière : à peu près le quart de ce que nous posons maintenant. Arrivés aux voûtes, le temps s'allongera à nouveau par les difficultés de taille, de pose, de montage. Tant que nous travaillerons près du sol, avec la pierre à volonté, les travaux avanceront, mais un jour les maçons, les poseurs déserteront le chantier pour préparer une nouvelle avance de pierre, l'épreuve sera dure.

– Je comprends, mais pourquoi autant de précision dans tes pierres ? Si tu les emploies en morceaux non taillés, ça irait vite, non ?

– En chirurgien tu es parfait, en moine tes raisonnements sont simplistes ! »

Il sembla ne pas entendre et poursuivit :

« J'ai vu un long mur très épais de plus de cent pieds de long. Il sort du sol tantôt de deux pieds, tantôt de quinze. Deux portes sont réservées au même niveau, deux arcs très beaux. De part et d'autre du mur, une première assise de pierres annonce des piliers, trois d'un côté, sept de l'autre : dont deux gros et cinq étroits et profonds. Le retour du mur, au levant, s'épaissit au point que j'ai pu m'allonger sans dépasser ni de la tête, ni des pieds. C'est là que j'ai vu Tiburce et Pierre. Ils ont tracé deux demi-cercles et luttent de vitesse avec trois aides, ils espèrent arriver à Noël au niveau des voûtes. Du côté des arrondis, ils posent des pierres fines qu'ils garnissent de chaux. De l'autre, ils ont déjà installé une rangée de très gros blocs, splendides d'aspect, taillés en éclats sur la face apparente et très fins sur les quatre côtés d'assemblage, si bien que les joints se voient à peine... Reconnais-tu ton chantier dans mon jargon ?

– Oui, je le vois, je n'avais pas osé me le faire décrire de sentiment pour éviter de paraître trop tendre. On ne m'a donné ici que les quantités journalières, les lieux d'attaque, et les résultats sur la régularité de pose. Je vois les cinq piliers des arcades du cloître, avec les deux massifs d'angle, les trois de la nef septentrionale, avec son mur d'appui, percé par la porte du cloître ; le mur du transept et le passage à la sacristie ; les deux absidioles : terminées jusqu'aux voûtes pour Noël. »

Après un silence Jacques reprit :

« C'est très beau tu sais... ces pierres. Tiburce et Pierre m'ont expliqué que c'était toi... que personne ne voulait, ne pensait, que... ce serait magnifique... La cheminée fume, il me semble. Je vais faire flamber un peu, sinon mes yeux souffriront aussi ; j'aurais dû m'en occuper avant... Pourras-tu jamais quitter ce chantier ?

— Avec mon cœur jamais ! mais je veux que tu m'aides à transporter le corps à Cîteaux, très vite pour qu'il arrive chaud.

Dis, Templier, je retire simpliste.

— Comment sera ton abbaye ?

— La plus humble et la plus émouvante de l'Ordre.

— Tu es si sûr ?

— J'aime tellement ce que je fais, au moment que je le conçois. Toute ma vie j'ai pensé ainsi. Quand c'est terminé, souvent je me suis détourné de mon chemin pour ne pas revoir.

— Tu le sais et tu recommences ?

— J'espère toujours.

— Tu es fou, étrange. J'imaginais autrement les joies du maître d'œuvre : voir réaliser ses pensées, ses sentiments. Pour quelqu'un qui se bat avec la souffrance, sans autre résultat que celui d'ôter ce que Dieu a donné. Je croyais que l'homme capable de créer était mieux partagé.

— Sois heureux, Templier, tu peux dire chaque soir : « J'ai fait l'indispensable, j'ai soigné, j'ai guéri, j'ai disputé à la mort. Mes mains sont instruments de pitié, de miséricorde. »

— Merci vieux fou... Je dois partir à présent, la nuit vient vite fin novembre. Je ne sais pas où en est la lune, et mon cheval n'a pas des yeux de chat. Je te vois sain d'esprit, capable de penser longtemps. Ces temps derniers j'ai hésité, maintenant tu vas nous quitter ; j'ai besoin de conseils, de dessins, peux-tu m'aider ?

— Avec joie !

– J'ai ma commanderie à construire, tu conseilles Bernard, tu lui traces quelques dessins, avant ton départ. C'est très simple : nous n'avons pas d'argent et les militaires, tu le sais, ne savent pas bâtir. Tu prévois de grosses maçonneries, épaisses, pour résister à tout. Une peau rude, fruste, irrégulière, moi j'aime ça. Tu dessines une belle silhouette, tu sais comme un homme d'armes debout au milieu d'un grand plateau désert : le manteau, le glaive, tout d'une pièce. J'ai des idées arrêtées, tu trouves ? Tu souris, tu te moques de moi.

– Non, je constate simplement que tu as menti.

– Quand ?

– Lorsque tu as dit : « Je n'y connais rien. »

– Avec toi, j'ose.

– Bon, explique et va-t-en, car la lune n'a qu'une moitié et se lèvera tard. Je veux travailler, d'ici demain je pense te montrer un projet.

– Vraiment, si vite ?

– Tu m'as tout dit, ton couvent c'est toi, je pourrais le dessiner sur nature. Écris, raconte ta vie, celle des écuyers et des frères, parle de tes chevaux, de tes armes, de tes livres.

– Je te communique notre Règle, mais tu as raison, je vais décrire ma maison, te donner la dimension des salles. Oh tu sais ! c'est bien modeste ! »

Mon cœur battait plus vite pendant qu'il rédigeait avec difficulté. Moins d'une heure après il me tendait une feuille couverte d'une grande écriture.

« Demain à la première heure, me dit-il, un de mes frères t'apportera la Règle que votre abbé de Clairvaux a faite pour nous. »

Dans un grand mouvement qui balaya tout l'atelier il se couvrit de son immense manteau. Il me prit les deux mains et ajouta :

« Je reviens après vêpres, je coucherai ici, tu m'invites ? nous discuterons ou nous nous tairons. Fais-moi une vue que je puisse comprendre. »

Il m'aida à me lever pour l'accompagner sur le seuil. Après avoir enfourché légèrement son cheval, il descendit prudemment les degrés. À trente pas il s'arrêta, se retourna sur sa selle et cria :

« J'ai oublié de te dire : tu sais, la forme de notre maison, sur le sol, quand on trace, tu vois ce que je veux dire ?
– Oui.
– Trois côtés, un triangle, tu vois ?
– Oui. »

Maintenant il est minuit, je travaille à la maison du Temple. Dès demain, avec Bernard, nous commencerons à dessiner. Encore la joie de vivre.

Saint Éloi, premier jour de décembre.

Mon départ est décidé. Grâce à mon frère Pierre et à Jacques le Templier, l'abbé s'est laissé convaincre. Le repos, ma plaie qui peu à peu se ferme, une nourriture abondante et obligée me donnent des forces nouvelles. Dans la tranquillité et la paix je partirai. J'aurai peut-être de longs mois heureux à Cîteaux. Je finirai comme un vrai moine.

Le Templier m'accompagnera jusqu'à Lyon ; ensuite des frères prendront en charge ma litière. Un voyage paisible, sans danger, se prépare. Si tout va bien nous serons à Cîteaux pour Noël.

Vêpres : J'ai annoncé mon départ à Bernard et Benoît, qui, après une scène émouvante, se sont longuement regardés : ils ont ressenti l'approche des grandes responsabilités.

Complies : Le beau temps paraît installé pour toujours. Bernard entretient un grand feu dans notre atelier, les flammes chauffent tant, que nous ouvrons la porte sur la nuit sans lune. Il dessine la commanderie triangulaire, l'édifice est petit, le Templier veut le terminer en moins de deux ans : un homme d'armes debout dans la plaine, son grand manteau blanc, sa croix et son glaive.

Dimanche de l'Avent.

> *– Sire, je te crie merci d'avoir ainsi accompli mon désir. Je vois ici le commencement et la cause des choses. Et maintenant je te supplie de permettre que je trépasse de cette vie terrestre à la célestielle.*
>
> La Queste du Graal.

Bernard m'aide à faire mon premier pas, il n'y en a pas de second. Nous passons nos journées à écrire, à dessiner, à prendre des notes. Le nombre des recommandations impressionne mon jeune frère, fier et malheureux à la fois. Benoît, moins tendre, vient chaque jour consulter Bernard à ma place. Il ne se rend pas compte de ma peine ; malgré ma leçon, il est pénétré de son importance nouvelle. Assis dans mon lit je trace des détails, des profils, des bandeaux. La mise en forme de la commanderie se termine. Jacques est excité par ce rapide projet. Il désire commencer sans délai, tourne autour de notre chantier pour nous voler Edgar, qui, évidemment, sait tout faire. Si le prieur le veut nous pourrions le lui prêter quelques mois. Ce soir, nous nous sommes entretenus avec Bernard de la construction de la ferme et du moulin, il voulait à toute force des tracés de moi ; j'ai refusé ainsi : « Tu commenceras seul l'étude de ces édifices, ils sont les petits frères de l'abbaye comme tu es mon petit frère. » Il se réfugia contre mon épaule où je le tins serré un moment. Je crois comme lui qu'il est plutôt mon fils que mon frère.

À présent que tout se termine pour moi, je pense à ma vie : j'ai préféré l'action, celle qui est utile, efficace, de là viennent mes remords. La nostalgie de l'œuvre accomplie me hante, alimente mes regrets de maître d'œuvre. Au moment de quitter, je considère cette abbaye et les autres ouvrages de ma vie de bâtisseur. Je crois aux qualités de la dernière. Cependant les autres ont contenu au même moment des sentiments de confiance aussi profonds. Si j'avais eu le temps et l'esprit, j'aurais aimé me consacrer à la construction d'un seul monastère, d'une seule église. Étudier, observer, contrôler, revenir en de nombreux repentirs, afin d'atteindre une perfection certaine. Travail à la fois plus égoïste et plus généreux, plus humble et plus orgueilleux, plus fécond et moins utile ; que sais-je ? À chaque raisonnement s'oppose un autre, la vérité se partage également en deux vérités.

Je fus riche d'idées et j'ai gaspillé, brûlé mes dons en courant. J'envie ces artistes, peintres ou sculpteurs, qui, inlassablement, superposent l'œuvre sur l'œuvre. Comment savent-ils quand ils atteignent la beauté réelle ? Comment peuvent-ils chaque jour détruire la pensée créatrice qui, hier, les anima ? Cela est mystère pour moi. D'autres exécutent dix études, semblables dans la forme, diverses dans l'inspiration. Ce travail préalable leur permet de concentrer sur une onzième les qualités contenues dans les précédentes. L'intensité est-elle préférable à la quantité, comparable ainsi à la supériorité de la contemplation sur l'action ?

L'enthousiasme qui m'a si souvent bercé fut mon agréable ennemi. Il produisit des œuvres d'une coupable assurance. Je fus toujours un compositeur ingénu, vaniteux, sensible. J'ai cru à l'inspiration du moment comme si j'avais reçu les formes sur la montagne pour les construire dans la plaine. Plus tard je devenais un critique amer, impitoyable et je me disais : « Es-tu sûr d'être allé chercher cela si haut ? » Mais comment bâtir en raillant son cœur à tout moment ? en doutant de soi, en se renvoyant sans cesse au lendemain ? De toute façon maintenant il est trop tard, à quoi bon se disputer.

Sainte Barbe, quatrième jour de décembre.

Le prieur est mécontent, mes deux disciples ne s'entendent plus. Benoît avait donné un ordre, Bernard vint derrière lui et donna un contr-ordre. Jean s'en plaignit au prieur : « À qui dois-je obéir quand le maître n'est pas là ? »

« Tu dois décider de ton successeur, m'a dit frère Pierre.
– Tu comprends mon hésitation, prieur. Pourquoi ne pas attendre ? essayer ainsi ? l'incident est sans gravité, leur amitié est profonde. Bernard et Benoît, unis dans un même corps, sont ensemble capables de mener le chantier. Séparés ils ne sont plus rien.
– Cela nous inquiète, l'abbé est soucieux. À mon avis, Bernard est ton successeur désigné. Benoît ne sera jamais maître d'œuvre, a-t-il dit. L'édifice ne peut être confié qu'au sensible, et cela jusqu'à la fin des siècles. Il a ajouté que l'expérience, la science, la pratique sont vouées à rester dépendantes de l'impondérable. Malheur aux architectures si le sensible est dominé, malheur à celui-ci s'il néglige ou ignore science, expérience et pratique. Quant à moi, je crains que tu ne croies trop à la facilité des événements. Un chantier, son commandement, se prévoit dans la considération et non dans un souhait sentimental fondé sur la fragile amitié des hommes.
– Je ne peux pas confier ce rôle à Bernard. Je n'ai donné à chacun qu'une part de moi-même !
– Présent tu pèses sur eux. Leur amitié, leur bienveillance, leur indulgence réciproque : c'est toi. Si nous

ôtons le troisième côté d'un triangle il ne reste que deux convergentes ou divergentes, un angle quelconque sans justification. L'abbaye cherche son assise à présent pour l'avenir, le troisième pied de la table, la troisième colonne du Temple.

– Veux-tu accepter, prieur, de patienter ? Ici, l'angle chef a terminé sa tâche, elle peut donc se poursuivre par le maintien de l'équilibre entre le sensible et le tangible. Je suis certain que, toi seul, dois prendre ma place au sommet. J'aurais voulu que cela s'établisse après mon départ, par convention tacite. Jusqu'ici tu m'as laissé usurper ta fonction de maître de l'ouvrage. Ni Bernard, ni Benoît, ni tous les deux unis jusqu'à la fin, ne pourront se passer de toi, abbé du Thoronet par procuration. Tu m'as laissé remplir ton rôle par délicatesse, par besoin d'efficacité aussi ; cette aventure se termine, une autre commence. Je te demande en grâce de ne rien dire à nos petits frères que j'aime, jusqu'au soir de mon départ où, tout naturellement, ta paillasse sous le bras, tu iras dormir dans l'atelier à ma place.

– L'abbé est inspiré, mon frère, il a envisagé cette solution comme étant la meilleure ; il m'a décrit à l'avance les raisons. Je les approuve avec regret. Je crains que la Providence qui m'a averti ne fasse pas la même confiance à l'entente de nos frères. Je veux bien tenter l'expérience. »

Jacques le Templier interrompit notre conversation ; il le comprit, voulut se retirer, le prieur le retint.

« Je suis venu pour annoncer une bonne nouvelle : nous partons après-demain dans la matinée, le jour de la Saint-Nicolas. »

Je reçus cette décision comme un coup.

« Je ne peux pas partir si vite ! Je ne suis pas prêt !

– Il le faut, j'ai à faire. Ta plaie m'inquiète aussi : je ne veux pas livrer un cadavre à Cîteaux. »

J'avais parlé sans réfléchir, d'une voix angoissée qui montrait la blessure. Le prieur fut mal à l'aise. Jacques ne sut que dire. Ils s'installèrent, sans doute pour me distraire, s'entretinrent de la construction de la commanderie. J'ai vécu dans la crainte de les voir partir, pour la première fois je retenais le temps. Je ne m'attendais pas ce soir à apprendre cette nouvelle, pareille au refus de la grâce d'un condamné dans le temps où il espère. À ce moment, le reste de sa vie est comme le contenu d'une coupe, il veut boire longtemps mais profiter intensément. Déjà il aperçoit le fond, cependant il se précipite, et le liquide déborde ses lèvres : sentiments contradictoires du désir d'en finir avec l'anxiété et de s'accrocher de tout son corps.

Je savais : aussi longtemps que les lumières de Cîteaux ne seraient pas au bout du chemin, j'allais traîner le temps poignant, ou le retenir pour empêcher qu'il m'entraîne.

Le prieur le premier m'arracha à mes pensées :

« Que vas-tu faire demain ?

– Je ne sais pas, j'ai encore beaucoup à travailler, je ne m'y attendais pas, il y a tant à dire. »

Je ne pouvais pas dominer ma tristesse, si nous avions été seuls, Pierre m'aurait laissé continuer. La présence du Templier semblait l'obliger à jouer son rôle de supérieur, à oublier notre amitié.

« Il serait temps, mon frère, dit-il, nous pensions que tu étais prêt ; ta négligence est difficile à admettre, ce départ a bien été voulu par toi ?

– Tu peux choisir, ajouta Jacques, il est encore temps, je ne t'enlève pas de force, il ne s'agit dans le fond que du lieu de ta sépulture.

– Non, cela est bien ainsi, je veux retourner à Cîteaux.

– Quelles sortes de recommandations dois-tu laisser ? reprit le prieur. À qui ? Qu'as-tu oublié ? Notre abbaye va-t-elle souffrir de tout cela ?

– Rien prieur, rien n'est oublié. J'ai écrit ou dessiné toutes choses utiles. L'abbaye ne peut souffrir que des autres, je vous la laisse complète. Mais, tu le sais, on a toujours peur.

— Un cistercien ! Peur ? De quoi as-tu peur ?

— Pourquoi ne pas admettre la peur, interrompit Jacques. Nous, Templiers, la connaissons ; nous sommes plus souvent des hommes que des prêtres, et dans les batailles nous n'avons pas toujours la croix de Constantin devant les yeux. En revanche l'arme qui va nous percer nous fait passer dans le corps des frissons dégoûtants. Sa peur à lui est peut-être, comme la nôtre, une peur d'homme.

— Merci pour ta défense, mais le mot peur n'était pas exact. Je crains, prieur, pour la taille et la pose de nos pierres. Je crains la rivalité de mes disciples, la sottise ingénieuse de maître Jean. Je tiens aussi à mes tracés. J'ai mis tant de soins à ce dernier ouvrage. Le triangle composé par la diagonale du carré règle tout l'édifice : il définit depuis le clocher les saillants des toitures des nefs, il détermine la hauteur de l'abside lorsque la base est posée sur la largeur de l'église. L'angle chef, placé au centre de l'oculus où sur le tracé de l'arc plein cintre de la grande nef, il dirige la hauteur des arcs latéraux. Dans le cloître il accompagne le nombre cinq dans le dessin des arcades géminées. Là, je désire qu'il soit matérialisé, que toujours les claveaux des oculi et des arcs mineurs aient leurs joints sur les tracés qui relient les trois centres. Je souhaite que les voussoirs remplissant l'arc majeur aient toujours cinq côtés, que le diamètre de la colonne soit le cinquième de sa largeur, ainsi que celui de l'oculus. Ce diamètre sera le rayon des arcs mineurs qui, cinq fois rapporté, définira leurs hauteurs... »

Ainsi je décrivis au prieur les multiples aspects de l'édifice, m'excusant de ne pas donner, le plus souvent, des raisons pratiques ou logiques. Ensuite je lui parlai des compagnons, des convers, des défauts de chacun, qui, dirigés, devenaient qualités. Enfin des matériaux, des rapports intimes existant entre eux et leur adaptation aux formes et aux matières. Le prieur, tout en m'écoutant, jugeait de l'effet de mes paroles sur Jacques, il pensait certainement que ce langage souvent obscur justifiait, devant cet étranger

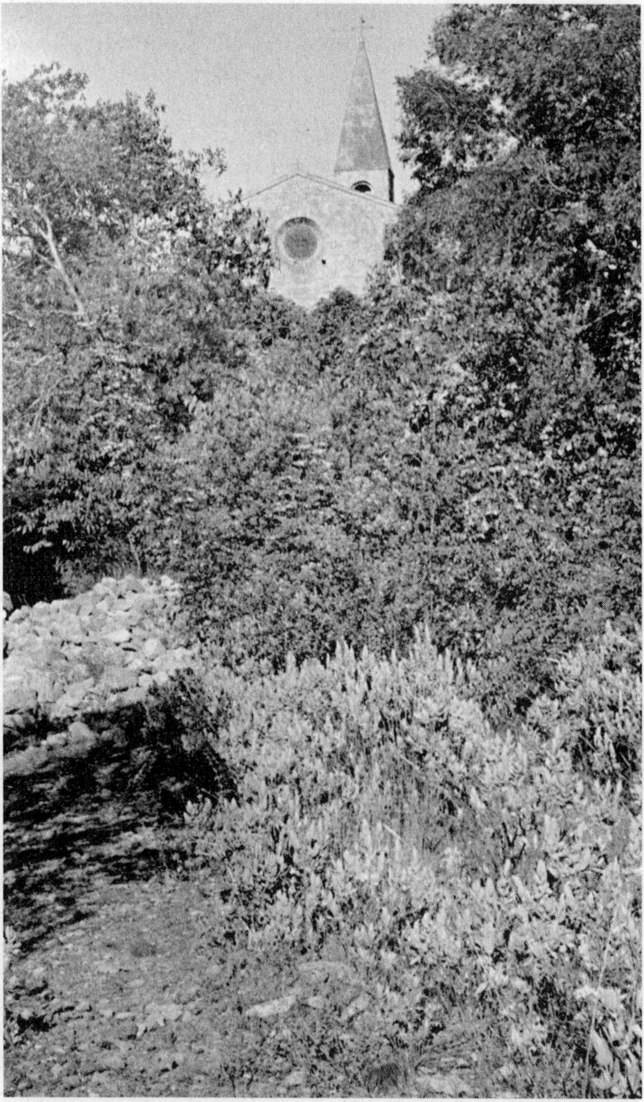

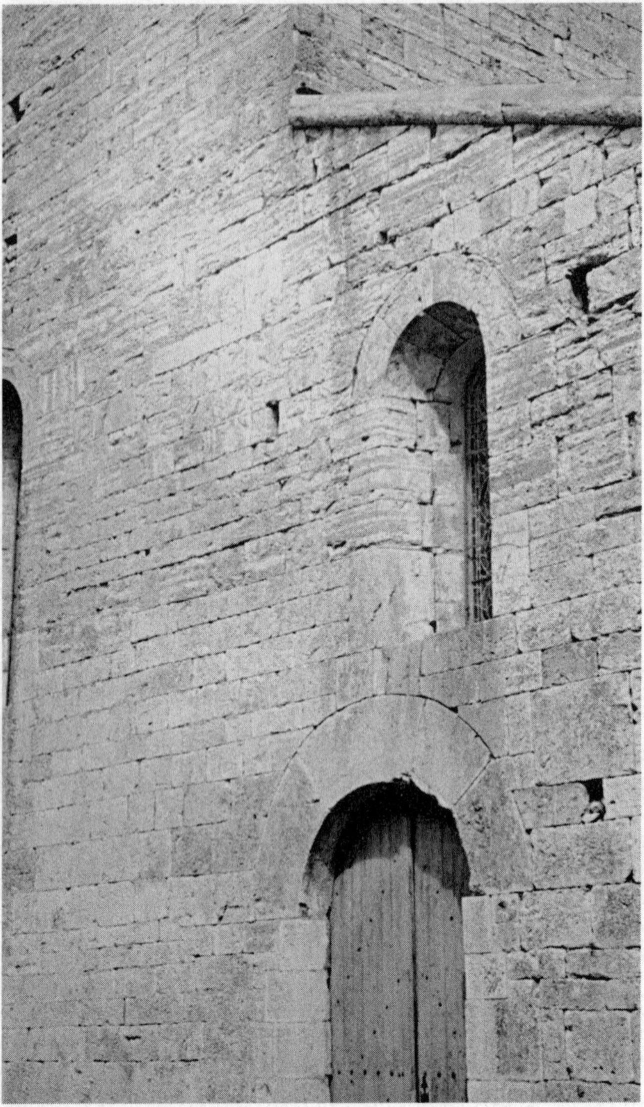

à l'Ordre, ma précédente attitude. Ignorant de nos conversations, il cherchait à sauvegarder notre dignité, notre pudeur. Ces digressions le rassurèrent. Avec plus de douceur il me répondit :

« Mais, mon frère, tes dessins sont là. Nous les respecterons. J'ai suivi, observé, écouté. Je serai, je l'ai dit, ton successeur. Lorsque Bernard et Benoît ordonneront, je saurai reconnaître si c'est eux ou toi qu'ils expriment. S'il est un jour question d'une chose nouvelle je sentirai quand ils prolongeront ou s'éloigneront de ta pensée. Là n'est donc pas le problème et pour en finir avec ta... crainte, es-tu bien sûr que tu ne tremblais pas pour un oubli, d'essentielles recommandations, ou pour des choses plus graves encore ?

– Rien de précis, prieur.

– Reconnais à présent que tout cela était difficile à admettre.

– Cisterciens, vous m'excédez ! coupa le Templier, je ne veux pas me mêler de vos affaires, mais vous raisonnez toujours avec un pied sur les marches du ciel. Toi, prieur, tu considères que tout étant bien fait, terminé, ton frère n'a plus qu'à se retirer en prière et connaître les joies du métier de moine pour préparer son éternité. Lui, tout d'abord très ému, se réfugie dans des élucubrations triangulaires ou pentagonales, les prend pour prétexte à son désarroi. Il est au bord des larmes, le pied sur la marche, la béquille sur la terre. Il se présente en bon serviteur de l'Ordre, scrupuleux, il développe des soucis parallèles. Grand Dieu ! considérons plutôt cette cabane. Nous ne sommes pas chez un moine, ici, mais chez un homme qui dessine, organise, dirige, depuis plus de vingt-cinq années. Regardez ! fous que vous êtes, même le crucifix disparaît sous les dessins. Nous, militaires les trois quarts du temps, restons des hommes. Ce n'est pas une supériorité, bien sûr ; cela nous aide à connaître les faiblesses, à croire à leurs fatales nécessités ; elles sont, ma foi, utiles à déceler. Avant de se reprendre il a parlé de la peur ; s'il veut te l'avouer, prieur, je crois qu'il la connaît, sa peur : son explication est ici, dans ce lieu de travail qui résume une vie ! »

Pierre tout d'abord surpris avait fermé les yeux, il écouta, et sans lever le regard répondit :

« Pourquoi désires-tu nous arracher à notre convention cistercienne, à notre dialectique ? Je veux que nous restions en tout au niveau d'un Ordre qui s'efforce d'être à celui de Dieu. Toi, soudard, nous retiens sur la terre à parler de nos misères ridicules, à fouiller les sentiments du cœur. Laisse notre scène sur les contreforts du Sinaï. Prieur cistercien, je veille sur la grandeur de nos dialogues, je les éloigne de l'humain. Toi, tu guettes nos faiblesses ; la sienne ce soir t'intéresse car tu veux, en ami, l'aider de ta rude sentimentalité. Tu souhaites qu'il pleure pour que sa honte l'engage à rire, et ainsi le consoler par le moyen des forces ordinaires. La main qui frappe l'épaule ou la serre d'affection te paraît le vrai contact d'un esprit pour un autre. Ce n'est pas le moment d'en user avec lui. Tu aimerais rester seul avec mon frère pour lui apprendre à regagner, en homme, une sérénité, un courage d'orgueil, qui fait les héros apparents : ceux qui ne contrôlent que leur corps et sont bouillie à l'intérieur. Homme d'armes, tu proposes une cuirasse ! Nous, cisterciens, savons être nus ; le roncier peut arracher notre peau, mais l'âme est en parfait équilibre. Ainsi il sera réellement invulnérable.

– Mon cas est plus simple, mes amis ! vous vous disputez l'infirme que je suis, que la souffrance a rendu faible. Ta raison, prieur, ta logique, Jacques, n'ont rien à faire avec ce que je ressens. J'ai peur en effet, peur de mourir, car j'aime la vie plus que je n'espère de l'au-delà. Ma décision fut prise dans un moment de raison : souvent je pense en cistercien. Je me défends de l'échec de ma vie. Je savais que rester, serait mourir en homme. Un jour je m'éteindrai ici, entouré par mes amis, mes compagnons, sans m'en apercevoir, dans cet atelier, assis à ma table, ou sur le chantier, ou allongé dans mon lit en donnant des ordres aux maçons. Je quitterai ainsi la vie par une mort ordinaire, celle de tout le monde. Partir c'était la décision conforme à l'esprit de Pierre. Moine, je me dégageais de ce quart de siècle de métier pour être nu à la recherche de l'équilibre. Mais ce soir quoi que vous disiez, vouliez ou fassiez, je ne suis qu'un pauvre homme qui a reçu un mauvais coup. Ma décision n'était encore qu'une spéculation intellectuelle, sans réalité. Faites-vous la différence entre : "dans huit jours" et "après-demain" ? moi, oui… Ne comptez pas sur mon héroïsme apparent ou profond, j'aurais pu éviter votre querelle en répondant franchement à Pierre : "Ce que je fais demain ? Je dis adieu à ma vie, à ce que j'aime, au chantier ; demain c'est le jour de ma mort." Je t'ai donné la réplique, prieur, ce fut par amitié. Je sais que tu aimes cela. Tu as gagné ta foi, moi j'ai perdu la mienne. Si je suis resté parmi vous, cisterciens, c'est pour ce que je quitterai demain. Partez maintenant. Voyez-vous, je suis bien en dessous de vos deux tendances : le courage humain, l'invulnérabilité divine. Vous savez, il est des heures où l'on ne force pas son talent ; les mots n'expriment qu'une comédie dans laquelle aucun rôle ne paraît réel. Ce soir, laissez-moi aller, mes pensées sont trop engagées dans ce que vous méprisez : l'abandon, le fil de l'eau, les souvenirs. Bonsoir mes amis, je vous congédie, allez dans vos paix réelles ou apprises. Après-demain je serai prêt, mon personnage sera selon vos désirs, je l'espère. »

Saint Sabas, cinquième jour de décembre.

> *Avant que la lumière disparaisse, nous te prions,*
> *Créateur de toutes choses, de nous tenir en ta garde.*

Il y a neuf mois aujourd'hui nous arrivions en Provence. Demain je retourne à Cîteaux. Je lirai une dernière fois au-dessus de la porte : *Salut Sainte Mère, sous laquelle combat l'Ordre cistercien.* Un chevalier de la Vierge, sa mission terminée demande sa récompense dérisoire : mourir entouré de ses frères.

La nuit est venue tôt. Elle m'apporte, dans ma solitude, le désespoir. J'ai cru dans cette courte journée me saturer de visions, me remplir de souvenirs, me fatiguer pour gagner la sérénité de ce dernier soir. Peine inutile, seul avec moi je me sens perdu. Avant de me résoudre à me pencher sur les derniers feuillets pour écrire n'importe quoi, j'ai erré dans cette cabane, de mon lit à la cheminée, à la table. J'ai regardé mes dessins, la tête vide, la gorge serrée. Je me suis traîné contre les murs en sautillant comme un criquet sur une patte, essayant de me souvenir quand et pourquoi j'avais tracé ces graffiti. La coupe est vide. Jacques arrivera vers la neuvième heure, me chargera comme un objet oublié au bord du chemin.

Toute ma vie j'ai quitté les chantiers, mais j'avais toujours un nouveau projet en tête, j'étais heureux. Et puis, souvent, je partais seulement pour quelques semaines ; j'allais retrouver d'autres travaux plus urgents. Ce soir ce n'est pas la même chose : au bout du voyage il n'y a plus rien, plus qu'à attendre le bon vouloir de la destinée, entouré de mes frères, et cet au-delà qui me fait peur.

Ce matin, Bernard m'a habillé. Pour la première fois depuis un mois je me suis revêtu de ma coule. Hier, après le départ de mes deux amis, Bernard me l'a apportée, propre, raccommodée, comme neuve. Pendue contre la porte, elle était très belle, lumineuse, comme le sont les tissus épais, souvent lavés. À la fois sculpturale et douce, du marbre laiteux. Ce matin j'étais heureux, je ressentais le plaisir de la première sortie. Appuyé sur les deux frères, j'ai franchi la porte, respiré un air rare, frais et doux. Le ciel était bleu comme au printemps avec de beaux nuages blancs, juste ce qu'il en fallait. J'ai tout visité ; les murs s'élèvent, tout est en ordre. Cela me parut étrange : agitation, espoir, toute cette activité, cette conscience de ces gens qui construisent leur église. C'est leur affaire, ce n'était plus la mienne. J'abandonne l'œuvre que j'aime plus que Dieu. Tout à l'heure, lâchement, j'ai prié ; le front contre le mur froid, je crois que j'ai pleuré les yeux secs. Je disais : « Tu comprends mon Dieu, c'est aussi ton église, ta maison ! Mets-toi à ma place ! Je ne peux pas la quitter calmement, ce n'est pas possible, je me suis attaché ici plus qu'ailleurs, de toutes mes forces ; malade, me voilà obligé de lâcher prise, avant la fin, avant de voir. » J'ai tout mélangé, j'avais mal comme une bête blessée à mort qui ne comprend pas. À présent je me sens plus digne, plus maître de moi, de mes gestes, et je me souviens de tous les détails, ils sont entrés profondément au fond de mes yeux.

Je ne verrai plus les carrières, l'extraction au pic et au levier, les coins mouillés, placés avec soin dans les trous ronds des tarières, le bloc froidement éclaté, découpé sur place, puis traîné sur les glissières de rondins au chantier de taille. Je ne connaîtrai plus l'anxiété des visites journalières.

« Combien hier ?

– Quatre stères propres à l'extraction, un à la taille. » C'était un bon jour.

« Combien de pierres hier ?

– Six stères de roches pourries, de la saleté ! quant à la taille on a sorti à peine un demi-stère... »

C'était un mauvais jour.

Mon cœur ne battra plus comme quand maître Paul disait :

« Donnez-moi dix bonshommes de plus, et dans un mois nous taillerons cinq à la journée. »

Il ne le croyait pas, moi non plus, nous étions heureux d'en parler pour nous faire plaisir.

Quel spectacle rassurant dans l'amphithéâtre chaotique : ces convers armés de masses, de ciseaux, ciselant les arêtes droites et courbes, sculptant les gorges, classant par catégorie d'épaisseur, mettant en tas, numérotant les pierres spéciales. Puis c'est le chargement des blocs à la demande des poseurs, à côté des tas de déchets qu'ils écrasent à la grosse masse pour remplir les fondations ou maçonner l'intérieur des murs. Rien ne doit se perdre, le plus mauvais va aux murs de culture, et les éclats finissent toujours en grands tas de sable.

Je les vois, cinq ou sept, assis à même le sol, le bloc entre les jambes étendues, les bras nus, hâlés, patinés. Les gestes précis font saillir régulièrement les muscles comme une respiration haletante. Les yeux plissés, malades, fixent attentifs le bloc de l'heure, semblable à celui d'hier, de demain, de toujours. Les visages se penchent dans les barbes grises de poussière, suivent le mouvement des mains tressées comme des cordes autour des manches d'outils. Travail désespérant, chaque jour emporte les pierres de la veille, les tas fondent et restent intacts. À mon passage les gestes sont plus rapides, le zèle accentué remplace le salut. J'ai souvent pensé à cette réaction, quelqu'un qui ne saurait pas tout ce qu'elle contient, imaginerait je ne sais quoi : la crainte, la peur d'une punition. Je ne nie pas que cela existe de par le monde, mais, sur tous mes chantiers, j'ai compris autre chose d'indéfinissable en un seul mot ; rien de laid ni de bas de toute façon. Un sursaut de volonté, une énergie joyeuse, comme des acteurs devant le public qu'ils aiment, ou des rameurs qui forcent en entrant au port. Les bras se lèvent, la masse s'abat sur le ciseau posé avec précision, les saillies volent en éclats. Du dégrossissage au fini, l'amplitude change, l'espace entre le ciseau et le marteau s'amenuise, le rythme est différent dans la proportion de un à dix. Cela, pendant des mois, des années, un stère par jour, par bon jour.

J'ai serré dans mes mains les épaules de mes petits frères, nous nous sommes regardés avant d'embrasser une dernière fois l'espace déchiqueté, plaie de lumière dans la campagne, sons clairs, odeur de pierre à feu.

Une plaie intérieure, sombre, de sang noir me déchirait, mon sang rouge battait la peur du lendemain. Que croient-ils mes frères, compagnons et convers ? Votre maître a une âme aussi, émue au moindre souffle ; il est enfant, adolescent. Comment pensent-ils que je fais passer la lumière, que je caresse la forme, que je me penche avec amour sur la matière, que je parle aux voûtes ? Mais j'ai voulu faire croire ma vie entière à ma fermeté, à ma cruauté, à mon indifférence aux souffrances, à ma force ! Je pleurais à genoux quand j'ai dit en riant :

« Allons Benoît, allons Bernard, traînez-moi à la scierie ; j'ai assez vu ces "saloperies" de pierres, à la vôtre à présent ! »

Les troncs, les branches, sont transportés, roulés à terre, entassés par essence, puis calés sur les rondins. Ils étaient là mes arbres ; les beaux sont rares, peu de troncs bien droits. Tous sont marqués du jour de la coupe, puis sèchent des mois, attendent le sciage. Là nous préparons les plateaux, traçons et débitons à la longueur, à la forme, madriers et pièces de charpente. Les plus belles qualités vont à la menuiserie. Les grosses branches, les cimes, sont écorcées à l'herminette, servent de bois d'échafaudages ; les mâts de charge, sont choisis parmi les arbres minces et droits. Tout le déchet, écorces, copeaux, branchettes taillées en bûchettes, rangé soigneusement, est envoyé au feu. Le bois est rare et le four gourmand : la chaux, les tuiles, des années à entretenir un brasier.

C'était comme d'habitude, parfumé de résine et d'encens ; mais j'ai cru entendre des plaintes de scie, des coups sombres de cognées. Nous avons du bois, c'était un de mes grands soucis, il faut tant de bois pour un chantier.

En descendant vers l'antre de Joseph je dus m'arrêter ; mes bras n'ont pas la force de marcher longtemps, debout, ma plaie me fait souffrir.

Le vent tiède de la pluie se levait, rabattait la fumée bleue. Les cendres gardent des formes de brindilles, vivantes et intactes. Après avoir hésité au-dessus des cheminées, elles flottent, s'envolent, se dispersent. Ce sont les petites âmes du feu qui, durant des années, s'échapperont de l'enfer, un enfer qui sent bon les fascines de pin, la résine, la boulange.

Les fours sont en construction. Provisoire et maudit, le petit four fonctionne depuis le début, mais il est complètement ruiné, la brique n'était pas bien cuite. Nous cuisons ici la pierre à chaux extraite en grotte. Ainsi, nous économisons la découverte et agrandissons l'atelier de Joseph. Chaque bloc qui tombe dans le four augmente le vide ; le vieux potier travaille déjà à couvert ; l'an prochain la surface sera suffisante pour sécher les tuiles à l'abri, bien au chaud.

Le Joseph n'est pas satisfait de la promiscuité de la chaux, néfaste pour sa terre ? Il a eu de graves ennuis avec les premières fournées de tuiles, toutes perdues et éclatées. Désormais nous séparons les deux fabrications, plus tard nous exploiterons la roche en galerie, et tout ira bien. Les fours définitifs ne se construisent pas très vite, car nous les bâtissons avec des briques de terre recuite, écrasée et mélangée à l'argile crue ; fabrication longue à laquelle nous ne consacrons que peu de temps. Il y a déjà un convers perdu en carrière à une lieue d'ici, je n'y suis allé qu'une fois en six mois, le jour où nous avons amené l'eau dans les bacs. Depuis, Benoît m'a dit que l'exploitation a pris tournure, six bassins sont pleins de limon onctueux, débarrassé de sable et d'impuretés. Chaque semaine Luc fait un voyage de terre rouge, écrémée dans les bacs. La réserve de Joseph est pleine, trois mois d'avance, bientôt nous récupérerons notre homme pour le chantier.

Je pense toujours comme si je devais rester, mes souvenirs sont autant de projets. Cependant c'était bien une tournée d'adieu. Sur le chemin du chantier nous avons fait la visite au forgeron. Notre homme universel ne s'est pas arrêté, la barre était rouge, forgeable, elle s'écrasait rapidement en pluie d'étincelles. Odeur de soufre, de corne brûlée, de cuir, de sueur, de poils grillés, de suie, de cendre, de crottin, de plomb fondu. Une forge noire est toujours ordonnée et propre à sa manière, enclume polie, outils bien rangés entre des clous contre le mur, sol en terre, arrosé et balayé chaque jour. Antime comme un dieu païen, barbu jusqu'aux yeux, frappait sans nous voir. L'homme de cuir me boude. Comme un chien il renifle mon départ proche. Il sait depuis l'heure où la décision fut prise. Comme il sait quand la bête va ruer, reconnaît la paille dans le fer, quand le plomb frise, quand le fer durcit sans devenir cassant. Il sait aussi que sans lui tout s'arrête : les bêtes ne marchent plus, les roues ne tournent plus, les pierres n'arrivent plus aux étagères, l'eau à l'abbaye, les arbres restent en terre et les blocs dans le sol. L'homme maussade continuait à frapper. Je voulais dire : « Ne râle plus, essaye de comprendre, il le faut ; je compte sur toi forgeron du diable, ce n'est plus moi le chantier, c'est vous tous ! » Mais la sueur coulait sur ses joues, se faufilait dans sa barbe, sueur ou blessure de ses yeux rougis, ou autre chose indigne de lui qu'il essuyait du revers de la main.

Nous avons fait un crochet par les ateliers, vides et morts par ce beau temps ; pleins de bruissements, glissements, chocs, grincements, les jours de pluie. Sans vie, ces salles paraissent abandonnées depuis des mois ; cependant, demain peut-être, le travail semblera ne jamais s'arrêter. Chaque outil gisant aura sa main, la planche s'emboîtera, se clouera, se creusera, s'assemblera. Les brins seront filés en corde, ce qui est morceau informe sera roue, manche, poulie, bât, traîneau, harnais. Tout ce monde fut ma vie. En parler, l'évoquer, me fait mal et bien, comme la croûte d'une plaie soulevée avec l'ongle. J'ai besoin ce soir de revivre mes sensations. J'avais gardé le chantier pour la fin ; aboutissement de tous ces efforts dispersés, souvent incompréhensibles. Le chantier où les hommes sont plus fiers, plus sûrs, plus libres. Là-bas à la carrière, ils paraissent esclaves, à la scierie, indépendants, aux fours, joyeux, aux ateliers, affairés et pressés. Ici, ils sont orgueilleux. Les autres sont serviteurs, eux sont maîtres.

J'étais comme le passant curieux, au regard étonné, j'avais envie de dire : « Que faites-vous ici ? Pourquoi ces tranchées abandonnées pleines d'eau croupissante ? Pourquoi ces tas informes ? Pourquoi ces bacs remplis d'une matière boursouflée et fumante ? Comment connaissez-vous l'usage de cette pierre d'un pied sur deux ? de celle-ci irrégulière et tordue ? de cette autre finie sur cinq faces et brute sur la sixième ? »

Être cet importun égaré dans le vallon, éberlué tout à coup de voir la pierre arrachée du sol par cette grande pince qui serre quand le filin se tend. Comme lui, j'ai observé les hommes du treuil : attentifs, le regard sur le bloc qui s'élance, se découpe à contre-jour en arêtes éblouissantes sur le ciel bleu foncé. Et puis les trois hommes fourmis là-haut, qui le tâtent, l'examinent, le manipulent, le tournent avec précaution et, doucement, avec un petit geste du doigt, le dirigent sans hâte. Par enchantement, le bloc vient se poser à la place prévue, le mur ne paraît pas plus haut pour cela, la pierre a occupé l'espace discrètement, sans avoir l'air de rien.

« Et pourquoi colmatez-vous les joints avec cette argile ? et pourquoi coulez-vous dans ces entonnoirs l'eau grise avec cette écuelle ? »

Tout ce travail est dérisoire, petite peine de tous les jours. Comme pour les insectes pitoyables, l'effort inlassable est payant : « À ce train-là, dit-on, jamais la fourmi, jamais l'abeille, jamais le mur. » Pourtant déjà une toise, le mois prochain deux, le passant reviendra un jour et dira : « Tiens, c'est déjà fini, ils sont allés bien vite. » Il n'aura pas vu le travail dans la boue, les cailloux, par centaines de mille, taillés douloureusement des années, la roche qui résiste aux coups acharnés. Il n'aura pas pensé à la chaux qui brûle, à la roue qui écrase, aux cordes qui cassent, à la chaleur étouffante, au vent de sable qui blesse les yeux, et qui pousse l'homme en équilibre ; à la pluie pénétrante, aux mains bleuies et maladroites, au gel qui détruit le travail de la veille, à l'erreur humaine qui bâtit pour démolir, à l'outil oublié qui tombe et tue.

Un chantier est plus long qu'une guerre, moins exaltant, où les batailles sont les dangereuses corvées de tous les jours. Mais la victoire est certaine. Victoire du bouquet de la Vierge accroché là-haut, au bout du clocher, à la croix du forgeron : un jour, dans longtemps. En attendant, chaque année on meurt, on quitte le jeu, et peu verront la victoire. Je pars, c'est entendu, mais que le Seigneur me permette de venir recevoir un jour le salut de ceux qui, de la glaise des fouilles à la croix de fer, auront enfin vaincu sans mourir.

Chantier, dernier chantier, tu me les rappelles tous. Je vous revois, fantômes dans la brume, paisibles sous la neige. Vous apparaissez roses, irréels, dans l'aube naissante : laudes. Purs dans le vrai soleil du matin : prime, tierce. Tristes, fatigués, poussiéreux après-midi : sexte. Mornes, quand les hommes vous quittent après none. Sereins dans la lumière d'or qui étire ses ombres à l'infini : vêpres. Aplatis par le crépuscule, les volumes fondent, s'habillent d'un gris uniforme d'adieu : complies. Matines : réveils de lune blafards, hagards comme nous, simplifiés à l'extrême ; ils sont clarté et néant de l'ombre, pareille à la nuit, sans matière, en couleur de linceul.

Je revois les chantiers, comme aujourd'hui, dans les moments où ils promettent. Les architectures sont belles à tous les âges. J'ai adoré leurs enfances chétives. J'ai frémi aux maladies du jeune âge. J'ai fait leur apprentissage dans l'espace. J'ai souffert de la précoce adolescence qui me les arrachait.

Les bruits discrets du chantier se sont éloignés. Mes yeux sont restés longtemps imprégnés par l'aspect des premières assises. Tout est bien comme je voulais : « que nul mortier apparent n'insensibilisera ».

Nous nous sommes arrêtés à la source pour boire l'eau claire et fraîche. Si j'étais païen, je crois que c'est l'eau qui serait déesse, d'autant plus vénérée qu'elle est ici plus précieuse que des perles. C'est bien par son miracle que notre monastère est dans ce pays bienheureux, mais desséché huit mois de l'année. Pendant tout ce temps où le bruit fluide, cristallin, et les chuchotements froissés des cigales font mariage de la providence.

Comme tout se termine en bilan, je laisse ce cahier de petits faits, de personnages. Il résume l'histoire de la naissance d'une abbaye. L'essentiel est fini, entrons dans le temps de persévérance ; celui de l'idée se termine, avec mon départ s'en va le monde ardent.

L'abbé restera à Florielle, y mourra sans doute, après une vie de lutte ; pourquoi ? D'abord pour faire régner la justice par le fer, ensuite pour créer des centres de prière qui, disons-nous, sauvent le monde en retard de pénitence, en goût de vice ou d'incroyance.

Un beau matin, les compagnons chargeront d'un coup d'épaule leurs outils et leurs hardes, marcheront vers un autre chantier pour obéir à un nouveau maître.

Bernard, Benoît iront jusqu'au bout, jusqu'à la croix de fer ; puis, seront désignés pour aider le maître d'œuvre de Senanque ou de Silvacane. Plus tard, Bernard prendra seul la route, le dos voûté, le teint terni, pareil au vieux parchemin ; de petites rides plisseront sa peau sans se défaire. Il aura alors ses propres manies à satisfaire, ses principes à édifier en volumes.

Les convers, différents les uns des autres, resteront les convers. Tels que je les ai évoqués, je crois les avoir tous décrits ou cités. Si j'en ai oublié un ou dix, c'est parmi eux que seront les plus méritants : ceux dont on ne dit rien, qui n'ont suscité ni scandale, ni fait remarquable. Mais dans ce chantier naissant ils sont partout, avec cette trentaine d'hommes qui dégageaient Poulide, ou taillaient et basculaient les blocs de maître Antime, ou sarclaient le potager de frère Bruno, ou enroulaient la corde de la grande chèvre de maître Jean. Ces gens anonymes aux mains dures sont les hommes qui ne parlent pas. Manœuvres ou compagnons, ils bâtissent en attendant la tranchée de six pieds sur deux qui absorbera la chape grise de l'un, puis de l'autre. Chape prise entre les vers imprévus de la terre et les vers personnels à chacun. Le tissu fondra entre ces deux grouillements de curée. Dans le même temps où l'eau du ciel et le soleil effaceront un nom sur la croix de bois.

Moi ! Moi je serai le souvenir, comme Philippe le supplicié, ou Thomas râlant à côté de la pierre. Je vivrai longtemps grâce à ceux qui ne se sont pas éteints calmement, mais sont morts en santé, en aventure. Et puis je serai elle, l'abbaye. On me représentera en image, appuyé sur Paul, contre nos murs de pierre. Nous serons les partants qui ne meurent pas. On perdra le souvenir de la nouvelle, trop vague et pas très fraîche. Tant que l'on ne voit pas le corps étendu raide, l'odeur du cadavre n'est pas sentie par ceux qui restent. Ils diront : « Il me semble avoir appris sa mort il y a quelques années, mais je ne serais pas tellement étonné s'il arrivait sur sa jambe », pas étonné non plus par Paul éclatant de rire derrière un banc de pierre gélive et pourrie.

C'est l'avantage du partant ; sa disparition se limite d'abord au tournant du chemin, et n'existe vraiment que lorsque les souvenirs sont usés. Mais s'il a planté autre chose que des salades, un arbre domestiqué, par exemple, ou une pierre dressée au bord du chemin, il ne meurt pas pour ceux qui restent, qui racontent, un jour d'abandon de discipline, devant un feu de chantier ou un coin de cheminée du chauffoir. Un jour mouillé et froid, où le ciel ne vaut pas la peine qu'on se dérange davantage, où les chaussures, qui ont sucé les pieds à petits bruits, sont molles comme des tripes et ont besoin de sécher longtemps pour durcir. Ces jours-là, les partants reviennent par la bouche des vieux, des anciens. Sur les chantiers, tirant à leur fin, les nouveaux, les jeunes, écoutent le début de l'histoire : « Il y aura quinze ans au mois de mars prochain, nous étions aux fondations du cellier, quand... » Les regards se perdent de rêves dans les flammes, les cuirs exhalent leur suint, les tuniques fument sur le devant.

« Et qu'est-il advenu de ce chevalier Jacques ?

– Oh ! il est bien vieux, depuis la mort de l'abbé il ne vient plus par ici... »

Ou bien : « Il s'est perdu en mer, il partit brusquement à la poursuite des Maures lors du massacre de... »

Ou bien : « Il attrapa le "mal" en soignant. On l'a rencontré, très loin d'ici, marchant tout seul vers l'orient...

– Peut-il guérir ?

– Avec lui, vous savez, il faut s'attendre à tout, c'était un terrible, ce Templier. »

Accroupis, les corps mous et chauds s'appuieront aux dos humides, Le « c'était un terrible, ce Templier » tombera dans le cercle. Derrière la lourde porte, bâtie jadis par le grand Étienne, ils entendront passer le cheval arabe, et, dans le silence laissé par un Tiburce, une jambe de bois traversera le cloître, un sourd éclat de voix criera : « Pierre pourrie, carcan de malheur ! prenez ma pierre à Fontvieille, blanche, pareille au lait de cabre ! »

Complies m'a appelé ce soir comme un glas, entre cinquante, Dieu a choisi celui-là pour m'abattre : Adieu le Thoronet, sois le chantier de ma vie puisque tu l'as prise pour toi !

« *Les bannières du roi s'avancent, mystérieuse luit la croix où la vie a subi la mort et par sa mort a produit la Vie.* » (Venance Fortunat).

> *Le roi ordonna d'extraire de gros blocs, des pierres de choix, pour établir les fondations du Temple.*
>
> Premier livre des rois.

Le jour de saint Nicolas nous attendions Jacques le Templier. Dans ces moments, où l'on voudrait dire tant de choses, le silence s'installe entre les hommes. Chaque pensée, préalablement considérée, apparaît superflue ou inutile. On se tait. Le cœur essaie de parler, mais la tête est vide. Il ne reste que des phrases banales pour cacher l'émotion et passer le temps. Résignés, le prieur et moi observions le chantier, spectacle nouveau d'ici, depuis que le vent de la nuit avait emporté d'un seul coup les vieilles feuilles du chêne. Paul et Bernard parlaient à voix basse sur nos récents tracés. En contrebas du chantier les convers creusaient la tranchée. Tout à coup un grand cri, ils coururent vers l'église. Ceux qui montaient les pierres quittèrent les échafaudages, se précipitèrent à leur rencontre : mouvement du désarroi, de la peur, de la curiosité. Ensemble ils descendirent et s'agglutinèrent le long de la fouille. Pierre m'interrogea, je répondis : « Un blessé, un accident, quelque chose de grave ! »

Ils me laissèrent seul, j'essayai de fixer ma béquille, mais je n'ai pas pu faire un pas, la plaie n'était qu'une douleur. Après un temps qui me parut très long, le prieur remonta, essoufflé il murmura : « Simon. »

La veille, au cours de ma tournée, j'avais dit à Jean de dégager avant l'hiver la tranchée inondée. Bernard fit remarquer qu'il demandait depuis longtemps la même chose. Jean répondit que frère Benoît avait ordonné d'attendre le printemps prochain. Agacé, je conclus que le plus tôt serait le mieux. Si on m'avait écouté naguère, la tranchée étayée n'aurait pas été ravagée par l'inondation. Aussitôt après ils commencèrent à puiser l'eau et la boue, les hommes descendirent quand le terrain fut assez résistant pour ne pas enfoncer de trop. Victor, Jean le convers, Lambert et Nicolas travaillaient à la pelle et à la bêche. Victor dégagea une grosse pierre, s'aperçut que c'était une touffe d'herbes de marais, il frappait pour couper les racines lorsque Lambert montra du doigt la chose à Nicolas qui hurla, sortit de la fouille, courut, les autres le suivirent. Une tête dépassait. Simon enterré debout apparaissait. Simon que nous avions cru en fuite, le convers aux cent coups.

J'avais crié dans la nuit : « Étayez la tranchée ! elle va s'effondrer. » Je n'avais pas insisté, trop de choses nous sollicitaient ailleurs cette nuit-là. Je compris que mon appel devait rester sans effet. Personne ne me prit au sérieux sauf Simon. Il rassembla sans doute son matériel sous les éclairs, et se dit : « Moi, Simon, j'obéirai au patron, le patron a raison, il est le seul à avoir raison, moi Simon je le sais. Je vais étayer la tranchée, et demain il dira : "Simon, lui, a sauvé la fouille tout seul, c'est un homme Simon !" »

Nous avons retrouvé les rondins, les planches, les clous, la scie et le marteau. Ce qu'il faut, bien en ordre au fond, pour entreprendre un calme travail, dans la bourrasque à trois pas du torrent de boue qui venait lécher de colère le bord de la tranchée. Simon, dix pieds plus bas, s'organisait entre deux tonnerres. Le premier croisillon assemblé, il s'occupait à le dresser ; la tranchée s'effondra du côté du ruisseau, il fut plaqué par la tonne d'argile, debout, les bras au nord soutenant les étais. Cria-t-il, Simon ? non, sans doute, il n'aimait plus ses frères qui l'avaient trahi, qui lui firent croire que Dieu, l'Ordre, la promesse étaient trois choses différentes. Alors, en silence, il attendit, l'eau monta, déborda, la boue atteignit la bouche, son dernier regard injecté de sang s'éteignit, sa dernière pensée fut probablement pour moi. Je n'ai pas l'intention de me substituer à Dieu dans la fin de Simon, mais je le connaissais dans toute sa simplicité, son dévouement. Dieu, c'était le patron, et pour lui Simon soutenait l'abbaye par ce petit travail solitaire qui lui convenait.

Certains avaient le front bas devant le corps gonflé : le visage de Simon n'avait pas le calme de la mort. Ainsi défoncé de coups de bêche il était bien le symbole de son passé récent. Pierre le prieur l'a revêtu de la première chape de la communauté, j'étais heureux que cet honneur lui revienne ; j'aimais Simon. C'est ainsi que j'ai renvoyé mon départ pour deux jours, le temps de le mettre au tombeau.

Là-dessus j'avais mon idée ; Simon n'irait pas dans notre cimetière rejoindre Thomas, son destin était différent. Pour moi, il soutenait l'abbaye. Je n'eus pas beaucoup de peine à convaincre l'abbé et le prieur, nous avons convenu de l'ensevelir dans sa fouille. Ce soir nous avons fermé son sarcophage étanche, bâti dans l'épaisseur de la fondation. Il fut allongé la tête au levant avec son marteau, sa scie, ses clous et son étai en croix. Plus tard une autre croix de pierre sera perdue dans l'appareil du mur septentrional du réfectoire.

Dans la nuit, venue en plein jour, après vêpres, l'office eut lieu. La tempête qui le tua était revenue l'assister, avec le ruisseau qui montait en torrent. Nous avons dû allumer les torches dans la chapelle sombre. Pendant que l'encens s'échappait par les claires-voies, s'envolait dans le grand vent pour monter, très haut, faire de la pluie une eau odorante et bénie.

Avec sollicitude, le corps de Simon fut transporté par quatre convers, la civière protégée par une toile tendue, quatre autres frères abritaient son tombeau : ces honneurs revinrent aux premiers convers du chantier, huit et trois, c'était bien le compte. Un abri, privilège de moribond, avait été construit pour moi, il protégea aussi l'abbé et le prieur.

C'était bien ainsi, l'effort demandé à tous s'exécuta avec amour. Simon méprisé dans sa vie fut découvert dans la mort. En deux jours, sous la pluie battante, ils dégagèrent la tranchée, l'étayèrent, bâtirent la fondation. Puis il fallut creuser un énorme bloc, ajuster une dalle au dixième de pouce, descendre le tout à bras sur des rondins, installer le monolithe au fond.

Je me suis penché vers le prieur pour lui dire : « Pierre, tu étais inquiet pour l'avenir du chantier, mais vois-tu maintenant tu n'as plus rien à craindre, son passé repose sur trois souffrances, trois sacrifices : le martyre de Thomas le saint, celui de Philippe le supplicié, le dévouement de Simon le simple. J'ai voulu te bâtir le troisième pilier assez loin des deux autres : le premier est derrière le chœur, le second dans la garrigue, le dernier soutient le mur de l'abbaye. »

Quand tout fut fini on me ramena à l'atelier sur la civière de Simon, protégé sous la même toile. Dans la montée j'ai murmuré : « Que Dieu, qui nous permit de construire ensemble une abbaye, nous réunisse un jour, moines, convers et compagnons, sans oublier personne. Que nos grâces, nos vertus et nos vices soient mis dans le même sac. Ainsi nous pourrons dire : ensemble nous avons bâti ta maison. Tout fut mis en commun pour mériter la même récompense, subir le même châtiment ensemble. Celui qui a beaucoup apporté et l'autre ont fait autant, car, ensemble, nous avons donné chacun toute notre force et tout notre cœur. »

L'abbé et le prieur m'installèrent sur mon lit, le chevalier Jacques vint plus tard. Nous devrons partir dès la fin du mauvais temps. Tous les quatre nous avons parlé du chantier : Edgar nous quitte pour construire la maison du Temple. Paul parle souvent de rentrer à Fontvieille : il est maigre, jaune, les cheveux blanchis, sa fin approche. La rivalité de Bernard et Benoît est certaine, il est temps que je parte afin que le prieur installe le nouvel ordre, sinon la haine remplacera la jalousie, j'en suis à présent convaincu. Tristesse, séparations, départs, inquiétude.

> *Moi, frère Pierre prieur, rappelle cette parole : « Ton Dieu, que tu as servi avec persévérance, c'est lui qui te sauvera. »*
>
> Daniel, dans la fosse aux lions.

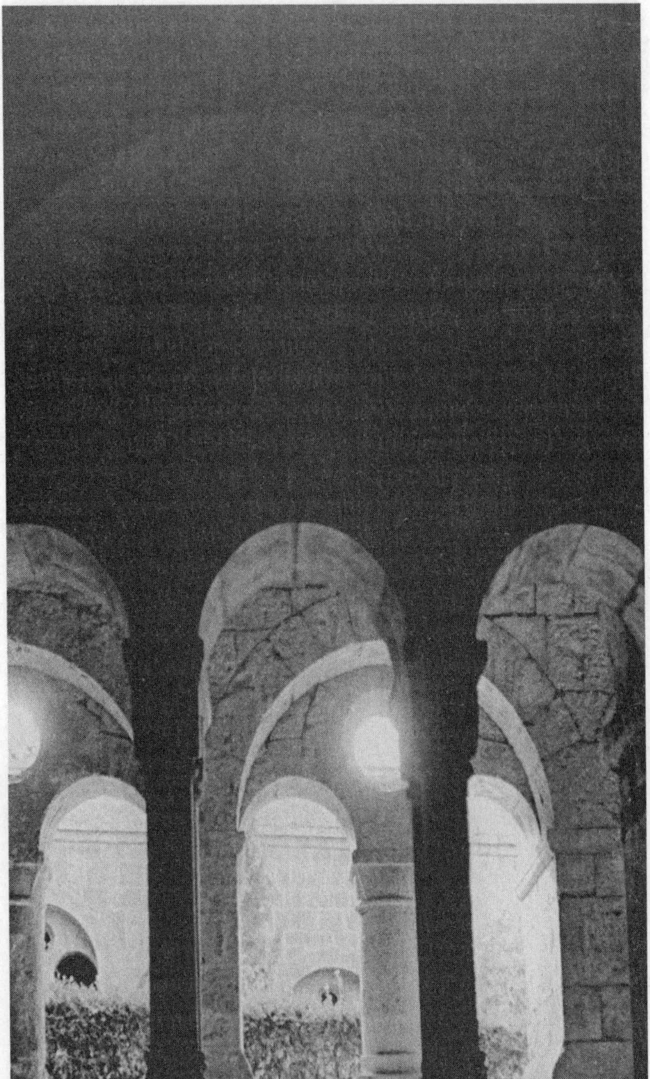

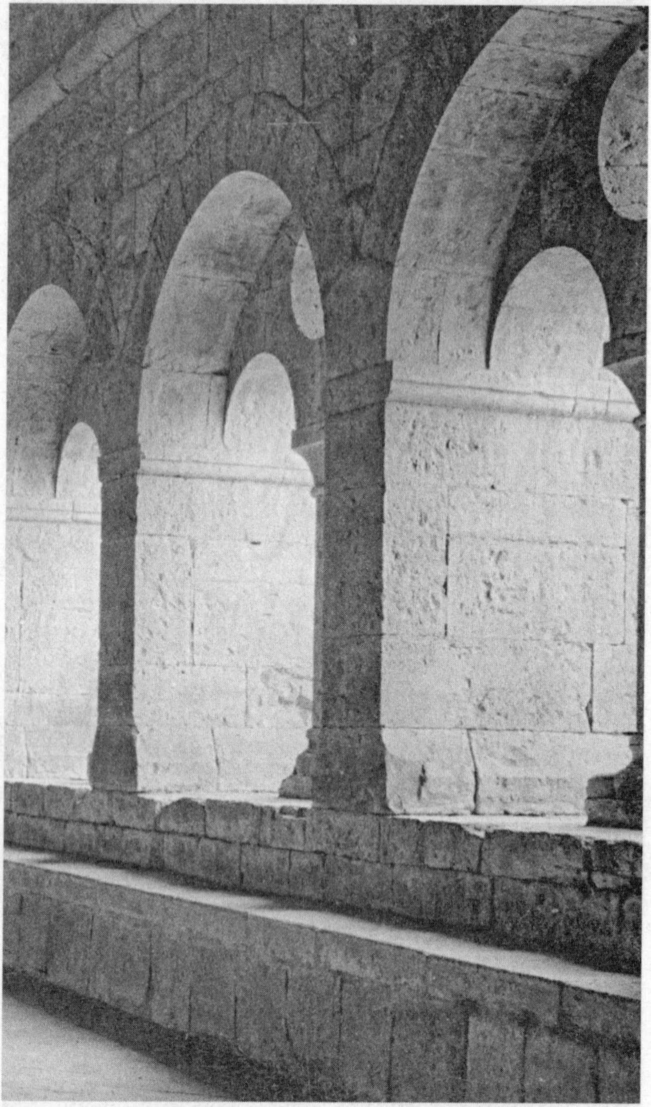

L'orage avait repris de plus belle. La foudre tomba près et couvrit tout un moment. Avec peine je descendis de mon lit, me traînai à la porte. Je l'ouvris difficilement : j'étais assis, dans ma hâte je tirais et prenais appui sur mon dos. Enfin je fis un demi-tour en tonneau et, malgré ma maladresse, j'ouvris. En me tenant à l'épaisseur du bâti, je me hissai sur ma jambe.

J'étais seul depuis longtemps, et j'allais m'endormir quand j'entendis distinctement le début de la discussion. J'aurais dû taper tout de suite comme pour appeler : je voulus savoir, connaître les raisons de chacun. Après de dures paroles, ils s'expliquèrent à voix basse, je pensai que c'était fini. Depuis l'avant-veille, jour de la découverte de Simon, je savais qu'ils se haïssaient. Tout à coup des cris, des bruits de lutte, je me redressai dans mon lit, j'entendis leur porte s'ouvrir, elle claqua. Des pas précipités contournèrent la cabane. Sur mon seuil, ils s'empoignèrent : j'entendis des coups, des frottements de corps contre le bois. J'appelai, j'ordonnai.

En sautillant, en me soutenant à la porte, j'ouvris tout grand. Ils étaient sur l'aire embrassés sauvagement et soufflant comme des bêtes. Dans la lumière intense je vis Benoît se dresser, frapper avec une arme, un compas de carrier je pense. Bernard s'agrippa à Benoît pour se protéger, ils roulèrent à quatre pas. Dans mon désarroi, j'oubliai le moignon, je marchai, le sol lui manqua. En m'écroulant la douleur atroce me fit perdre le sens ; des larmes de colère ou de souffrance gouttaient, coulaient dans ma bouche, tièdes, salées. La pluie glacée tombait sur ma nuque, ruisselait dans mon dos. Prenant appui sur mes coudes, traînant mon corps, j'atteignis un pied, puis une cheville : je tirai en serrant le plus possible, mais il secoua pour se dégager. Tout mon corps fut agité, le moignon buta, je lâchai. Je vis Bernard fuir, monter vers les carrières. Benoît le poursuivait. Je criai, j'appelai : l'orage et ses tonnerres, la pluie crépitante, rendaient ma voix dérisoire. Je me traînai vers ma porte, dès que je fus à l'abri, la peur me prit : je décidai de descendre chercher du secours.

Les premiers pas, je les fis sur les coudes, le sol était sans accident. Dès le premier degré, ma cuisse inerte tomba de la hauteur de la marche. J'attendis la fin de la grande douleur, et j'approchai du second en réfléchissant que jamais je ne pourrais supporter ce choc trente fois. Je me mis en travers, le corps allongé sur le haut du degré et, pouce par pouce, j'essayai de rouler, en prenant appui sur ma main et mon bras gauche, en retenant de l'autre, au niveau inférieur. Je basculai, le bras qui tenait resta coincé sous mon dos, le moignon cogna sur l'arête, rebondit, frappa à nouveau.

Je pensai retourner me coucher, bien au chaud, quand j'entendis un cri affreux venant d'en haut. Je repris ma marche, cette fois sur les fesses, traînant la cuisse, prenant appui sur les mains, poussant sur mon talon. J'ai espéré ainsi arriver vite : à chaque degré, je descendais d'abord la bonne jambe, ensuite les fesses, enfin je soutenais le moignon et le posais avec précaution au bas de la marche, puis je reprenais ma reptation. Malheureusement l'orage s'éloigna. J'étais dans une nuit d'aveugle. À tâtons, guettant anxieux le lointain éclair, j'atteignis le trentième degré. Ma coule trempée pesait, m'attirait dans l'épuisement. Je n'avais pas vu que le passage de la source était devenu torrent. La descente du talus glissant fut facile, la tête en bas je poussai sur mon talon. D'un seul coup je rentrai dans l'eau jusqu'aux hanches, affolé j'aspirai l'eau et la boue, je me débattis, pus sortir la tête de l'autre côté. Dans le torrent glacé j'ai vomi, appelé, geint. Empêtré dans les plis lourds de vase, je mis longtemps pour remonter ; et je pris la folle décision d'enlever ma coule.

Je n'avais pas réfléchi que le moignon serait alors nu, que la plaie frotterait sur la terre et les cailloux. Mon vrai calvaire commença. Cette chose mortifiée, saignante de liquide sale, avait des nerfs à vif qui accrochaient aux moindres aspérités. En une heure, peut-être, j'avais parcouru cent pas ; après, en traînant le moignon dévoré, je n'avançais plus. Je me perdis dans le noir, échouai au milieu des argeras, ce n'était plus possible. J'aurais supplié la mort. J'eus cependant l'idée d'enlever ma tunique, d'envelopper le moignon, de faire un pansement rembourré. Ce travail m'occupa un temps infini, tellement j'accrochais, pris de toutes parts dans les buissons d'épines. Tant bien que mal j'ôtai le vêtement trempé, le poussai vers le bas, posai ma cuisse dessus, rabattis le pan, serrai enfin avec les manches qui servirent d'attaches. Puis j'essayai de sortir du roncier en me tirant sur les tiges, une douleur fulgurante m'avertit que ma tunique était restée accrochée. J'avais perdu ma protection. J'étais entièrement nu avec seulement une chaussure. J'appelai ! mes cris aigus s'usèrent et se perdirent dans l'épaisseur de cette nuit bruissante d'eau qui tombait et coulait. En efforts furieux, désordonnés, je me débattis dans cette prison de branches ; je disais en serrant les mâchoires : « sortir » ou « mourir » et je tirai de toutes mes forces. Un moment après je recommençais. Dans une lueur, que je pris pour un éclair attardé, j'aperçus tout à coup le Champ en contrebas du grand talus. Le Champ bien plat, le large sentier des convers qui descend en pente douce vers les baraques, la chapelle, la porte du prieur, la vie ! Bernard, Benoît, soignés, sauvés, châtiés et pardonnés. Après l'épreuve, l'amitié retrouvée, le chantier dirigé par mes petits frères, mes enfants. C'était la joie profonde, folle d'espoir. Je me tendis, comme un ver qui cherche sa route, pour atteindre la crête du talus. Pressé, sans mesurer le risque, je me laissai rouler sur la pente.

Je dus reprendre conscience peu de temps après, un liquide visqueux coulait de mon front. L'orage revenait sur le vallon. Dans un éclair je vis la pierre qui m'avait attendu, qui avait roulé depuis le haut pour m'accueillir avec son arête affûtée comme une hache. Dans un autre éclair je reconnus ma direction. Je m'allongeai sur le dos pour laver le sang qui m'aveuglait et, la tête penchée pour protéger un œil de l'obscurcissement, je repris ma marche facile : talon, fesses, paumes des mains. Dans mon enthousiasme, j'avais dépassé la souffrance. Je comptais dix, m'allongeais, repris souffle, et repartais. La traversée du Champ, le sentier ; plus que cent pas. Je comptais huit, six, et plus que deux : je n'arrivais pas à me relever, à vingt pas de la chapelle, cinquante du dortoir des convers. J'ai choisi ta porte, prieur ; et, dans un déluge, un fracas continu de tonnerre, j'ai rampé sur le dos, puis sur le côté, recroquevillé et déplié en mouvements lents de larve.

La blessure à la tête dut m'endormir, le moignon me réveilla. Le sang avait collé mes paupières. Je ne sus plus où j'étais. Patiemment je pris de l'eau boueuse dans le creux de ma main et baignai mes yeux ; une fois décollés ils se remplirent de sable, impossible de voir. Je tâtais autour de moi en gémissant comme un petit chien. Si près du but, après tant de souffrances, j'échouai. Alors je pleurai, les larmes jaillirent, je vis : j'étais à trois pas, ils me parurent infranchissables. Pouce par pouce, sur le ventre, je gagnai du terrain, je touchai le seuil, me mis à gratter, puis à taper. C'est alors que je me souvins : les nuits d'orages tu dormais avec les convers. Allongé, la face contre terre, le froid me pénétra. Peu à peu, je ressentis un grand bien-être, un vent glacial se levait, le mal m'abandonna, ainsi que Dieu, ainsi que vous.

Plus tard, la vision lancinante de mon petit Bernard frappé, blessé, mourant, peut-être, comme moi, là-haut, me revint. Je ne pouvais plus rien, je tendis mes bras et mes mains jointes. Quelque chose comme une bête velue frôla mes doigts, une fois, deux fois. Je n'étais plus seul. Un animal transi, aussi lamentable que moi vivait. Je pouvais réchauffer ce petit être, l'aimer, le sauver. Je saisis les poils mouillés à pleines mains, les attirai vers moi, sous ma poitrine. C'était la corde ! la corde de la cloche...

Maintenant, vous entendez ! elle sonne toujours, dans son clocher. Je vois comme une porte qui s'ouvre sur la clarté. « Que demandes-tu ? »... « La miséricorde de Dieu »... *Salve sancta Parens, sub qua cisterciencis Ordo militat!*

Supremum vale, saint Daniel prophète.

Fidèlement recueilli ce dernier récit termine le journal de notre frère, maître d'œuvre de la future abbaye ; je l'ai écrit dans son atelier.

> *Frère Pierre, prieur de Notre-Dame-de-Florielle, au Thoronet le onzième jour de décembre de l'an onze cent soixante et un.*

NOTES

PROVENCE

La Provence au XIIe siècle, fait partie de l'Empire germanique et appartient par héritage à la famille Bérenger qui règne en Catalogne. Au moment où commence cette histoire, Raymond Bérenger II dit le jeune, a remporté l'année précédente, en 1160, une victoire décisive sur les Balz représentés par Hugues II (mort en 1172 en Sardaigne, époux d'Anna, vicomtesse de Marseille). La rivalité entre ces deux familles a eu pour conséquence des luttes interminables, pour la domination de la Provence, « les guerres Baussenques ». Elles commencèrent pratiquement en 1129 et se poursuivirent jusqu'à la fin du XIIIe siècle. Ces guerres ont eu pour origine un héritage. En 1110, Gilbert de Gévaudan était assassiné ; il avait épousé Dame Gerberge, héritière de la Provence, descendante de Bozon (887), roi de Bourgogne cisjurane (beau-frère de Charles le Chauve), et de Louis l'Aveugle (mort en 911). Gilbert et Gerberge eurent deux filles : Doulce et Stéphanette. L'aînée : Doulce (morte en 1129), favorisée par sa mère, reçut en dot la Provence et fut mariée à Raymond Bérenger I, comte de Barcelone (mort en 1131). La cadette : Stéphanette, épousa Raymond Balz (mort en 1150). Désormais la Provence devenait un fief des Catalans de Barcelone. Les Balz ne l'entendirent pas ainsi. Cette puissante famille, qui régnait aux Baux, descendait du comte Leibulfe et de Pons I (mort vers 954). Le nom des Balz avait une origine légendaire : ils prétendaient descendre du roi mage Balthazar, d'où leur écu, une étoile d'argent sur fond de gueule. Considérant que Stéphanette avait été frustrée de sa part d'héritage (d'après la loi féodale, la Provence aurait dû être partagée en parts égales entre les deux sœurs), Raymond Balz, son mari, revendiqua ses droits à la mort de Doulce et de son beau-frère Raymond Bérenger I. Les champions qui s'affrontent en 1161 : Hugues II Balz (fils aîné de Stéphanette et de Raymond Balz) et Raymond Bérenger II, le jeune (petit fils de Doulce et de Raymond Bérenger I) sont cousins. Le moine Guillaume (cistercien, maître d'œuvre, héros de cette chronique) est le frère cadet de Hugues. Un troisième Balz, le benjamin, fonda par la suite la branche d'Avellino et poursuivit les guerres Baussenques. Les Bérenger et les Balz protégèrent et financèrent les abbayes cisterciennes de Provence (cf. : *Les Baux*, du même auteur, de Nobele éditeur).

LE SCHISME

Le Schisme est l'événement politique et religieux le plus important de cette époque. En 1159, Frédéric Barberousse, Empereur d'Allemagne, suzerain de la Provence, avait fait élire l'anti-pape Victor IV, par le clergé de son parti, l'opposant ainsi au pape Alexandre III, successeur d'Adrien IV, élu par le clergé anti-germaniste. En 1160, au concile de Pavie, Frédéric convoqua l'épiscopat favorable à Victor IV. À la suite de ce concile, les rois de France et d'Angleterre, Louis VII et Henri II Plantagenet, firent proclamer, par leurs évêques, la légitimité d'Alexandre III. Les Balz soutinrent l'empereur et

Victor IV ; les Catalans eux, prirent le parti des rois et d'Alexandre III. Le schisme prit fin en 1162 par la victoire d'Alexandre sur Victor. Il est fait mention de l'accession à l'épiscopat de Reims de Henri de France, frère du roi Louis VII, en l'an 1161. Henri était un ami personnel d'Alexandre III, et son principal soutien contre l'antipape Victor.

L'ABBAYE DU THORONET

« Le Thoronet abbaye cistercienne de Provence, commune de Lorgues, commencée en 1160 (restaurée et presque entièrement conservée). »

Au début des travaux la communauté ne s'installa pas au Thoronet, comme c'était l'usage lorsqu'un abbé était désigné, par une abbaye mère, pour fonder un nouveau monastère. En effet, les moines étaient déjà depuis 1136 dans le pays, à Notre-Dame-de-Florielle, située à 24 km du Thoronet, à l'est de Tourtour, sur le passage d'une voie romaine (Cf. : ouvrage du même auteur sur les abbayes cisterciennes de Provence, de Nobele éditeur). Ce n'est que vers 1176 qu'ils occupèrent la nouvelle abbaye et abandonnèrent Florielle. De 1160 à 1176, le Thoronet ne fut donc qu'un chantier où travaillaient les frères convers sous les ordres d'un maître d'œuvre. L'abbé de Notre-Dame-de-Florielle, maître de l'ouvrage, ne venait au Thoronet que pour visiter les travaux et maintenir la discipline des frères. L'abbaye du Thoronet est une des plus belles de toute l'architecture cistercienne et quoique l'église ne soit pas conçue suivant la pure tradition de l'Ordre, (Chevet et absides en cul de four et non en chevet plat) l'ensemble du monastère exprime bien la simplicité et la rigueur inspirées par saint Bernard.

LE CLOÎTRE DU THORONET

Il est fait maintes fois mention dans cet ouvrage de la composition irrégulière du cloître en forme de trapèze irrégulier. Les archéologues sont muets à ce sujet et semblent de ce fait admettre, pour des raisons sans doute obscures et assez courantes dans les architectures romanes, que cette anomalie résulte du changement d'orientation du cellier construit au XIIIe siècle, aile ouest du cloître. Tel n'est pas notre avis. Les premiers relevés précis de l'abbaye du Thoronet ont été dessinés par l'auteur. En conséquence, il a pu analyser pour la première fois les tracés volontaires ou fortuits qui ont inspiré, dès l'origine, la composition. Il semble certain que le bâtiment le plus ancien, du moins en infrastructure, soit le cellier. Il fut prévu probablement pour servir de chapelle provisoire ou de dortoir. Par la suite un changement d'intention ou de maître d'œuvre, détermina, pour l'église, une orientation différente et exactement dirigée vers l'est. L'explication rationnelle du dessin imprévu du cloître est ainsi plausible : considérant que la décision prise pour la conservation des travaux engagés, sous le bâtiment initial, détermina le maître d'œuvre à imaginer un ensemble de tracés particulièrement savants. Grâce à eux, le parti choisi est étonnant. D'une forme imposée, tant en plan qu'en niveau, le maître d'œuvre a bâti un chef-d'œuvre harmonieux. Les preuves qui confirment cette thèse sont nombreuses, en dehors de la justification proprement dite des tracés et de la forme hexagonale du lavabo.

ORDRE CISTERCIEN

De Cîteaux : première abbaye cistercienne.

L'ordre fut fondé en 1075 par un bénédictin, Robert abbé de Molesme. L'intention formelle de ce moine était de revenir à la règle stricte de Saint-Benoît. L'ordre connut au début un essor prodigieux et suscita un grand enthousiasme. Cependant, vers 1110, la discipline monastique, faite d'austérité et de privations, découragea les vocations. Les religieux décimés par la maladie, les épidémies et au bout de la résistance humaine, allaient abandonner, quand Bernard de Fontaine, avec trente gentilshommes bourguignons de sa famille, se présenta. C'était au début de l'année 1112. La qualité de ces seigneurs, puissants et plein de foi, permit la relance de Cîteaux et le véritable début de la « Grande Aventure » cistercienne. Dans ce récit, nous retrouvons souvent, sous les appellations suivantes : Bernard de Fontaine, abbé de Clairvaux, Saint-Abbé, Grand Abbé, Bernard abbé de Clairvaux, celui qui devint plus tard saint Bernard. La sainteté, l'activité et l'habileté politique du saint, lui permirent d'exercer, durant quarante ans une influence capitale dans tous les grands événements de l'époque. Partout il combattit et s'il connut des échecs ils furent rares et limités. Grâce à lui les Cisterciens restent les plus grands bâtisseurs des XIIe et XIIIe siècles, par l'originalité et la qualité de leurs abbayes romanes et gothiques. L'Ordre se développa dans tout le monde chrétien. En 1153, à la mort de saint Bernard, il existait 343 abbayes cisterciennes. À la fin du XIIIe siècle, en comptant les monastères de femmes, près de 1 500 abbayes étaient construites. Si l'on considère que certains de ces monastères furent habités par plus de 1 500 religieux, qu'il en existait depuis la Scandinavie jusqu'au Sud de l'Italie, de la Bretagne jusqu'au-delà du Danube et même en Palestine, on peut se rendre compte du rôle considérable que jouèrent les Cisterciens, en Europe, au XIIe siècle et au XIIIe siècle. La décadence de l'Ordre, dès le XIVe siècle, les guerres de religions, la Révolution et le temps, empêchèrent que bien des chefs-d'œuvre d'architecture puissent se conserver jusqu'à nos jours. Néanmoins, de nombreuses églises et abbayes sont encore intactes ou restaurées.

LA VIE D'UNE ABBAYE CISTERCIENNE

Fondation.

La première abbaye construite fut Cîteaux, elle est par excellence l'abbaye mère de l'Ordre. Dès le premier quart du XIIe siècle, cinq abbayes mères donnèrent naissance à toutes les communautés cisterciennes : Cîteaux, Clairvaux, Morimond, Pontigny et la Ferté. C'est par essaimage que l'Ordre organisa ses fondations. Lorsqu'une abbaye était suffisamment forte, le Chapitre désignait un abbé pour fonder une nouvelle communauté. Celui-ci quittait l'abbaye-mère, fille ou petite-fille de Cîteaux, en compagnie de quelques moines et avec les objets nécessaires au culte. Il se rendait en un lieu désigné et créait immédiatement une organisation provisoire, le plus souvent une cité construite en bois en attendant que les bâtiments définitifs, en dur, fussent édifiés. Ce lieu devait être isolé. D'autres impératifs justifiaient le choix : l'eau, source ou cours d'eau, la terre, pour assurer la subsistance, les matériaux ; pierre, argile et bois pour construire.

Plan.

Toutes les abbayes étaient composées suivant un plan immuable et sur des principes inspirés par la simplicité et la pauvreté. Le plan se distribuait autour du cloître. L'église, élément principal, a son chevet généralement orienté à l'est. Les premières églises cisterciennes furent de simples bâtiments rectangulaires ; plus tard, le plan en croix latine avec chevet plat fut adopté. Le cloître était accolé, le plus souvent au nord, au bas-côté de l'église. Autour du cloître étaient disposés les éléments d'habitation. À l'extrémité du transept au nord, l'armarium ou bibliothèque et la sacristie, ensuite la salle capitulaire (lieu de réunion solennelle de la Communauté), puis l'entrée, le parloir, l'escalier du dortoir, la salle des moines, le chauffoir, le réfectoire des moines, la cuisine, le réfectoire des convers, les caves, les réserves et le dortoir des convers. Au premier étage, contre l'église, l'aile Est du cloître était occupée par la chambre de l'abbé et à sa suite par le dortoir des moines. Ce dortoir, par un escalier situé dans un angle du transept était en communication directe avec l'église et, par un autre escalier, avec la galerie est du cloître. En face de l'entrée du réfectoire, était aménagé un lavabo pour le lavement des mains. Celui-ci, dans de nombreux cas, se situait dans un pavillon construit en appendice dans le jardin du cloître. Seuls les moines habitaient l'enceinte et les galeries, les convers et les laïcs de sexe masculin n'y étaient conviés que dans des conditions exceptionnelles. Aucune femme n'était admise et un abbé fut sévèrement puni, par le chapitre général, pour avoir reçu une reine de France, Marguerite femme de Saint-Louis. Les convers assistaient le dimanche à la réunion des moines par deux baies prévues de part et d'autre de l'entrée de la salle capitulaire. L'architecture des abbayes cisterciennes ne semble pas avoir été soumise à une règle écrite. Saint Bernard n'a rien défini. Cependant ses attaques virulentes, contre le luxe des églises et celui des monastères bénédictins, ont imposé un style. Il lutta pour interdire toutes décorations capables de distraire ou de coûter. C'est ainsi que les bâtiments cisterciens, jusqu'au milieu du XIIIe siècle, ne comportèrent ni sculptures, ni statues, ni vitraux décorés, ni peinture murale. Cette architecture était prévue pour assurer l'habitation et la célébration du culte, sans objet inutile ni précieux, sans élément superflu, tel que clocher, tour ou complication dans les structures. Il est certain que la suppression des arrondis dans les plans, notamment pour le chœur et les absidioles, eut pour raisons prédominantes l'économie et l'efficacité.

Organisation intérieure.

L'abbé était le chef de la communauté, il ne dépendait de personne mais devait rendre annuellement des comptes à son abbaye-mère à l'occasion des réunions des chapitres généraux. C'était lui qui désignait les moines chargés d'assurer, sous ses ordres, des fonctions diverses. Le prieur était son second et son remplaçant en cas d'absence. Ensuite, venaient le maître des novices, le sacristain, le chantre, l'infirmier, le cellérier, l'hôtellier et le portier. Le prieur mis à part, toutes les fonctions avaient une importance égale. Cependant le cellérier, parmi les responsables de la Communauté, était celui dont le rôle économique, administratif, financier, était prépondérant lors de la fondation d'une abbaye, puis pour assurer la vie matérielle et apporter sa contribution active à la prospérité de la communauté. De plus, il dirigeait les frères convers, commandait les compagnons et les artisans, discutait les prix ; c'était tout à la fois, l'entrepreneur, l'économe et le commerçant.

La Règle.

Lors de la fondation d'un ordre religieux, elle définit l'ensemble des règlements, tant sur le plan spirituel que matériel. La Règle est parfaitement détaillée : les horaires, les offices, les prières, les livres autorisés, les chants, etc., – aussi bien que la discipline, l'habillement, la nourriture, les soins etc., – y sont définis. Rien n'a semblé échapper à ceux qui l'ont écrite ou perfectionnée.

Les moines.

Lorsqu'un postulant se présentait à la porte d'une abbaye cistercienne, le moine portier l'interrogeait ainsi : « Que demandes-tu ? » il répondait : « La miséricorde de Dieu ». Il franchissait alors la porte. À Cîteaux, il était écrit sur cette porte « *Salve sancta parens sub qua cisterciencis ordo militat* ». L'ordre cistercien était voué à la Vierge. Dans cette rude confrérie ce culte apportait une douceur et une tendresse particulières. Après son entrée le postulant devenait novice et était confié au moine responsable. Un an après, jour pour jour, il prononçait les vœux de pauvreté, chasteté, obéissance et stabilité et recevait la robe et la tonsure (peu de moines accédaient à la prêtrise). L'abbé disait « *Que le Seigneur vous couvre de ce vêtement de salut* », ensuite : « *Quel est le plus grand commandement de la loi ? Tu aimeras le Seigneur, ton Dieu, de toute ton âme, de tout ton cœur et de toutes tes forces.* »

Les vœux prononcés, le moine cistercien commençait sa vie religieuse. Celle-ci était d'une dureté et d'une sévérité absolue. Une vie de prière dans le silence, les travaux matériels et spirituels, les privations et les châtiments corporels volontaires, attendait le moine. En dehors de la maladie, aucun relâchement n'était toléré. Les jours les plus longs commençaient bien avant le lever du soleil et étaient réglés par les offices canoniaux jusqu'à la tombée de la nuit. Ainsi, de Laudes à Complies les moines vivaient en commun et étaient astreints à toutes les obligations imposées par la Règle. Les moines couchaient dans un dortoir collectif, sur des paillasses, tout habillés, et sans jamais se dévêtir. Ils devaient garder leurs chaussures et à tout moment être prêts, en un instant, à se rendre à l'église ou au travail. Tous les gestes étaient prévus, même la manière d'aller aux latrines, le capuchon baissé et les mains croisées sur la poitrine.

Les moines étaient vêtus d'une coule, robe longue en laine blanche avec capuchon. Les autres vêtements se composaient d'une tunique et d'un caleçon ou haut de chausses, de bas de chausses et de souliers en cuir.

La nourriture était composée de légumes, de laitage et de pain. Les repas se prenaient en commun dans le réfectoire, vers midi et 19 heures. En temps de carême il n'était prévu qu'un seul repas, le soir. Le vin était interdit ; cependant, après 1150, il fut tour à tour refusé ou permis, mais en quantité minime.

Les moines avaient le visage rasé, leurs cheveux étaient coupés plusieurs fois par an. L'hygiène était nulle ou presque, seul le lavement des mains était obligatoire deux fois par jour. Dans les soins donnés aux moines, il faut signaler la saignée quatre fois par an : février, avril, juin, septembre.

La mort du moine cistercien était un événement solennel. Quand l'agonie commençait, les moines quittaient tout pour assister le frère mourant.

Les convers.

Les convers étaient des religieux non tonsurés. Considérés par les moines comme des frères en religion. Leur rôle, leurs tâches, l'exercice du culte et toute leur vie restait indépendante et séparée de celle des moines. C'est ainsi qu'ils avaient leur réfectoire, leur dortoir, leur place dans le bas de l'église. Les convers comme les moines s'engageaient après une période de noviciat, prononçaient les vœux de religion : pauvreté, chasteté, et une promesse : l'obéissance. Ils n'étaient pas soumis à la Règle majeure de l'Ordre mais à un règlement mineur appelé *Les us et coutumes*. D'ailleurs tout dans la vie des convers était simplifié : les offices obligatoires, les prières, afin de laisser à ces frères la possibilité de travailler manuellement. Pour le moine, cloîtré et contemplatif, le travail manuel était davantage prévu en vertu d'un principe que d'une nécessité. En conséquence, c'était sur les convers que reposaient l'activité économique et la prospérité. Les convers étaient des cultivateurs et des ouvriers. Le plus souvent ils habitaient dans les fermes ou les chantiers sous la surveillance et la responsabilité d'un des leurs, et recevaient les ordres du moine cellérier.

Les us et coutumes définissaient, d'une façon aussi précise que la Règle, les diverses obligations de ces travailleurs domestiques des Communautés : horaires, prières, nourriture, vêtement, hygiène et soins.

La journée commençait aussi avant le lever du soleil – après la prière les convers se rendent au travail jusqu'à la nuit – et se terminait par la prière. Ils prenaient deux repas par jour, n'étaient pas soumis au jeûne sévère des moines. Leurs menus étaient augmentés de suppléments, pendant les périodes de travail : la *pitance* et le *mixte*. La pitance se composait de poisson ou de viande et le mixte était un repas supplémentaire de pain.

L'habit des convers, au début, était semblable à celui des serfs : tunique, scapulaire plus ou moins long, ceinture de cuir, caleçon et chaussures. En 1161 ils reçurent la chape, robe longue moins ample que celle des moines en lainage brun ou gris avec capuchon pour les travaux, ils portaient des gants ou des mitaines. À l'inverse des moines, les convers gardaient la barbe alors que les cheveux étaient coupés courts. On les appelait les « frères barbus ». Astreints au silence en tout temps, on leur permettait de s'exprimer en paroles pour faciliter le travail. L'hygiène, les soins, les saignées, l'obligation de ne jamais se dévêtir, etc., donnaient à la vie matérielle des convers une grande similitude avec celle des moines.

Pour compenser les heures de sommeil, insuffisantes en été, les convers étaient autorisés à faire la sieste ou méridienne, après le repas de midi. Dans certains cas, la méridienne était également permise aux moines.

De nombreux détails importants sont négligés dans ce bref exposé sur la vie des communautés cisterciennes au XIIe siècle ; nous conseillons aux lecteurs de consulter l'ouvrage de Marcel Aubert, *L'Architecture cistercienne* – tome I, Éditions Vanoest.

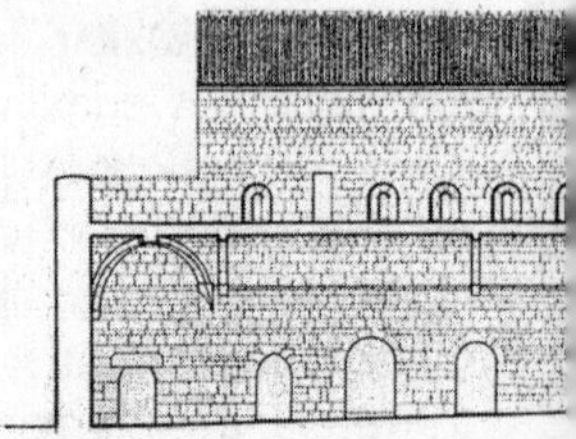

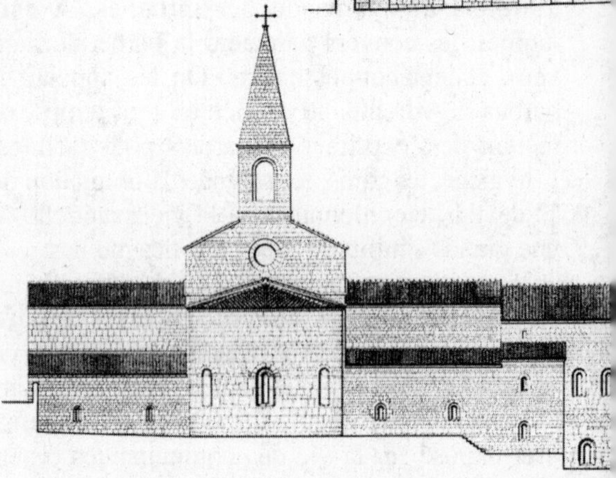

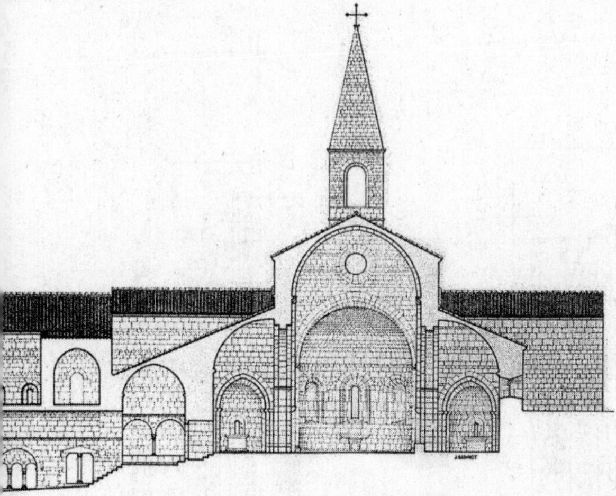

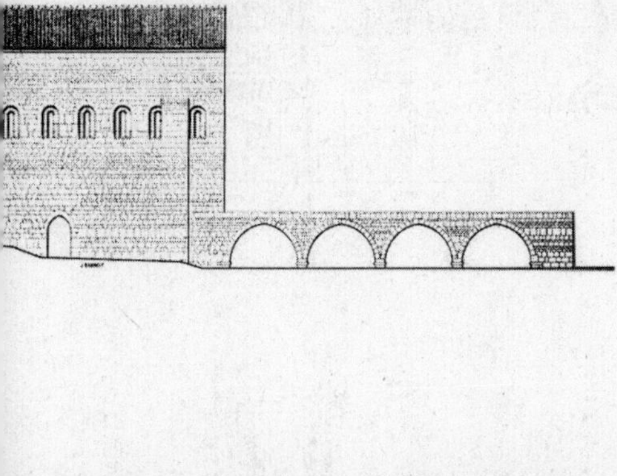

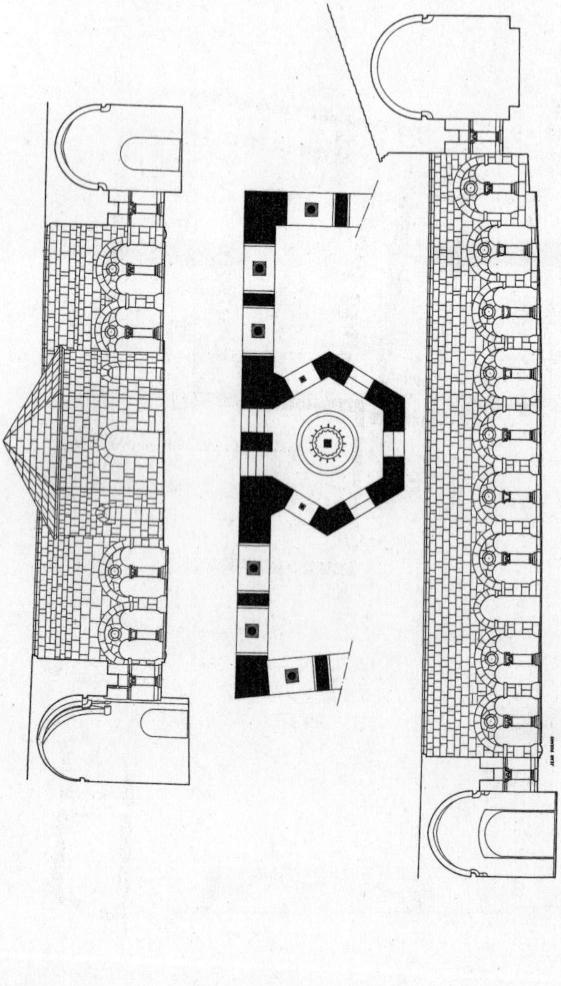

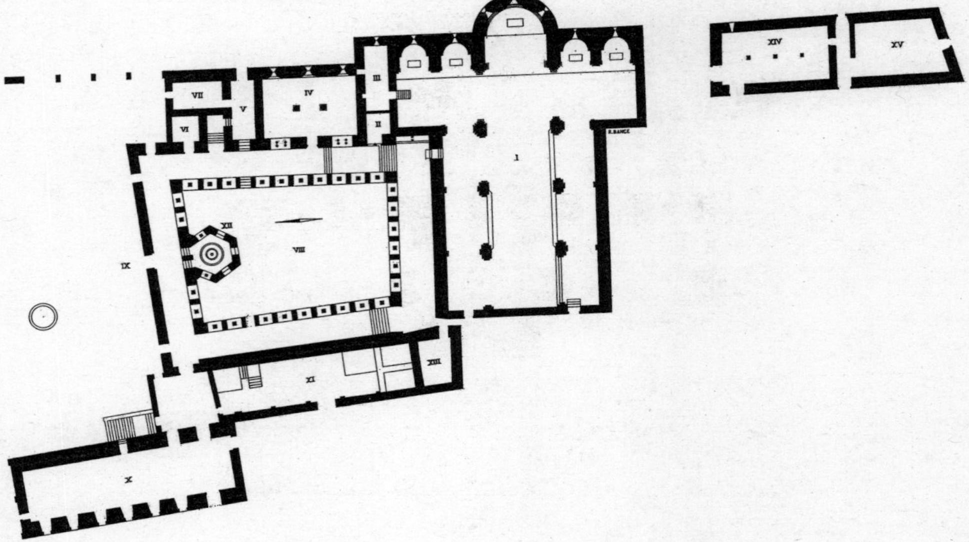

VII
V
VI
IV
III
II
I
XIV
XV
XII
VIII
IX
XI
XIII
X

GLOSSAIRE

Abaque* : Partie supérieure d'un chapiteau.

Abreuver : Après avoir assemblé les pierres de parement sur le mur en construction, cette opération consiste à remplir les joints verticaux et horizontaux entre les pierres avec un mortier de ciment, de chaux, ou de plâtre. Celui-ci doit être employé suffisamment liquide pour qu'il pénètre bien sur la surface des joints, entre les pierres, aussi bien verticaux qu'horizontaux.

Architrave : Pierre monolithe posée entre deux colonnes ou points d'appui, et constituant le linteau. Partie inférieure de l'entablement.

Argeras : Buissons épineux des garrigues de Provence.

Assise : Rangée horizontale de pierres taillées. Dans une construction en pierre, la hauteur d'assise est la distance entre deux joints horizontaux. Dans le terme « assise de hauteur », il faut comprendre « de même hauteur ». La raison de cette spécification est que, dans la plupart des bâtiments au Moyen Âge, les assises n'étaient pas toutes de même hauteur (petit appareil), et, afin de pouvoir assembler les pierres, il était

---

* Outre les termes techniques, on trouvera dans ce glossaire quelques expressions provençales.

nécessaire d'en préparer un certain nombre de chaque catégorie et de les numéroter.

BARD : Brouette primitive : plateau à quatre bras porté par deux hommes pour transporter les matériaux (d'où bardage, barder) : action de déplacer les pierres.

BATTANT : Règle de fer pour travailler l'argile.

BOUTISSES : Pierres taillées sur toutes leurs faces qui permettent de lier les murs épais comportant deux parements en pierre de taille remplis de maçonnerie ordinaire. Ces pierres forment parement à leurs extrémités, elles sont posées en général à raison d'une par mètre carré de mur. Cela permet de rendre homogène les deux parements et le remplissage ou bourrage.

BRAVE : Suivant le ton employé, ce mot a en Provence des sens différents. Il exprime soit la vertu et le courage, soit l'équilibre, la bonté stupide et la simplicité d'esprit.

BRAS CASSÉ : Incapable, mauvais ouvrier, maladroit.

CALLER : Opération qui consiste à poser des cales en bois pour régler la pierre de parement, à l'aide d'un niveau et un fil à plomb.

CLÉ : Pierre taillée qui se place au sommet d'une voûte ou d'un arc.

COMMANDERIE : L'organisation militaire de l'ordre du Temple donna ce nom aux monastères placés sous la direction d'un commandant. Il existait, près du monastère du Thoronet, deux maisons du Temple.

CONSIDÉRATION (LA) : Un des plus importants ouvrages de saint Bernard, il l'écrivit à l'intention du pape Eugène III, de 1148 à 1152. Cet ouvrage contient un ensemble de conseils sous forme de lettres ou de discours.

Emballé : Formule expéditive, vite.

Effet de bascule : Deux pierres posées l'une sur l'autre à joint sec, c'est-à-dire sans mortier, risquent souvent, si elles ne sont pas parfaitement taillées, d'avoir un équilibre instable qui les fait basculer. C'est la preuve qu'elles ne portent que sur un point saillant et ne répartissent pas la charge sur l'ensemble de la surface des joints. Cela est évidemment dangereux et provoque la cassure de la pierre supérieure ou inférieure.

Faire tirer : Aller avec effort.

Frise : Partie de l'entablement située au-dessus de l'architrave et au dessous de la corniche.

Lumières : Pour l'abreuvage des pierres, il est tout d'abord nécessaire d'obturer avec de l'argile les joints verticaux sur les faces externes et internes de la pierre ; ainsi la laitance de ciment, de chaux, ou de plâtre, est dirigée à l'intérieur des joints et ne s'écoule pas en surface. Cependant, en posant l'argile, il faut laisser à certains endroits des espaces suffisants pour le passage de l'air au fur et à mesure que la laitance pénètre dans les joints. Ces intervalles, s'appellent : lumières. Lorsque les joints sont remplis, le liant coule par ces lumières qui sont alors obturées avec de l'argile. On est ainsi assuré qu'il n'y a pas de poches d'air sur la surface des joints verticaux et horizontaux de la pierre.

Maffre : Parties génitales, ou cul.

Maçonnerie ordinaire : Complexe de construction composé de pierres irrégulières assemblées et jointées avec du mortier.

Miolle : Mule.

Patin couffin : Ici et là, patati patata.

Pierre chef-d'œuvre : Le chef-d'œuvre dans le compagnonnage est la preuve que l'apprenti est passé maître dans sa spécialité. Une pierre chef-d'œuvre est parfaitement traitée, dans les règles de l'art et, de préférence, dans ses emplois les plus difficiles : voussoirs, sommiers, colonnes, moulures, etc...

Pierre équarrie : Une pierre équarrie est une pierre dont le traitement est intermédiaire entre un élément pour « maçonnerie ordinaire » et un élément « pierre de parement ». Les pierres équarries sont posées en assise, mais bâties comme de la maçonnerie ordinaire. La pierre équarrie peut être aussi une pierre de parement. Dans le cas qui nous occupe, la pierre équarrie est celle qui, au cours de la taille, est considérée impropre pour construire des parements. Abandonnée avant d'être terminée, elle est alors réservée et remplace la maçonnerie ordinaire entre deux parements de pierre de taille. Leurs possibilités d'assemblage, par joints croisés à l'intérieur du mur, permettent la liaison des parements et évitent ainsi l'emploi des boutisses.

Pierre fine : Dont le grain est régulier. Qui a une surface finie lisse et nette.

Pierre gelive : Catégorie de pierres qui laissent pénétrer l'eau, mais dont le grain est trop fin pour permettre, en cas de gel, la libre constitution des cristaux. Ce défaut a pour résultat de faire éclater la pierre sur sa surface lorsque, après une forte pluie, il se produit un coup de gel.

Pierre pourrie : Qui comporte des gerçures et des défauts qui la rendent impropre à servir de parement.

Pierre profonde à longue queue : Demi-boutisse. Elle ne traverse pas entièrement le mur mais assure toutefois la liaison entre les deux parements. On les pose généralement alternées, de façon à liaisonner tantôt un parement tantôt celui qui lui est opposé.

RAVALER ET RAVALEMENT : Opération qui consiste, après construction d'un mur de pierres de taille tendres, à uniformiser la surface à l'aide d'outils appropriés. On obtient ainsi une parfaite planimétrie et un nettoyage des matériaux liants qui ressortent des joints. Les pierres qui peuvent se ravaler sont taillées à la scie ou crocodile. Pour les pierres du Thoronet taillées à la masse, le ravalement est impossible.

SE FAIRE FABRIQUER : Se faire jouer de soi.

SOMMIER : Pierre taillée située au départ de la voûte ou de l'arcade.

TAILLE À L'ÉCONOMIE : Lorsque la taille et l'extraction sont longues et difficiles, cette taille permet d'utiliser la plupart des morceaux en tenant compte de leur emploi futur, soit pour la confection des murs, soit pour celle des voussoirs. La pierre du Thoronet n'est ni une pierre tendre ni une pierre dure ; elle appartient à la catégorie des calcaires résistants (une pierre tendre peut se scier, une pierre dure peut se polir). La pierre du Thoronet appartient à une classe intermédiaire ; elle est à la fois trop grossière pour être traitée finement et trop dure pour être sciée. Après le premier dégrossissage qui consiste à la casser sous la forme la plus proche d'un parallélépipède, le tailleur de pierre la termine à la dimension voulue en taillant les faces à l'aide de marteaux, de pics et de ciseaux. Pour travailler il utilise une équerre et un compas de carrier. À cette époque les transports par chariots et bêtes de somme étaient plus coûteux que la main-d'œuvre humaine, ce qui justifia bien souvent l'emploi de pierres trouvées sur place et de qualité inférieure.

TAMBOUR : Pierre en forme de cylindre constituant une assise de colonne.

TANQUER : Enfoncer violemment, planter un couteau, un outil. Au sens figuré : le comble de l'étonnement et de la stupéfaction : « Il est resté tanqué » (adjectif).

TEMPLE (Ordre du) : Un des premiers ordres militaires religieux. Sa mission principale fut, à l'origine, d'assurer la sécurité des routes de la Terre sainte. Saint Bernard joua un rôle important, lors du concile de Troyes, dans la création de l'Ordre et la rédaction de la Règle des Templiers.

TIAN : Récipient évasé vers le haut, en forme de tronc de cône, en terre cuite vernissée. Il servit longtemps pour des usages industriels ou ménagers.

TOUSQUE : Touffe constituée par des plants d'arbustes sauvages et épineux.

VOUSSOIRS : Dans une arcade ou une voûte, pierres intermédiaires entre les sommiers et la clé.

ZOU : Vite.

TABLE

Préface *de Laurence Cossé* I

Les Pierres sauvages 9

Notes 239

Glossaire 257

Illustrations :

Vue de l'occident et clocher 211
Façade occidentale 212
Galerie Sud 231
Vue du cloître depuis la salle capitulaire............ 232
(Photos Lucien Hervé)
En double page : 252-253
*Coupe sur la nef et sur la galerie orientale
du cloître* (en haut)
Façade orientale (en bas)
Détail du cloître et du lavabo 254
Plan de l'abbaye 255

DU MÊME AUTEUR

Mémoires d'un architecte
Seuil, 1968

Aix-en-Provence : Inventaire et monographie
suivis des relevés de bastides de résidences provençales
et de l'abbaye de Ganagobie
Jardin de Flore, 1976

Indiscutablement les architectes se sont laissé manœuvrer…
mais ils étaient contents
entretiens
(avec Félix Dubor et Michel Raynaud)
Connivences, 1988

Auguste Choisy
Altamira, 1994

Mon ambition
(textes choisis et présentés par Bernard Marrey)
Éditions du Linteau, 2011

RÉALISATION : IGS-CP À L'ISLE-D'ESPAGNAC
IMPRESSION : BLACK PRINT
DÉPÔT LÉGAL : JANVIER 2019. N° 141119 (00000)
Imprimé en Espagne